JUNKIES

MELVIN BURGESS

JUNKIES

Voor Gilly

Kijk voor meer informatie over de kinder- en jeugdboeken van de Gottmer Uitgevers Groep op **www.gottmer.nl**

De oorspronkelijke uitgave van dit boek verscheen bij Andersen Press in Londen onder de titel *Junk*

Uitgeverij J.H. Gottmer / H.J.W. Becht BV is onderdeel van de Gottmer Uitgevers Groep BV
Vertaling: Suzanne Braam
Omslagontwerp en -illustratie: Rob Nuijten
Zetwerk: zetR, Hoogeveen
Druk en afwerking: Drukkerij Hooiberg, Epe

ISBN 90 257 2962 2 / NUR 284

Druk: 13 12 11 10 9 8 7 6 5 4 3
Jaar: 2010 2009 2008 2007 2006 2005 2004

VAN DE SCHRIJVER

Dit verhaal speelt in de eerste helft van de jaren tachtig. Ik woonde toen in Bristol. In grote trekken is alles echt gebeurd, het gebeurt nog steeds en zal ongetwijfeld blijven gebeuren. Veel van wat ik geschreven heb, heb ik zelf meegemaakt en nog veel meer heb ik horen vertellen. Wat de mensen betreft... een paar personen zijn verzonnen, andere zijn geïnspireerd op bestaande mensen en weer andere zijn verzonnen, maar hebben karaktertrekken van bestaande mensen. Het enige portret dat helemaal klopt met de werkelijkheid is dat van Richard, een van de vreemdste, maar aardigste mensen die ik ooit heb ontmoet en die gelukkig niet meer vervolgd kan worden, maar ook niet bejubeld: hij is een paar jaar geleden omgekomen bij een verkeersongeval.

Het boek is niet zuiver op waarheid gebaseerd. Veel gebeurtenissen en mensen zijn dus verzonnen. Maar elk woord in dit boek is waar.

1

Een jongen en een meisje brachten samen de nacht door op de achterbank van een Volvo-stationcar. De auto stond in een garage. Het was pikdonker.

'Ik heb honger,' klaagde het meisje.

De jongen knipte een zaklamp aan en keek in een grijze canvas rugzak die achter hem in de bak lag. 'Wil je een appel?'

'Nee. Zijn er geen koekjes meer?'

'Nee.'

Gemma zuchtte en ging weer liggen. Ze trok de deken hoger om zich heen. 'Koud,' zei ze.

'Barry zal zo wel komen,' zei Teer. Bij het licht van de zaklamp bekeek hij ernstig haar gezicht. 'Spijt?' vroeg hij.

Gemma glimlachte. 'Nee.'

Hij kroop tegen haar aan. Gemma streek door zijn haar. 'Je kunt de batterijen beter sparen,' zei ze even later. Teer knipte de zaklamp uit. Meteen was het weer aardedonker. Je zag geen hand voor ogen. In de auto hing de lucht van natte cement, olie en benzine. Knuffelend in het donker praatten ze zachtjes door.

'Ga met me mee,' zei Teer.

'Wat zeg je?' Ze was verbaasd, verrast. Dat was nooit bij haar opgekomen... Hij voelde dat ze hem aanstaarde, hoewel het te donker was om iets te zien. Zijn wangen werden warm.

'Je bent niet goed wijs,' zei Gemma.

'Hoezo?'

'*Ik* weglopen? Er is toch niets waarvoor ik zou ...'

'Wacht maar tot je thuiskomt...'

Ze schoten in de lach. Gemma had Teer een week niet mogen zien. Haar ouders wisten niet waar ze deze avond uithing, maar ze vermoedden wel bij wie ze was.

'Zo gek is het toch helemaal niet?' zei Teer. 'Je loopt altijd te roepen dat je je een ongeluk verveelt.'

'Dat is waar.' Een saaier leven dan het hare kon Gemma zich niet voorstellen. Op school werd ze soms duizelig. Dan kreeg ze het gevoel dat ze zou ontploffen of flauwvallen als er niet gauw verandering in kwam. Je kon het nauwelijks een leven noemen. Ze had er alles voor over om een *leven* te leiden.

Maar…

'En hoe moet het dan met school en zo?'

'Je kunt altijd nog naar school.'

'Ik kan óók altijd nog weglopen.'

Gemma zou het graag hebben gedaan. Ze wilde het ook. Maar… ze hield niet van Teer, ze mocht hem alleen graag. Haar ouders waren ronduit walgelijk, vooral haar vader, al sloeg hij haar niet. Nog niet in elk geval.

Moest je van huis weglopen naar de grote stad als je veertien was en je leven saai vond?

'Ik doe het niet, Teer.'

Teer lag met zijn hoofd op Gemma's schoot. Ze wist wat hij voelde, omdat ze het zo vaak op zijn gezicht had gelezen. Teers hart was van zijn gezicht af te lezen.

Gemma boog zich over hem heen en fluisterde: 'Sorry.'

Teer had een reden – en wel meer dan één – om weg te lopen. En de nieuwste reden was ook van zijn gezicht af te lezen: zijn bovenlip hing over zijn tanden als een dikke pruim. Zijn linkeroog was zwart, blauw, geel en rood. Gemma moest goed oppassen dat ze zijn wonden niet raakte als ze over zijn wang streek.

Achter hen ging een deur open in de garage. Teer en Gemma doken weg.

'Oké! Ik ben het!'

'Jezus, man, laat me niet zo schrikken,' fluisterde Gemma boos.

'Sorry. Knip je zaklamp aan, dan kan ik tenminste zien wat ik doe.'

In de lichtbundel verscheen een dikke, blonde jongen die grijnzend een plastic tas omhoog hield. 'We kunnen misschien beter een of ander klopsignaal afspreken of zo,' zei hij. 'Alsjeblieft.' Gemma pakte de tas aan en keek erin.

'Alleen maar broodjes en wat kaas,' zei Barry. 'Andere dingen zullen ze meteen missen.'

'Niet eens boter?' klaagde Gemma.

'Nee. Maar wel een pot sandwichspread.' Barry trok een pot uit de zak van zijn jas.

'Lekker!' Gemma scheurde met haar handen een broodje open en stopte er stukken kaas tussen. Barry had geen mes meegebracht. Met haar vinger smeerde ze sandwichspread over de kaas.

Barry bekeek Teers gezicht bij het licht van de zaklamp. 'Christus! Hij heeft je deze keer wel behoorlijk te pakken gehad, hè?'

'Nou! Het ziet eruit als een rotte perzik, vind je niet?' zei Gemma. 'Niet *echt* om in te bijten.'

Ze lachten.

'Tussen haakjes, jullie hebben het gewone licht toch niet aan gehad?' vroeg Barry bezorgd.

'We hadden toch afgesproken dat we dat niet zouden doen?' zei Gemma. 'Alleen de zaklamp, heel even.'

'Ze zouden het door de kieren in de garagedeur kunnen zien.'

'Ik zei toch...'

'Oké.'

Gemma propte het laatste stuk van haar broodje in haar mond. Aan alle kanten kwam de sandwichspread eruit. 'Wil je ook een broodje?' vroeg ze even later met volle mond. Ze keek Teer aan.

'Ja, graag.' Hij straalde.

Niemand zei iets. Gemma maakte een broodje voor hem open, besmeerde het met sandwichspread en belegde het met kaas.

'Wanneer ga je?' wilde Barry weten.

'Morgen,' zei Teer.
'Alles bij je?'
Teer klopte op zijn rugzak die in de achterbak lag. Hij was niet zo vol.
Barry knikte. Hij keek zwijgend toe terwijl Teer at en zei toen plotseling: 'En je moeder dan?'
Opeens leek Teer uit het veld geslagen.
Gemma keek Barry boos aan. 'Zijn moeder redt het wel. Die neemt waarschijnlijk zelf de benen als Teer eenmaal weg is. Ze is altijd alleen maar om hem gebleven. Dat heeft ze wel duizend keer gezegd, hè Teer?'
De jongen knikte langzaam, als een geplaagde schildpad. Met een boos gezicht naar Barry vormde Gemma met haar mond de woorden: 'Hou je kop!'
'Je hebt gelijk.' Barry knikte heftig. 'Dat is het beste wat je voor haar kunt doen: wegwezen. Dan heeft ze geen reden meer om bij die schoft te blijven.'
'Laten we het hopen,' zei Teer.

Het werd steeds kouder in de garage. Gemma en Teer kropen tegen elkaar aan en rolden zich in de dekens. Ze zoenden. Gemma hield zijn hand niet tegen toen die onder haar topje gleed, maar zodra ze voelde dat hij verder naar beneden ging gaf ze hem een tik op zijn vingers.
'Niet doen,' zei ze.
'Waarom niet?' vroeg de jongen verbaasd.
'Niet hier...'
Ze vond het meestal niet erg als hij haar daar aanraakte. Maar die nacht zouden ze bij elkaar blijven en dat zag ze niet zo zitten.
'Ik wil niet dat we verder gaan.'
'Misschien zie je me na vanavond wel nooit meer,' zei Teer listig.
Gemma schudde haar hoofd.
'Oké, dan gaan we niet verder.'
'Oké.'

2

GEMMA

Mijn ouders zijn niet geschikt voor het ouderschap. Ze snappen er helemaal niets van. Ze denken dat je vader of moeder bent, zoals je bijvoorbeeld automonteur bent. Je doet dit, je doet dat en dan is het resultaat...

Ouders zouden les moeten krijgen voordat ze kinderen mogen voortbrengen.

Die avond in de garage is er niets gebeurd. Ik wilde eigenlijk wel met hem naar bed. Het zou een mooi afscheid zijn geweest en die arme Teer had een mooi afscheid best kunnen gebruiken. Het zou leuk zijn geweest, maar of het ook zo leuk is als het je eerste keer is... Nou, misschien had ik het toch wel gedaan – voor mezelf, voor hem. Waarom ik het niet deed, was puur om mijn ouders. Ik wilde kunnen zeggen: Luister, hij is een vriend van me en hij had problemen, hij zat onder de builen en blauwe plekken. Hij was voor de tigste keer door zijn vader in elkaar geslagen, hij wilde weglopen en ik ben die nacht bij hem gebleven omdat hij gezelschap nodig had.

En misschien is hij verliefd op me.

Maar van seks was geen sprake. Dat hebben we nog nooit gedaan. We wilden alleen maar... dicht bij elkaar zijn.

Dat is toch menselijk?

Het enige waar ik spijt van heb, is dat ik mijn vader boven Teer stelde. Die vergissing maak ik geen tweede keer.

Toen ik de volgende dag thuiskwam, brak de hel los.

Mijn vader liep te ijsberen door de kamer. 'Er zijn grenzen! Er zijn regels!'

Mam zat met opeengeperste lippen op het puntje van haar stoel en probeerde niet te huilen.

'We moeten ons allemaal aan regels houden, Gemma!' riep mijn vader. 'Als ik iets verbied, verwacht ik dat je me gehoorzaamt.'

Ik probeerde tegen mijn moeder te glimlachen, maar ze keek de andere kant uit.

Toen kwam hij met een hele goeie. Hou je vast: 'Een goede naam is voor elk meisje haar kostbaarste bezit.'

Stenen tijdperk!

'Is haar schoolopleiding niet belangrijk?' riep ik. 'Moet ze niet weten hoe je met een lipstick omgaat?'

Mijn moeder probeerde het gesprek naar de werkelijkheid terug te brengen.

'Lieverd, je bent te jong,' begon ze.

'Ze zal het moeten leren!'

'Wat moeten we nou, Gemma? Je vader heeft gelijk, regels zijn regels. Dat begrijp je toch wel?'

'Waar is David?' vroeg mijn vader. Dat is Teer. Ik noem hem Teer, omdat hij altijd zit te jammeren over mijn roken. 'Je krijgt teer in je longen!' roept hij dan.

'Bel zijn huis maar op, dan weet je het zo,' zei ik tegen mijn vader.

'Heb ik gedaan. Hij is niet thuisgekomen. Maar zodra hij komt, krijgt hij een gigantisch pak op zijn lazer, zei zijn vader.'

Ik wilde zeggen: Die kan wachten tot sint-juttemis, David komt niet meer naar huis. Maar ik hield mijn mond. 'Heeft hij al gehad,' zei ik. 'Hij is eergisteravond door zijn vader in elkaar geslagen.'

Pap brieste: 'Hij had weer een ruzie uitgelokt, zul je bedoelen.'

De vader van Teer is leraar op een scholengemeenschap in ons stadje. Je kunt zien hoe de hersens van mijn vader werken. Leraar = goed. Slechte relatie met Teer = Teers schuld.

'Hij drinkt,' zei ik. 'Ga een keer bij hem langs, dan ruik je het. Altijd onder invloed. En voor dat soort invloed moeten wij, jongeren, zeker respect hebben?' riep ik.

'Ho! Niet zo bijdehand, jij.'

'Luister, papa... Teer hád het niet meer. Hij wilde graag dat er iemand bij hem was. Er is niets gebeurd. Echt niet, oké?'

Even was het stil. Mijn vader keek me aan. Je kon zien hoe woedend hij was. Het leek wel alsof het feit dat ik me Teers lot had aangetrokken een regelrechte bedreiging van zijn gezag was.

Toen zei hij: 'Je liegt.'

Het werd ijskoud in de kamer. Mijn moeder was woedend, denk ik. Ze keek hem boos aan. Ik weet niet of ze mij geloofde, maar ze wilde het wel. Wat hij geloofde weet ik niet. Hij wilde me alleen maar krenken, denk ik.

En dat was hem gelukt. Maar dat liet ik hem niet merken. Ik mompelde: 'Ik geloof ook altijd elk woord dat jij zegt,' of zoiets, en liep naar de deur. Natuurlijk nam hij daar geen genoegen mee. Hij haalde me terug en begon opnieuw, maar ik had er genoeg van. Ik werd laaiend. 'Val dood!' schreeuwde ik en rende de kamer uit.

Ik sloot me op in mijn kamer en probeerde met muziek de wereld duidelijk te maken wat ik voelde.

Then when he sees you in the cold morning light
He says daughter what you gonna do with your li-i-fe?
Oh daddy dear you know you're still number one
But girls just wanna have fu-un
Oh girls just wannna have fun
That's all they really wa-a-a-a-a-ant...

Ik draaide dat nummer steeds weer opnieuw, maar het was aan mijn vader niet besteed. Hij luistert nooit naar de tekst.

Het verschil tussen Teers vader en de mijne is dat Teers vader eigenlijk een redelijke vent is die soms weleens vergeet redelijk te zijn. Terwijl mijn vader eigenlijk een onredelijke vent is die nooit vergeet hoeveel je voor elkaar krijgt door *te doen alsof* je redelijk bent.

Naderhand kwam hij naar boven. Hij verontschuldigde zich

en ik dacht even dat de hele zaak met een prettige sisser afliep. Maar ik begon nattigheid te voelen, toen hij zei dat hij zo grootmoedig was geweest om toe te geven dat hij fout was geweest. Nu kwam ik aan de beurt.

Nee, ik was niet fout geweest. Ik was een kouwe kikker geweest als ik *niet* bij Teer was gebleven op zijn laatste dag in Minely. Dus mijn enige fout, begon ik al te denken, is dat ik *niet* met hem naar bed ben gegaan. Nu weet ik redelijk goed wanneer ik mijn mond moet opendoen en ook wanneer ik hem dicht moet houden. Ik weet precies hoe ik papa moet inpakken. De ellende is alleen dat hij me soms zo kwaad maakt dat ik dat vaak vergeet.

Ik moest een beetje slijmen. Ik bood mijn excuses aan, jankte, sloeg mijn armen om zijn hals en kuste hem. 'Voor mij ben je nog steeds nummer één, pap,' zei ik. Hij werd zo rood als een kreeft. Ik kon hem om mijn vinger winden.

Toen stak mijn moeder haar hoofd om de deur, als iemand uit een kinderoperette. 'Zijn jullie weer maatjes?' vroeg ze. Alsof ze dat niet wist! Ze had natuurlijk al die tijd voor de deur gestaan, tot zij 'op moest'. Ik wil niet gemanipuleerd worden. Dat haat ik.

'Ja hoor,' zei mijn vader. 'We hadden het er net over hoe het nu verder moet, hè, Gemma?'

Nu neemt mijn vader meestal de zakelijke kant van dit ouderschap voor zijn rekening. Als mijn moeder iets van me wil, speelt ze het via hem. Mijn vader is tamelijk makkelijk te ontwapenen als ik alleen met hem ben, maar als mijn moeder zich ermee bemoeit...

Zet je maar schrap.

Ik mag door de week niet meer weg 's avonds. Huiswerk wordt elke avond overhoord of nagekeken. Geen privileges meer. (Welke privileges? Ademhalen? De wc gebruiken?) Teer? Verboden. Teers vrienden – of, zoals zij zegt 'dat stelletje dat op de strandboulevard rondhangt' –, verboden. Vrijdag- en zaterdagavond mag ik uit, maar ik moet om negen uur binnen zijn.

'O, mag het alsjeblieft half tien zijn?'

'Als je belooft dat het half tien *precies* is vind ik het goed,' antwoordde mijn moeder.

En ik had het spottend bedoeld.

Baantje? Afgelopen!

Ik had erop zitten wachten. Want dat baantje werd gezien als de oorzaak van mijn ondergang.

Ik probeerde kalm te blijven. Sarcasme was mijn enige wapen, het droop van me af. Ik had zelfs geen zin om ruzie te maken. Maar ik was laaiend. Mam ook. Pap zag er een beetje verongelijkt uit, alsof het hem allemaal te ver ging. Maar mam was vastbesloten.

Ik deed mijn mond open om iets verstandigs te zeggen, maar er kwam niets uit – alleen maar een soort gejammer.

'Tot je weer een beetje in het gareel bent,' zei mam. Ze stond op en streek haar rok glad.

'Jullie denken dat ik niet te vertrouwen ben, maar ik heb alles gedaan wat ik kon om bla, bla, bla, boe-oe-hoe.'

Ik had beter mijn mond kunnen houden. Ik kreeg de zin niet eens af. Ik jankte. Ik rende mijn kamer uit, maar ik wist niet waar ik heen moest, want zij zaten op mijn bed. Mijn vader riep: 'Gemma!'

Mam zei: 'Laat haar maar.'

Ik stormde snotterend de trap af en verstopte me in de keuken. Ik probeerde mijn adem in te houden.

Pap en mam kwamen naar beneden en ik rende weer naar boven en sloot me op in mijn kamer.

'Rotzakken, ROTZAKKEN, R O T Z A K K E N!' schreeuwde ik.

Beneden viel een begrijpende stilte.

Na een tijdje kalmeerde ik wat. Ik besloot mijn gemak te houden en hoopte dat mijn ouders de zaak zouden vergeten. Dus ik mocht niet uit door de week... nou ja, Teer was er toch niet. De rest van de groep hing nog steeds rond op het strand bij de boulevard, maar daar kon ik wel een paar dagen buiten.

Maar een ding was zeker: in het weekend ging ik werken.

Ik had een leuk baantje: ik moest thee en koffie serveren aan toeristen. Nu ik erop terugkijk was het eigenlijk helemaal geen leuk baantje, het was pure slavernij. Alleen in zo'n achterlijk gat als Minely-on-Sea kon het serveren van koffie en thee een spannende bezigheid zijn. Hoe dan ook, ik vond het baantje helemaal te gek en het betekende in elk geval geld.

Thuis zei niemand iets tegen me. Ze lieten me gewoon weggaan en namen niet eens de moeite om te vragen waar ik heen ging.

Toen ik ten slotte bij Auntie Joan's Tea Room kwam was een ander meisje bezig de tafeltjes bij het raam in orde te maken. Toen kwam tante Joan zelf de Tea Room binnen. 'Ach, ben jij het, Gemma,' zei ze. 'Wat een verrassing!'

'Ik werk hier,' hielp ik haar herinneren.

Auntie keek me over haar brilletje aan. Ze is niet mijn tante, voor zover ik weet is ze niemands tante. Ze heeft zichzelf gewoon naar haar Tea Room genoemd.

'Ik hoor dat je domme dingen hebt gedaan, Gemma,' zei ze vriendelijk.

Ik zei: 'W-wát zegt u?' Ja, wat heeft zij ermee te maken? Zolang ik mijn tong niet in de keel van mijn vriend steek terwijl de klanten zich rond eten aan haar gebak...

'Je vader heeft me gebeld,' mompelde ze. Ze keek me schijnheilig aan.

Ik zei geen woord. Ik wachtte.

'En ik vrees dat ik hier geen werk meer voor je heb.'

Ze had zelfs niet het fatsoen om *te doen alsof* ze zich opgelaten voelde.

Moet ik het zeggen? Moet ik nog zeggen hoe *razend* ik was? Die klote-pa van me had opgebeld en mijn baan voor me opgezegd.

Het ging hem niets aan!

Hij had het recht niet!

En wie dacht die ouwe huichelachtige heks wel dat ze was?

'Sinds wanneer bent u inspecteur bij de zedenpolitie?' vroeg ik.

'Dat had je niet hoeven zeggen,' snibde ze met een klein mondje. 'Het spijt me, maar ik kan een meisje niet in dienst houden tegen de wil van haar ouders.' Ze draaide zich om en liep naar buiten.

Ik wierp het andere meisje een woedende blik toe. Ze kreeg een kleur als vuur en probeerde zo'n beetje achter de menukaarten weg te kruipen. Ze dacht waarschijnlijk dat ik een orgie in de keuken had gehouden, terwijl intussen het theewater stond te koken op het fornuis.

Wat een vernedering! Dit geloof je toch niet!

'Ik weet niet of ik nog wil werken in een tent waar de aardbeienjam naar VIS smaakt!' schreeuwde ik en stormde naar buiten. Ik zag nog dat ze ineen kromp. Op een of ander slecht gekozen moment van vertrouwelijkheid had ze tegen me bekend dat ze de jam in dezelfde pan maakte als waarin ze visresten voor de kat kookte. Voor de dag voorbij was, zou heel Minely het weten…

Ik liep over het strand naar de zee en huilde en huilde en was razend en huilde opnieuw. Mijn hele leven lag in puin. Die ouwe taart van een Joan had ervan genoten, dat wist ik zeker. Onder de plaatselijke middenstand heerste de heilige overtuiging dat alle problemen in Minely werden veroorzaakt door de 'Jongeren'. Als iemand een antenne op een auto verboog, of een vuilnisbak omver gooide op de boulevard, gingen ze als een stel meeuwen bij elkaar staan jammeren over de Jongeren, dat ze geen enkele discipline kenden en dat ze Minely ruïneerden. Tuig van buiten de stad was daarentegen van harte welkom. Hoe meer hoe beter. Zij konden door de stad rennen, drinken, kotsen, schreeuwen en vuilnisbakken omver schoppen zoveel ze maar wilden en dan heette het 'jeugdige overmoed'.

Voor de lokale middenstand was eigenlijk iedereen met een briefje van vijf pond op zak een soort Moeder Theresa van Calcutta.

Minely leefde grotendeels van het toerisme. Als de middenstanders hun zin kregen zouden ze het plaatsje 's winters gewoon sluiten en de bevolking naar Scarborough sturen of naar Siberië of zo. Maar dat is een ander verhaal.

Mijn verontwaardiging over mevrouw Auntie Joan was een zachte lentedag vergeleken bij de storm van woede over mijn liefhebbende ouders die in mijn binnenste raasde.

Ik ging die dag niet terug. Ik bleef zelfs het hele weekend weg uit protest.

Resultaat: ik mocht in het weekend het huis niet meer uit.

Mijn volgende zet was een hele week geen avond voor tien uur thuiskomen. Ze zouden me voor straf echt niet van school kunnen houden. Maar ze hadden hun antwoord klaar: mijn vader kwam me elke dag uit school halen. Jezus! Iedereen wist wat er aan de hand was. Hij wachtte niet buiten, nee, hij kwam gewoon de klas in. De vernedering!

De zaak werd op de spits gedreven. Ik merkte dat mijn moeder begon te twijfelen, maar mijn vader was niet meer te houden. Op een avond hoorde ik hen ruziemaken en ik kreeg het idee dat zij probeerde hem iets af te remmen, maar langzamerhand stond zijn gezag op het spel. Ze had net zo goed kunnen proberen de paus te verbieden baby's te zegenen. Natuurlijk had mijn moeder geen poot om op te staan, omdat zij de hele zaak aangezwengeld had.

Mam is de filosoof in de familie.

'De liefde is er, Gemma,' legde ze uit. 'De mildheid. Het compromis. Ik wil je niet als een klein kind behandelen. Je hoeft ons alleen maar te laten zien dat je je aan een paar regels kunt houden, dan wordt alles weer gewoon. Je kunt een nieuw baantje zoeken en in de weekends mag je weer weg. We willen alleen wat verantwoordelijkheidsgevoel bij je zien. Meer vragen we niet.'

Mijn ouders hadden een lesje nodig.

Vertel mij wat! Je hebt een afschuwelijke ruzie met je ouders gehad. Het leven is walgelijk. Waarom pik je dit allemaal, denk je. Ja, waarom eigenlijk? Waarom loop je niet gewoon weg? Gemakkelijk en goedkoop. En je maakt meteen heel duidelijk wat je bedoelde.

Maar het is niet zo gemakkelijk, hè? Dat wil zeggen, misschien is het makkelijk, misschien is het moeilijk. Hoe kom je daar achter? Je bent nog maar een kind, je moet nog veel leren. En het is niet zo dat je een winkel binnenloopt en er een handboek over kunt kopen.

Goed, je hebt er even op moeten wachten, maar hier is het dan toch:

HOE LOOP IK WEG VAN HUIS?
PRAKTISCH HANDBOEK VAN GEMMA BROGAN
Een stap-voor-stap gids voor radicale ontevredenen

1. Meenemen: kleren – warme trui, warme broeken, warme sokken. Genoeg ondergoed en andere persoonlijke dingen. Een waterdichte jas. Een slaapzak. Pen en papier. Geld. Je vaders bankpas en pincode.
2. Je verstand. Je zult het nodig hebben.
3. Denk goed na: Wat zullen je ouders gaan doen? Ze zullen natuurlijk proberen je terug te halen. Politie. Ze zullen zeggen: 'Help, mijn kleine meid is ontvoerd.' Of: 'Misschien is ze het slachtoffer geworden van een of andere enge viezerik.' Of: 'Misschien ligt ze *op dit moment* vermoord in een plastic zak op de vuilnisbelt.' Het komt nooit bij hen op dat hun kleine Lucinda zo genoeg had van paps en mams dat ze uit eigen beweging is weggegaan. Dus... als je niet wilt dat het hele politiekorps op je hielen zit en je eigen foto je uit alle kranten aanstaart, moet je je ouders *precies* vertellen wat je gaat doen. (Tenzij je het natuurlijk leuk vindt dat je foto in het plaatselijke blaadje komt te staan. Zo zat het bij mij niet, ik wilde alleen maar weg.)
4. Nu komen pen en papier aan de beurt. Je schrijft hun een brief waarin je uitlegt dat je weggaat en dat ze je voorlopig dus weinig of niet zullen zien. Wens hun het allerbeste, zeg

dat ze niet boos moeten zijn en dat je hoopt dat ze het zullen begrijpen. Of je vraagt hun in je brief hoe ze met zichzelf kunnen leven nu ze jouw jonge leven zo ondraaglijk hebben gemaakt dat je wel moest vertrekken, de harde wereld in enz. enz. Maar pas op! Dit zal je geloofwaardigheid ondermijnen.
5. Trein- of buskaarten koop je met je vaders creditcard.
6. Pak geld en ga!

Als je het helemáál goed wilt doen, schrijf of bel je ze zodra je een paar dagen weg bent. Je vertelt dat je goed eet en twee wollen truien over elkaar aanhebt (hier komen de warme truien en sokken enz. aan de orde!). Als ze dan alsnog de hulp van de politie inroepen om hun eigendom terug te krijgen, zullen ze op het bureau zeggen: 'Zo zo, heeft ze twee wollen truien aan? En ze heeft een slaapzak meegenomen, zegt u? Goed zo!' Want, weet je, de politie maakt zich heel druk als je dood bent, maar ze geven geen spat om je als je nog in leven bent.

Eigenlijk – maar dit is geheim – wil ik niet zo lang wegblijven. Ik bekijk het wel als ik daar ben. Een paar weken, misschien een maand.

Maar dat weten pap en mam niet.

Teer belde me dinsdag. Mijn ouders waren gaan squashen. Ik vertelde hem wat ik van plan was en toen moest ik lachen, een glimlach van oor tot oor, want ik wist opeens zeker dat ik het echt zou doen. Vóór die tijd... och, ik wilde wel, maar ik had het gevoel dat ik mezelf voor de gek hield. Toen ik begon te grijnzen, wist ik het. Hij glimlachte ook, ik kon het *horen*!

Ik voelde me een beetje schuldig omdat hij zo gek op me is en... Iedereen praat altijd over de liefde alsof het iets heel gewoons is. Je zegt dat je van je ouders houdt, maar wat betekent dat? Je wordt er niet lyrisch van, of wel? Ik haat mijn vader en moeder soms, maar ik denk niet dat ik minder voor hen voel dan iemand anders. Maar één ding weet ik zeker: als er zoiets bestaat als verliefd zijn, ben ik er misschien nu nog niet aan toe, maar als ik zover ben, dan word ik SMOORVERLIEFD. Tot over mijn oren. Toeters en bellen. Dan doe ik alles voor hem. Noem maar op. Alles.

Maar tot dan ben ik van plan alles uit mijn vrijheid te halen.

Teer is zo'n schat. Hij is het soort jongen dat je graag beter zou willen leren kennen. Hij heeft het ontzettend moeilijk gehad en als iemand dat niet verdiend heeft, is hij het wel. Hij is de jongen die je zou uitkiezen om verliefd op te worden. Maar ik val natuurlijk voor een of andere lul met oorringen en een harde stem. Zul je altijd zien.

Dus was het misschien niet helemaal eerlijk tegenover hem. Aan de andere kant mocht ik hem meer dan wie ook. Na het telefoontje begon ik erover te fantaseren hoe het zou zijn, hele dagen met hem samen, niemand om je heen die je loopt te commanderen. Het idee leek me perfect. Zijn hand vasthouden in het donker, met hem slapen, met hem praten, *alleen* met hem, zonder anderen erbij, voor hem zorgen, want de arme jongen heeft iemand nodig. Mij.

Soms, als we met de hele groep wegkropen achter de golfbrekers, hield hij me stevig vast, maar zo stevig dat ik dacht: hij houdt me niet alleen beet, hij klampt zich aan me vast, alsof ik ervoor zorg dat hij niet van de wereld valt. Dan keek hij me aan met van die ogen... ik weet niet. Alsof hij zo in tranen uit kon barsten. En het is stom, dat weet ik, maar ik denk dat het hem misschien pijn doet. Dat hij wel van mij houdt, maar ik niet van hem. Ik kreeg vaak een dikke brok in mijn keel en dan omhelsde ik hem en probeerde even verliefd op hem te worden als hij op mij was.

En andere keren dacht ik, hij heeft gewoon zo'n gezicht. Daardoor ziet hij er zo uit.

3

TEER

Gemma en ik.

Wie had dat ooit gedacht? Ik zeker niet. Toen ze voor het eerst op het strand verscheen, vond ik haar helemaal niet zo leuk. Het was zaterdagavond. We hadden een vuur gemaakt tegenover de oude fabriek, even buiten de stad. Een mooi groot vuur. We hadden een reusachtig stuk hout gevonden van een oude boot. Kenny en ik sleepten het naar het vuur. Het zat vol teer en er zaten koperen spijkers in. Het koper maakte het vuur groen. Tovenarij.

Gemma vond het helemaal te gek. Ze kan zo uit haar bol gaan – ook iets dat ik zo prachtig aan haar vind. Ze was helemaal opgewonden door het vuur, door de ontmoeting met ons, door het geluid van de zee in het donker, door de avond...

Minely is een walgelijk gat. Het 'eigen volk' moet het er zelf maar uitzoeken. Je loopt als een wildvreemde buitenstaander in je eigen stad rond tot je opeens op een stel mensen van je eigen leeftijd stuit die – rond een groot vuur even buiten de stad – zitten te roken en te drinken en met niemand iets te maken hebben. Ik weet nog goed hoe ik me voelde toen ik voor het eerst het strandleven ontdekte. Gaaf.

Ze was mooi, maar ze zat maar door te ratelen over hoe gigantisch dit was en hoe grandioos dat. Ze werd dronken en stoned en ik vroeg me af of ze nooit moe werd van haar eigen stem.

Maar ik bleef en zij bleef en uiteindelijk waren we nog maar met een man of vijf, zes over. Andere keren ging ik dan meestal naar huis. Hoe later het werd, hoe meer mensen twee aan twee verdwenen. Als je alleen bleef voelde je je een soort vijfde wiel aan de wagen. Ik probeerde meestal weg te zijn voordat dat gebeurde, maar die avond was ik er en Gemma ook en verder was bijna iedereen al weg en ik dacht: néé, hè!

Want ik had in zo'n situatie altijd het gevoel dat ik iets moest doen, maar ik durfde niet. En ik wilde ook niet zomaar weggaan omdat de anderen dan achteraf te horen zouden krijgen dat ik te bang was om met haar te praten. Ik was veel te onzeker om een gesprek aan te knopen met zo'n meisje.

Ze kwam naast me zitten en begon te praten...

Er vielen grote stiltes. Ik was bang dat ze er genoeg van zou krijgen, maar ze vond het blijkbaar niet erg. Toen begon ze me van alles te vragen over mezelf... en ik vertelde haar over thuis en mijn ouders. Ik voelde me eh... stom, snap je? Omdat iedereen mijn problemen kende en ik ze nu opeens tegen dit mooie meisje zat te vertellen. Ze moet zich wel rot vervelen, dacht ik. Maar ze bleef allerlei dingen vragen. Met een rustige stem. Niet dat schreeuwerige dat ze eerder die avond had gehad. Ik vertelde haar alles. Alles? Te veel. Ik bleef haar maar aankijken en ik dacht: waarom vraag je me dit allemaal? Wat heb je met mij te maken?

Ze draaide zich om en begon tegen iemand anders te praten en ik dacht: nou ja, laat maar. Het volgende dat ik me kan herinneren is dat ik haar vingers in mijn hand voelde. Niet te geloven! Dit moest een vergissing zijn. We zaten hand in hand. Toen raapte ik al mijn moed bij elkaar en sloeg mijn arm om haar middel. Ze kroop tegen me aan. Ik grijnsde alleen maar. Ik was zo blij. Ik kon haar niet zoenen, mijn glimlach was te breed!

'Au!' zei ze, toen ik met mijn tanden haar mond beukte.

Ik zei: 'Ik ben gelukkig.'

'Dat is fijn,' zei ze. 'Dat is fijn.'

Ik belde haar de dinsdag nadat ik was weggelopen. Ze zei tegen me dat ze me zou komen opzoeken. Toen zag ik er net zo uit – denk ik – als op die eerste avond. Ik grijnsde als een of andere gek. Mensen glimlachten tegen me toen ik uit de telefooncel kwam. Het was fantastisch.

Ik had me behoorlijk rot gevoeld – van huis weg en helemaal alleen. Nu voelde ik me te gek. Ik wilde dat moment zo lang mogelijk vasthouden. Zoals in een film – ze spelen een bepaald nummer en dat geeft een speciaal gevoel en dat gevoel blijft hangen. Zoiets. Ik had in een boot moeten zitten en een rivier afzakken, of in een luchtballon met iemand die gitaar speelde, maar ik stond gewoon in een vieze oude straat in Bristol en ik wist dat er zo dadelijk iets kon gebeuren waardoor ik me weer vreselijk zou voelen. Ik moest iets *doen*. Toen dacht ik: ik ga wandelen in het park. Ja... Kleine kinderen in de draaimolen, mensen die hun hond uitlieten. De zomer was net begonnen. De narcissen waren er nog, bomen stonden in bloei. Mensen zouden de eenden voeren en de duiven. Ik kon een ijsje kopen. Ik had mijn walkman bij me zodat ik zelfs muziek kon luisteren als ik dat wilde. Ik had het gevoel dat ik werd opgetild, ik had kunnen springen van blijdschap.

Ik stak mijn hand in mijn zak. Ik weet niet waarom. Ik voelde het briefje. Eén pond. En ik dacht: shit. Het heerlijke gevoel begon alweer te verdwijnen als sneeuw voor de zon. Als ik namelijk mijn geld uitgaf aan een ijsje, moest ik weer de stad in om te bedelen in het winkelcentrum, anders had ik die avond geen eten. En bedelen is vreselijk. Je kunt het niet op een aardige manier doen. Je zit op de grond en je laat je hoofd tussen je knieën hangen. Je houdt je hand op en je probeert te doen alsof het *niet* gebeurt.

Het was zo stom. Alsof ik geld nodig had om blij te kunnen zijn dat Gemma me kwam opzoeken! Ik wist dat dit zou gebeuren. Ik zat te ver in de shit om me langer dan één seconde goed te voelen. Het heerlijke moment zweefde weg... en ik zat op de grond en keek het na.

En toen zag ik de paardebloemen.

Ze stonden in de grasstroken langs de weg. Het was één goudgele zee. Ik had daar staan denken over gele narcissen in het park en intussen bloeiden hier de paardebloemen. Ze stonden er niet voor mij, zodat ik ernaar kon kijken. Ze waren er omdat ze er *wilden* zijn. Langs de hele stoffige, vuile weg liep een goudgele strook en iedereen liep gehaast door, zonder de bloemen één blik waardig te keuren.

Ik moet er zelf ook wel honderd keer langs zijn gelopen en ik had ze nooit *gezien*. Soms loop ik maar zo'n beetje als een zombie rond.

Ik weet dat het stom klinkt, maar het leek wel of de bloemen voor Gemma waren opengegaan.

Ik keek er een poosje naar en zoog de kleur in me op. Ik hou van geel. Het is de kleur van het zonlicht. Als dit allemaal voorbij is en ik alles op een rij heb, wil ik naar de kunstacademie. Ik wil kunstschilder worden, of ontwerper. Daar ben ik goed in, denk ik.

Ik stond daar naar die bloemen te staren en zag opeens de tekening voor me. Een paardebloem – één reusachtige, stralende paardebloem. De achtergrond was helemaal zwart en de paardebloem had alle schitterende tinten geel en oranje die je je maar kunt voorstellen, elk blaadje een lange gele driehoek. Het zou een groot schilderij worden. Ik zou het maken en het aan de muur van mijn kamertje in het kraakpand hangen voor Gemma, als ze kwam.

Het gelukkige moment dook vanuit de lucht weer naar beneden. Ik reikte ernaar met mijn hand, greep het vast en liep weer door. Ik plukte een grote bos paardebloemen en ging terug naar het kraakpand. Ik voelde me weer fantastisch.

Ik zeg kraakpand. Het leek eigenlijk meer op een slooppand, maar ik was al een paar dagen bezig het een beetje op te ruimen.

De eerste paar nachten had ik in portieken gelegen. De allereerste nacht lag ik in het portiek van een kleine supermarkt. Ik kon niet in slaap komen, het was ijzig koud. Uiteindelijk heb ik de hele nacht rondgewandeld. Tegen de morgen liep ik een trap af naar de metro. Ik zag allerlei zwervers die zich in kartonnen dozen hadden gehuld en ik dacht: zo moet het dus! Op de stoeprand bij een winkel stonden een stapel dozen te wachten op de vuilniswagen. Ik haalde een grote doos uit elkaar en draaide hem om mijn lijf. Dat was beter. Maar je ligt nog de halve nacht wakker. Op straat schijn je nooit goed te kunnen slapen.

Zo verstreken de eerste paar nachten. Ik vind het vervelend op straat. Je bent er onbeschermd. Iedereen kan je voortdurend zien, ook als je eindelijk in slaap gesukkeld bent. Soms schrik je 's nachts wakker omdat de politie met een zaklamp in je gezicht schijnt. Ik haatte het, al die mensen die naar je keken terwijl je sliep, al die vreemdelingen. Ik begon me te voelen als een of ander beest in de dierentuin. Dus toen ik dit rijtje afbraakhuizen vond, dacht ik: zo, dit wordt dus mijn thuis.

Ik vond een kleine kamer waar de deur nog in zat. De eerste avond werd ik steeds gewekt door mensen die de deur opendeden. Het was pikdonker. Ze konden me niet zien, dus riep ik maar wat. Het gebeurde die nacht wel vijf keer. Ik was de eerste paar keer bang, maar een tijd later begreep ik dat het alleen maar mensen waren die ook op zoek waren naar een slaapplaats. Zodra er weer iemand de deur opendeed, riep ik: 'Bezet!' en dan liepen ze door.

De volgende dag prikte ik een stuk papier op de deur: *'Niet storen,'* en ik schreef er in kleine letters onder: *'Eigendom van Hotel d'Erelict.'*

Iedereen moest zijn weg zoeken met lucifers of een zaklamp, dus zagen ze allemaal het vel papier en na die tijd had ik geen last meer. Op een paar keer na dat een dronken kerel de deur per ongeluk opendeed, omdat hij het papier niet had gezien.

Een paar van mijn 'huisgenoten' vonden het papier zo prachtig dat ze me wakker maakten. 'Zet je 's avonds je laarzen ook buiten de deur zodat ze gepoetst worden?' riep iemand. En 'Wil meneer ontbijt op bed?' Dat soort dingen. Gaaf.

Ik sliep dan wel niet meer op straat, maar in die afbraakhuisjes was de zooi verschrikkelijk. Mensen dumpten er vuilniszakken vol oud papier, oude kleren, zelfs puin. Ik sliep een paar nachten boven op al die rotzooi. Ik was behoorlijk depressief, moest veel aan mijn moeder denken.

Toen dacht ik: schiet op, je moet dóór!

Eerst graaide ik alle troep bij elkaar en vulde er een paar vuilniszakken mee die ik naar de achterkant van het huis sleepte. De vuilniszakken haalde ik uit vuilniscontainers op straat. In een van die containers vond ik ook een bezem met een gebroken steel. Ik veegde het hele kamertje grondig uit. Het was nog steeds een puinhoop, maar nu tenminste een geveegde puinhoop.

Toen begon ik van alles te verzamelen – een paar houten kratten, een stuk vloerbedekking dat iemand bij de vuilnisbak had gezet. Ik moest het ook niet te mooi maken, want dan zouden de spullen weer gejat worden, of kapotgemaakt. Ik probeerde me er thuis te voelen. Daarom was ik zo blij toen ik dat idee kreeg voor een tekening. Ik had al steeds een tekening willen maken. Ik had mijn tekenspullen meegenomen, maar ik was er nog niet aan toe gekomen. En nu had ik dat prachtige idee voor Gemma.

Het was zo'n drie kilometer lopen naar mijn kraakadres. Onderweg kwam ik langs de sigarenwinkel van Joe Scholl. Ik had zin om naar binnen te gaan en een twix te kopen. Mezelf te trakteren. Maar ik had niet gebedeld. En dat vergeet je. Je koopt een reep chocolade of zoiets en dan denk je pas: dit kan helemaal niet.

Joe Scholl is een aardige vent. Hij had me een paar dagen daarvoor wat geld geleend. Ik denk dat hij behoorlijk veel weggeeft aan gasten die op straat leven.

'Wat zie jij er feestelijk uit vandaag, David,' zei hij met een blik op de bos paardebloemen.

'Ja! Mijn vriendin komt naar me toe,' zei ik. Ik denk dat ik er alleen maar binnenging omdat ik iemand het goede nieuws wilde vertellen.

'Vandaar het boeket,' zei hij met een knik naar de bloemen.

'Ja!' grijnsde ik. Ik pakte een reep twix en haalde mijn laatste pond voor de dag. Hij lachte niet, maar dat deed hij nooit. Hij hield zijn gezicht altijd in de plooi, alleen trok hij af en toe zijn wenkbrauwen op. En soms zei hij iets, waardoor je zowat omviel van het lachen. Met een stalen gezicht...

'Dat is dan goed nieuws.' Hij pakte mijn geld niet. Hij keek me alleen maar aan. 'Ook weggelopen van huis, net als jij?' wilde hij weten.

Ik keek hem aan. 'Ja...'

'Hoe oud is ze, David?'

Ik durfde hem niet te vertellen hoe oud ze werkelijk was. Ik zei: 'Zestien.' Ik had hem eerder verteld dat ik ook zo oud was. Om me maar een houding te geven begon ik aan de twix.

'Leuk.' Hij stond daar met zijn handen langs zijn lijf en keek me aan. 'Waar slaapt ze?' Het lekkere gevoel zakte weer af. 'Bruidssuite in Hotel Afbraak?'

'Ja.' Ik stopte het geld terug in mijn zak.

'Hartelijk bedankt voor de twix, Joe!' zei hij.

'O ja... sorry. Ik dacht...'

'Laat maar zitten. Maar voor een meisje is het er niet zó leuk, hè?'

Daar had ik niet over nagedacht. Hij had gelijk! Albany Road was goed genoeg voor mij, maar niet voor Gemma. Daar woont van alles, zwervers, alcoholisten, junks. De meesten zijn oké, maar sommigen... Ik had een paar keer gezien dat de alco's vrouwen bij zich hadden. Maar jonge vrouwen, meisjes, zag je er nooit. De meisjes slapen altijd in portieken, op straat.

Ik had me nooit afgevraagd waarom.

'Alstublieft.' Ik had mijn geld opnieuw voor de dag gehaald, maar hij duwde mijn hand weg.

'Doe niet zo gek.'

Ik wilde het weer in mijn zak stoppen, maar toen bedacht ik me. 'Nee, neemt u het alstublieft, anders durf ik hier niet meer binnen te komen.'

'Ah...'

'Dan denkt u dat ik het erom doe!'

'Dat zal wel meevallen, David! Maar ik begrijp wat je bedoelt.' Hij leunde met een hand op de toonbank en pakte mijn geld aan. 'Je krijgt het wel een keer van me terug, goed?'

Ik grinnikte. Hij was prachtig. Hij had een geestig gezicht. Hij was nogal dik en kaal en hij zag er altijd uit alsof je hem net op een onplezierige manier verrast had, alsof je hem net verteld had dat de prijs van de chocolade omhoog was gegaan of zo.

'Het leven is een ingewikkelde zaak,' zei hij. Er kwam iemand binnen en hij wendde zich tot de nieuwe klant. Ik knikte en liep naar de deur, maar hij riep: 'Wacht nog even.'

Ik bleef staan terwijl hij een krant verkocht. Ik voelde me weer rot. Ik had niet nagedacht. Ik was egoïstisch. Ik kon Gemma toch niet in die zooi laten slapen?

'Ze blijft niet. Ze komt alleen maar op bezoek,' begon ik toen de klant was weggegaan.

'Wat doe je vanavond?'

'Eh... niets.'

'Zorg dat je om zes uur hier bent. Ik ga vanmiddag even naar iemand toe. Misschien kan ik iets voor je regelen.'

'Echt waar?'

'Misschien. Maar ik moet eerst iemand spreken. Zorg dat je er om zes uur bent. Het kan ook zijn dat ik je weer weg moet sturen.'

'Bedankt, meneer Scholl!'

'Menéér Scholl.' Hij draaide met zijn ogen. 'Skolly.'

'Bedankt, Skolly.'

'Oké, smeer 'm.'

Ik huppelde zowat over straat. Alles kwam goed. Gemma zou komen, Skolly zou iets regelen. Nou zeg ik dat wel, maar niet alles zou natuurlijk goed komen. Er was iets dat nooit goed zou komen – en daar was het allemaal om begonnen.

Mijn moeder.

Ik had mezelf beloofd dat ik haar een hele maand niet zou bellen. Het probleem was dat ik steeds dacht dat ik me beter zou voelen als ik haar gesproken had. Maar ik wist dat dat niet waar was. Ik had een brief voor haar achtergelaten toen ik wegging, maar dat leek zo lang geleden. Gemma had me aangeraden haar de eerste tijd niet te bellen. Ze zei dat ik me dan alleen maar nog rotter ging voelen, dat mijn moeder me misschien zelfs zou overhalen terug te komen. Maar alles ging zo goed dat ik dacht dat ik er wel tegen kon. Ik was pas een paar weken weg. Langer was ik nooit bij haar vandaan geweest.

Ik wist dat ik niet moest bellen. Gemma had gelijk. Je kent mijn moeder niet. Hoe ze het doet, weet ik niet, maar ze krijgt echt *alles* van je gedaan. Ik ben eigenlijk banger voor haar dan voor mijn vader.

'Eerst maar even zien hoe het afloopt met meneer Scholl,' zei ik tegen mezelf. Als hij een plek voor me wist waar ik voorlopig onderdak had, zou alles goed komen. Dan kon ik erover denken om weer contact op te nemen met mijn moeder. Zo niet, dan was het andere koek. Dat zou een ramp zijn. Dan zou ik Gemma moeten bellen en zeggen dat ze maar liever niet moest komen. Omdat Skolly gelijk had. Het slooppand aan de Albany Road was niks voor haar.

De paardebloem lukte niet zoals ik wilde. De kleuren waren te flets. Ik wilde diepe, warme tinten geel en de zwarte achtergrond moest fluweelachtig zijn. Zoiets lukt niet met kleurpotloden. Met pastelkrijt misschien wel. Ik had thuis een doos krijt en ik werd boos op mezelf. Ik had de doos niet meegenomen, omdat ik bang was dat de krijtjes zouden breken. Ze zijn heel dun.

4

SKOLLY

Hij was er. Natuurlijk was hij er.

'Hoi, David.'

'Hallo, meneer Skolly.'

Ik zei: 'Laat dat meneer maar zitten.' Ik liep de straat uit en hij rende achter me aan. Hij was bijna een kop groter dan ik.

'Ik vind het heel aardig dat u me wilt helpen.'

'Ik heb nog niets gedaan.' Beleefde jongen. Ik mocht hem wel. Met een trouwhartig gezicht hobbelde hij met me mee. Hij had zijn leren jack aan en droeg een rugzak. Je kon zien dat hij nog niet lang op straat leefde, want de rugzak was nog redelijk schoon. Spijkerbroek, kisten, lang haar. Hij zag er hetzelfde uit als altijd. Doen ze allemaal. Ze hebben meestal geen uitgebreide garderobe.

Ik gaf ze allemaal wel eens geld, peuken of een paar repen, maar deze jongen was de eerste die ik echt wilde helpen. De meeste anderen zagen het gewoon even niet zitten, of waren alleen maar dom bezig. Ze zouden gewoon terug moeten naar hun vaders en moeders.

De eerste keer dat ik hem zag, gaf ik hem een paar pond en ik vroeg of hij besefte waar hij mee bezig was.

Hij keek alleen maar op en raakte even de zijkant van zijn gezicht aan. Ik had de blauwe plekken niet gezien. Hij hoefde niets meer te zeggen, hij zag er ellendig uit. Ik knikte en gaf hem met het geld nog een paar marsen. Zijn gezicht veranderde helemaal. Ik schrok ervan. Hij straalde. Ik had hem zielsgelukkig gemaakt, al was het maar een minuut of twee. Het gaf me een goed gevoel en daar hou ik van.

Hij had geen greintje brutaliteit. En in deze wereld heb je die soms heel hard nodig. Kijk naar mij. Ik ben een en al brutaliteit. Maar deze jongen – één blik was genoeg: je kon hem alles wijsmaken. Je had het gevoel dat je hem stevig bij de hand moest houden, omdat hij anders verpletterd zou worden in de massa.

Ik hield hem een pakje Benson & Hedges voor. 'Peuk?'

'Dank je, ik rook niet.'

'Dat ga je wel doen,' zei ik. 'Bijna iedereen die op straat leeft, rookt.'

'Je vult je lijf met teer,' zei hij. Hij liep een paar stappen voor me uit, draaide zich om en keek me recht in mijn gezicht. 'Je huid wordt er grauw van!'

Ik bleef midden op straat staan. Een oude vrouw botste bijna van achteren tegen me op. 'Nou moet je ophouden!'

Ik bedoel, ik deed mijn best hem te helpen en hij vond het nodig me te vertellen dat ik een grauwe huid had. Hij grinnikte alleen maar en ik dacht: slimmerik! Hij plaagde me en ik was er met beide voeten ingetrapt.

We liepen door Picton Street. Hij heeft eigenlijk gelijk, dacht ik. Mijn vader is tweeëntachtig. Hij rookt als een ketter en hij heeft de kleur van sigarettenas.

Ikzelf rook sigaren. Toen ik jonger was, liet ik vaak een sigaret in mijn mondhoek bungelen als een soort advertentie. Als ik als sigarenboer al niet rook, wie dan wel? Je ziet tegenwoordig een heleboel tabakshandelaren – vooral de Aziaten moet ik zeggen – die helemaal niet roken. Dat kan toch niet? Hoe kun je je klanten respecteren als je het stom vindt dat ze roken? Hoe weet je wat je hun verkoopt? Ik denk dat ik geblinddoekt een Benson kan onderscheiden van een Marlboro, alleen door de lucht al. Nou ja, vroeger dan.

Nu rook ik geen sigaretten meer. Ik rookte te veel. Een sigaar is ideaal voor een tabakshandelaar. Je houdt hem in je mond, maar hij gaat steeds uit. Het lijkt of je rookt, terwijl dat eigenlijk niet het geval is, als je begrijpt wat ik bedoel.

'Liever een mars?'

Die nam hij. Ik heb altijd wat repen op zak, ook omdat ik

sigarenboer ben. Ik mag ze graag eten. Daardoor ben ik te dik en een beetje kortademig, maar ik ben in elk geval geen huichelaar.

En ik ben goed op de hoogte. Ik houd de krant bij.

Richard wachtte in de winkel op ons. Het oude elektriciteitszaakje van George Dole, bedoel ik. Hij had het pand een paar weken daarvoor gekraakt.

'Hoi, Skolly!' riep hij stralend tegen me. Of liever gezegd, hij straalde tegen de deur achter me. Een rare gozer, die Richard. Heel vriendelijk, maar... ik weet niet. Hij glimlacht altijd, maar hij kijkt je om de een of andere reden nooit recht aan.

Richard speelt een beetje komedie, net als ik. Ik deed de deur open en zei: 'Dit is de jongen over wie ik je verteld heb.' Ik gaf David een zetje in zijn rug. Hij stommelde naar binnen. Richard stak zijn hand uit.

'Altijd weer leuk een nieuwe kandidaat voor de kraakbeweging te ontmoeten,' zei hij.

'Dank je, dank je,' zei David.

Ik draaide me al om om weg te gaan. Richard was teleurgesteld.

'Kom je niet binnen, Skolly?'

'Ik heb al een huis, dank je!'

'Eet een hap mee. Ik bak hamburgers, speciaal voor jou.'

'Hamburgers?'

Als we elkaar zagen, nodigde hij me altijd uit om iets mee te eten: een of andere smerige bonenbrei, of taugé, of yoghurt.

'Speciaal voor jou,' herhaalde Richard, grijnzend tegen de straat.

Ik bleef staan. Moeder de vrouw zat bij het kroost in Taunton. Ik was van plan naar de kroeg te gaan, maar daar kon ik altijd later nog heen. Richard wilde me alleen maar bekeren. In tegenstelling tot anderen ben ik altijd nog nieuwsgierig. Doe je best maar, dacht ik, probeer me maar te bekeren. Misschien vond ik het wel leuk.

Ik duwde David voor me uit en volgde hen de trappen op naar de verdieping boven de winkel.

Toen ik voor het eerst hoorde dat de oude elektriciteitswinkel van George Dole gekraakt was, schrok ik behoorlijk. George was altijd een vriend van me geweest, totdat zijn hart het begaf – ongeveer anderhalf jaar geleden. Ik hou niet van krakers. Waarom werken ze niet en betalen ze gewoon huur? Stelletje klaplopers. Ze denken graag dat ze tot de onderwereld behoren, maar de meeste oplichters die ik ken *werken* voor de kost.

Eerst kreeg ik het idee dat dit een ander soort kraak was dan normaal. Toen er een papier op de deur werd geplakt waarop stond dat het huis gekraakt was en dat de politie ervan wist. Nou já! Als de boeven nu al aan de politie gaan vertellen wat ze doen, zodat ze op hun gemak hun gang kunnen gaan, dan staat dit land er toch echt miserabel voor. Ik bedoel, stel je deze gang van zaken even voor met een ander soort misdaad. Een papiertje op de deur: *'Deze bank zal morgen om 11.00 u. worden beroofd.'* En de agenten tikken tegen hun pet en zeggen: 'In orde, meneer. Mocht u problemen hebben, dan weet u ons te vinden!'

Een paar dagen later verscheen het gebruikelijke zootje: onsmakelijk uitziend jong grut met hanenkammen en kisten aan hun voeten die twee maten te groot waren. Als een stel ratten scharrelden ze het pand in en uit. Ik dacht bij mezelf: dit stelletje kan zoiets niet verzinnen. Maar toen ik Richard naar buiten zag komen, wist ik meteen dat hij het Brein moest zijn.

Richard droeg een oorring en had kort haar. Hij had wat je een 'gematigde' hanenkam zou kunnen noemen. Midden op zijn hoofd waren de stekels langer dan aan de kanten. Maar hij was veel ouder dan de anderen, midden twintig zo'n beetje, terwijl dat stelletje punkers hooguit zestien, zeventien was. Ik stond in de deur van mijn sigarenwinkel naar de voorbijgangers te kijken, toen hij glimlachend naar buiten kwam. Hij draaide de deur op slot en liep weg met zo'n domme grijns op zijn gezicht. Hij glimlachte tegen de wind, tegen de lucht, tegen de huizen... Ik weet het niet. Blij met zichzelf, denk ik.

Ik vroeg moeder de vrouw of ze even op de winkel wilde passen en ik ging achter hem aan. Ik was ongerust, weet je. Er was nog voorraad in die winkel. George Dole had geen familie, voor zover ik wist, maar die spullen moesten toch iemands eigendom zijn.

Ik stond op het punt om boos te worden. Zodra ik hem had ingehaald klopte ik op zijn schouder en zei: 'Ik snap niet waarom je de moeite hebt genomen om van huis weg te lopen.' Zijn grijns werd alleen maar breder.

'Een goede buur is beter dan een verre vriend,' zei hij. 'Kan ik u misschien met iets helpen.'

'Misschien.' Ik vertelde hem over de spullen in de winkel. Hij vroeg of ik trek had in thee. Nou, ik stond met mijn mond vol tanden. Ik dacht dat krakers het zo druk hadden met hasj roken en staren naar de groeiende laag schimmel op de koelkast en dat ze nooit iets met iemand te maken wilden hebben.

'Je zult mijn bezorgdheid begrijpen,' zei ik tegen hem terwijl hij de deur weer opendeed.

'Natuurlijk. Voor diefstal heb ik geen enkel respect,' kondigde hij trots aan. Ik werd een beetje nijdig. Ik heb vroeger wel een paar kruimeldiefstallen gepleegd, maar dat zei ik natuurlijk niet.

Ik kon mijn ogen niet geloven. Alle spullen van Bob stonden in dozen gepakt, netjes met labels eraan opgeslagen in een kleine kamer achter de winkel.

'Ik moet toegeven dat ik een paar stoppen heb gepikt toen ik de stroom wilde inschakelen,' zei hij. 'Maar die heb ik inmiddels al teruggelegd.' Hij keek naar de deur en straalde.

'Maar je vindt het geen punt om iemands huis te pikken,' zei ik.

'Niet als het leegstaat en er mensen op straat slapen. Bezit is een tamelijk vreemd begrip voor mij.'

Ik verwachtte een hele lezing, maar hij zweeg opeens en liep naar de keuken om water op te zetten.

Als ik in zijn schoenen had gestaan, had ik die spullen binnen de kortste keren verkocht. Maar Richard had principes. Hij dacht echt dat het kraken van een winkel – en het *niet* stelen van de voorraad – de maatschappij zou veranderen. Daarom vond hij het zo prachtig dat ik bij hem kwam eten. Als hij maar genoeg mensen zoals ik aan zijn kant wist te krijgen, dacht hij, zou de regering morgen vallen.

Ik kwam erachter dat hij in een fietsenwinkel werkte op Ashley Road. In zijn vrije tijd had hij zich tot taak gesteld huizen te kraken voor jongeren in de buurt. Hij was degene die inbrak, de elektriciteit aansloot, een brief op de deur plakte, de politie inlichtte en er een paar nachten bleef tot duidelijk was of de jongeren problemen zouden krijgen. Dan ging hij een paar nachten naar huis tot de volgende kraak.

Ik had de grootste twijfels om iets te eten in welk kraakpand dan ook. Maar dit pand was absoluut walgelijk. Het was een onbeschrijflijk smerige zooi geworden, vergeleken bij de vorige keer dat ik bij Richard gegeten had.

'Je verwacht toch zeker niet dat ik hier een hap eet?' vroeg ik. Ik wreef met de neus van mijn schoen in het vet op de vloer. 'Ik zou hier het papier nog niet van een reep chocola durven halen.'

Richard deed een reusachtig wit schort voor. Die was even schoon als de rest van het huis vuil was.

'Maak je niet druk, Skolly. Ik heb alles bij me, zelfs de koekenpan. Je krijgt van mij heus geen kakkerlakburgers.'

'Leven ze allemaal zo?'

'Nou, hier is het wel héél erg,' bekende Richard met een doodongelukkig gezicht. Ik zag dat twee bewoners elkaar aankeken, weinig op hun gemak. 'Daardoor krijgen krakers een slechte naam,' zei hij hard genoeg. De gasten trokken een lelijk gezicht en eentje liep naar buiten.

Ik ging aan de keukentafel zitten en wachtte.

David stond in een hoek. Zijn ogen puilden uit hun kassen van verbazing. Hij probeerde alles tegelijk in zich op te nemen. En steeds maar weer keek hij naar Richard. Ik had hem onderweg verteld wat Richard deed. Uit zijn hele houding bleek dat hij Richard een geschikte kandidaat vond voor het premierschap.

'Ik vind het fantastisch wat je doet,' riep hij opeens. Ach God, hij kreeg een kleur als vuur.

'Dank je,' zei Richard. Hij keek stralend uit het raam. 'Dan vind je het vast leuk om te horen dat we vanavond een nieuw pand gaan kraken. Nog nooit bewoond.' Een seconde lang keek de arme jongen heel bang. Ik dacht even dat hij de moed verloor. Toen knikte hij fronsend, maar vastberaden. Ik dacht: pffff, gelukkig... Voor een grote groep van die gasten is kraken niet meer dan een uitvergrote vorm van vandalisme. Maar die arme David had de wet nog nooit van zijn leven overtreden, dat zag je meteen.

Er zaten een paar mensen die een stukje ouder leken dan het stelletje ongeregeld dat ik de winkel in en uit had zien lopen. Richard stelde ze aan David voor als diens nieuwe huisgenoten. 'Dit is Vonny en dit is Jerry. Anarchisten,' zei hij tegen de lichtschakelaar in de keuken en zijn grijns was zo breed dat ik dacht dat zijn tanden uit zijn mond zouden vallen. Die opmerking was voor mij bedoeld. Vanuit mijn ooghoeken zag ik dat hij naar me keek om mijn reactie te zien. De jongen voelde zich duidelijk opgelaten. Vonny knikte, gaf mij een hand en bood me iets te drinken aan.

Het werd een blikje koud bier.

David ging Richard helpen met de hamburgers en al gauw waren die twee in een zware discussie gewikkeld over Kraken, Anarchisme, Het Recht van het Individu de Wet te Overtreden en meer van dat soort onzin.

De hamburgers smaakten eigenlijk best lekker. Richard zorgde ervoor dat de mijne met *niets* in aanraking kwam, en dat kon ik waarderen. Ik at er twee.

'Niet slecht voor zelfgemaakte,' zei ik tegen hem.

'Even lekker als die van McDonald's?' wilde hij weten.

'Ze smaken goed,' antwoordde ik, 'maar ze hebben de neiging op je broodje in stukken te vallen en daarom krijgen ze een lager cijfer.'

'Maar ik heb zo'n vermoeden dat ze bij Mac vlees in hun hamburgers doen,' zei hij, met een stralende blik naar het plafond.

'En wat heb jij dan gebruikt, Richard?' vroeg ik.

'O, soja-eiwitten. Ik ben streng vegetarisch, wist je dat niet?' Hij vond het prachtig dat hij me het spul had gevoerd. Hij liep erover te giechelen als een jonge meid. Hij zal wel gedacht hebben dat ik de eerste stap op de weg naar anarchie gezet had, nu ik zijn bonenburgers had gegeten. Ik zou het niet erg vinden, maar oorringen staan me niet en met mijn kale kruin kan ik een hanenkam wel vergeten.

Ik durfde hem niet te vertellen dat mijn vrouw vrij regelmatig soja gebruikt.

Hoe ik het voor elkaar kreeg weet ik niet, maar ik ging die avond met hen mee. Richard was dolblij. Omdat ik een perfecte dekmantel zou zijn, zei hij, maar hij dacht natuurlijk dat ik me ook bij hen zou aansluiten. Je kunt je terecht afvragen waarom een conservatief als ik de krakers helpt? Ik denk écht conservatief, ik ben niet zo'n aangelengde, zo'n gematigde. Als ik mijn zin kreeg zouden alle kleurlingen naar huis gestuurd worden. Waarom niet? Zij hebben hún cultuur, wij de onze. Als jij net zoveel mensen kende als ik die het gevoel hebben gekregen dat ze op een of ander stom Caribisch eiland gestrand zijn, terwijl het twintig jaar geleden nog gewoon Bristol heette, dan zou je het met me eens zijn. En de uitkeringen moeten ook omlaag en zo.

Genoeg over politiek. We overtreden de wet allemaal. Agenten doen het, rechters, zakenmensen, jij, ik. Ik ben vaderlandslievend, maar dat betekent niet dat ik gek ben. Hoe ik de wet overtreed, hoor ik je vragen? Je kunt beter niet te veel weten, vriend. Ik bedoel, het is verstandig om zoveel mogelijk te weten, maar het is niet verstandig anderen te veel te vertellen.

Het enige wat ik tegen kraken heb is dat het legaal is. Wees eerlijk, er zou een wet *tegen* kraken moeten zijn. Overal zijn wetten voor, wetten tegen. Als je de wet wilt overtreden, ga je gang. Maar dan moet je incalculeren dat je grote kans loopt gepakt te worden.

Het was een aardig rijtjeshuis, een paar straten van Montpellier en St. Paul's vandaan. Mooie grote tuin, gigantische kamers. Groter dan mijn eigen huis. Het was een tijd dichtgespijkerd geweest. Je kon zien waar de kinderen uit de buurt naar binnen waren geklommen. Een paar ramen waren stuk.

Ik voelde me een beetje de ouwe rot in het vak. Zij slopen rond, gluurden over muren en zetten wachten neer aan beide einden van de straat, terwijl Richard probeerde binnen te komen. Ik slenterde wat rond met mijn handen in mijn zakken. Ik moest lachen toen ik David zag wegkruipen achter een vuilnisbak. Over aandacht trekken gesproken!! Wat zou jij denken als je iemand 's avonds rond een uur of negen ziet wegkruipen achter een vuilnisbak? Ik stond naast hem en zei: 'Wat doe jij daar beneden?' Hij zal zich wel een ontzettende eikel hebben gevoeld.

'Hou je gedeisd, Skolly,' fluisterde Richard.

'Als ik me hier niet rovend uit kan vechten, ben ik dood nog beter af,' zei ik spottend. Hij daalde die avond een beetje in mijn achting. Het was niet professioneel. Als ik vroeger bezig was met een klus, dan zorgde ik ervoor dat het leek alsof ik daar thuishoorde, alsof ik er iets te zoeken had. Maar die anarchisten zagen er natuurlijk allemaal uit als een stelletje krankzinnige krakers. Ik zag eruit als een sigarenhandelaar en had daarom nog een kans hier ongemerkt vandaan te komen. Ik was zenuwachtig, weet je dat? Ik had zoiets al jaren niet meer gedaan. God mag weten wat moeder de vrouw zou zeggen als ik gepakt werd.

Het duurde zo lang voordat Richard een raam open had, dat ik naar hem toe liep om hem te helpen, maar hij deed een beetje paniekerig.

'Straks worden we nog gepakt, Skolly!' siste hij boos. 'Hou je gedeisd.'

'Ik wilde je alleen maar een paar tips geven.' Maar dat wilde hij niet. Hij riep het meisje, Vonny. Zij moest me in de gaten houden. Ze wilde dat ik achter een hekje neerhurkte, maar ik ging voor niemand door mijn knieën. Het kwam bij geen van hen op dat ik in mijn leven meer ramen had geforceerd dan zij ooit hadden dichtgedaan.

Eindelijk schoof Richard het raam omhoog. Er ontstond weer paniek toen iemand de straat in kwam. Zelfs ik moest wegkruipen achter een telefooncel een eindje verderop. Wie het ook was, hij zag niet dat het raam open stond of zelfs dat de plaat hard-board er af was. Of hij wilde het niet zien omdat het hem niets kon schelen. Achter elkaar klommen we naar binnen. Ik raakte buiten adem en plette Richard bijna toen hij me door het raam naar binnen had gehesen. Toen zette hij de plaat hardboard weer voor het raam.

We waren binnen!

Het was pikdonker. Iedereen fluisterde. Richard deelde zaklampen uit.

'Vanaf de straat mag niemand het licht zien,' fluisterde hij. Hij begon taken te verdelen. Iemand moest helpen bij het aansluiten van de stroom. Iemand anders moest erop toezien, dat geen raam werd opengedaan. Iemand moest het gas controleren. Iemand anders moest proberen de achterdeur open te doen. Ik stak een peuk op en gluurde langs de hardboard plaat naar buiten.

'Wil je niet roken voor de ramen!' riep Richard streng.

'Wat maakt dat nou uit? We zijn toch binnen?'

'We moeten ons een paar dagen heel rustig houden,' zei hij. 'Hoe langer we in het huis zijn, voordat ze erachter komen, hoe groter de kans is dat we kunnen blijven.'

Hij ging de stroom aansluiten. Ik liep naar boven om mijn sigaret op de overloop op te roken.

Wie had dat gedacht? Ik inbreken in een huis waarin niets te jatten viel! Ik keek op mijn gemak rond, maar er was inderdaad niets. Het zegt wel even iets over het veranderende gezicht van de misdaad. Niemand had toch ooit gedacht dat je hele huizen kon stelen zonder ze ook maar een centimeter te hoeven verplaatsen? Ik liep weer naar beneden.

Jerry rende rond met flessen waarin kaarsen gestoken waren. Hij zette er eentje op de trap en eentje in elke kamer. Richard had al gauw de stroom aangesloten, maar we mochten nog geen licht maken, voor het geval iemand ons zou zien. Jerry en hij liepen de achterdeur in en uit, vulden het huis met dozen, koffers en tassen. Ze moesten zo snel mogelijk hun intrek in het huis nemen. Hoe meer spullen ze bij zich hadden, hoe moeilijker het zou zijn hen er weer uit te krijgen.

Het leek me beter om te vertrekken.

Ik liep naar David. Ik wilde afscheid nemen. Hij was in de keuken met Vonny. Iemand had een doos meegebracht met pannen, borden, bestek, koffie, thee, suiker, bakolie, dat soort spullen. Het gas was aangesloten. Hij was bezig thee te zetten.

Bij kaarslicht zag de keuken er knus uit. Ze zijn er nog geen half uur in, dacht ik, en het is al een beetje bewoond, gezellig.

Er stond een oude stoel bij het aanrecht. Ik ging zitten.

'Zo, David.'

'Dit is fantastisch, meneer Skolly.'

'Skolly.'

'Zoiets had ik nooit zelf kunnen vinden. En de mensen zijn...'

Ik geloof dat hij een beetje een kleur kreeg.

'Het zijn geen mensen, het zijn anarchisten,' verbeterde ik hem.

'Ze zijn heel interessant.'

'Heb je trek in een kop thee, Skolly?' vroeg het meisje. Je had haar moeten zien! Geschoren hoofd, een lange, magere nek, net een geplukte gans. Welk model ze had, zag je niet door die... Wat waren het eigenlijk? ...zakken of zo die ze aanhad. Maar ik ben bereid te geloven dat ze er onder die zakken prachtig uitzag. En dat is meer dan je van mij kunt zeggen!

'Nee dank je, ik moet weg.'

'En wat zou je hiervan zeggen?' Richard hield een joint omhoog. Vanuit mijn ooghoeken keek ik ernaar.

Het was verleidelijk.

'Dat heb ik al twintig jaar niet meer gedaan,' zei ik.

'Haal je verloren jeugd terug!' riep hij.

Ik pakte de joint en nam een hijs. Het was lekker. 'Vroeger heb ik bergen van dit spul gerookt,' zei ik. 'Als jonge jongen heb ik vijf jaar bij de koopvaardij gevaren.'

Richard straalde. 'Daar vindt een deel van onze grote Britse drugstraditie zijn oorsprong,' zei hij plechtig. Ik nam nog een paar trekken voor ik de joint doorgaf.

Zelden heb ik ergens zoveel spijt van gehad. Toen ik jong was vond ik het wel lekker. Ik weet niet of dit sterker was, of dat ik er slechter tegen kon, maar het koude zweet brak me uit. Ik begon dingen te horen... mensen die trappen open afrenden. Ik had steeds het rare gevoel dat mijn vrouw binnen zou komen en me in dit rokerige hol zou vinden met deze gasten. Ze zou woedend worden als ze erachter kwam. En toch wist ik dat ze mijlenver weg bij Doreen op bezoek zat...

Het duurde even voor ik me realiseerde dat het de joint was. Dat heb *ik* weer, dacht ik. Mijn hart ging tekeer als tien ton kolen die uit de bak van een vrachtwagen donderen. Ik deed mijn ogen dicht. Ik hoorde Richard vragen of er iets mis was, maar ik deed of ik sliep. Ik weet niet wat hij dacht. Ik vond mezelf een gigantische eikel.

Toen ik me weer goed genoeg voelde om mijn ogen open te doen en rond te kijken, zaten Jerry, Vonny en David nog steeds van die rotzooi te roken. Richard was verdwenen. Ik dacht opeens – en *zag* het ook – dat de hele keuken vol zat met kruipende wormen. Afgrijselijk. Ze dronken thee. Ik ook. De kop stond naast mijn stoel, half koud.

Het meisje stootte Jerry aan en gebaarde met haar hoofd dat hij naar mij moest kijken. Ze begonnen allemaal te lachen.

'Ha! Ha! Ha!' riep ik boos. Ik was niet gekomen om uitgelachen te worden door een stelletje salon-anarchisten. Wat heet anarchisten! Als zij anarchisten waren dan was ik het hoofd van het politiebureau.

Ik zat een poosje stil naar hen te kijken. Ze waren wel aardig, geloof ik. Beter dan het stel in de winkel van George Dole. Uit de manier waarop Richard met de jongen en het meisje omging, had ik het gevoel gekregen dat ze met elkaar bevriend waren. Ze waren heel aardig tegen David, luisterden als hij iets wilde zeggen en praatten met ernstige gezichten tegen hem. Ze zullen een jaar of achttien, negentien geweest zijn en hij was niet ouder dan veertien, vijftien, denk ik.

Ik stond op en sloeg het stof van mijn broek.

'Nou, David, hoe vind je het hier? Lijkt het je wat?'

'O...' David sprong op alsof ik de koninginmoeder was. 'Bedankt, Skolly, alles is fantastisch.' Hij gebaarde naar de gasten op de grond en glimlachte verlegen.

'Vang!' Ik gooide een pakje sigaretten naar hem toe. 'Je kunt ze gebruiken voor joints met je nieuwe vrienden.' Ik had gezien dat hij ook zat te roken. Zo te zien vond hij het lekker.

Hij ving het pakje op en keek er aarzelend naar. Hij zat zich nog steeds af te vragen wat hij ermee zou doen, toen Richard weer verscheen.

'Ik heb er weer een klant bij,' zei ik tegen Richard, die een beetje stom lachte, maar niet al te blij keek. Dat ze hun hersens verrot blowden vond hij geen punt, maar roken keurde hij duidelijk af.

Ik deed weer een poging te vertrekken. Richard liep achter me aan. 'Je bent de eerste die door de nieuwe voordeur naar buiten gaat,' zei hij. Hij trok de deur open. Ik vocht nog steeds tegen de hasj. De frisse lucht rook zo lekker dat ik het huis bijna uit *sprong*. Toen ik op het tuinpad stond kwam er een vrouw langs die ik kende. Mary Dollery. Ik glimlachte tegen haar. 'Hallo, Mary.' Ze keek van mij naar Richard. Toen rende ze bijna de straat uit als een krab op twee poten.

'Als je nog meer kandidaten tegenkomt, laat het me dan even weten,' zei Richard grijnzend.

'Ik zie niet zoveel gevallen die het verdienen,' antwoordde ik.

'Nou, de straten zitten er vol mee,' zei Richard treurig. Voor hem zit het zo: heb je niets, dan zou je het eigenlijk moeten krijgen. Heb je wel iets, dan heb je het vast van iemand gejat.

'Die rottige joint werd bijna mijn dood,' zei ik ernstig tegen hem.

'O, sorry.' Hij keek me bezorgd aan. 'Dat was niet de bedoeling.'

'Ik dacht dat mijn eigen vrouw door de vloer naar boven kwam. Het was een nachtmerrie.'

Richard lachte. 'Hij was nogal straf. Ik heb het spul vanavond pas gekregen.' Hij keek stralend naar het huis aan de overkant en fronste toen zijn wenkbrauwen omdat hij zich herinnerde dat ik het moeilijk had gehad. 'Sorry, man.'

'Geeft niet. Ik heb mijn lesje geleerd.' De kans dat ik anarchist zou worden had hij eigenhandig verspeeld. Dat wilde ik hem even laten weten.

Hij keek zielig. Weer een stap verder verwijderd van De Nieuwe Wereldorde.

Ik gaf hem een twix en nam afscheid.

'Nee, dit kan ik niet aannemen. Er zitten dierlijke vetten in,' zei hij.

'Probeer hem te roken,' zei ik tegen hem. 'Daar word je high van.'

Hij brulde van het lachen.

Daarna zag ik David een hele tijd niet of nauwelijks. Hij verdween van de straat, dus nam ik aan dat ze voor hem zorgden. Hij was nog niet zo dom als hij eruitzag. Hij zou altijd wel iemand vinden die tijd voor hem had, dat voelde je gewoon.

Ik had best eens bij hen langs kunnen gaan, maar korte tijd

later kreeg ik ruzie met Richard. Ik was nog iets verschuldigd aan een paar oude maten van me. Ik vertelde hun over de elektrische spullen in de voormalige winkel van George Dole. Mooi spul – geluidsinstallaties, tv's, video's – best een paar pond waard. Ik weet zeker dat Richard zijn best had gedaan dat stelletje schorem ervan te overtuigen dat ze met hun jatten van die spullen af moesten blijven, maar laten we eerlijk zijn, je moet Richard heten om dat prachtige spul rustig te laten staan. Die vrienden van me hadden besloten een gedeelte ervan vrij te maken. Een van die kraaktypes kwam naar beneden en vond hen tussen de spullen. Het joch kreeg natuurlijk een paar flinke klappen. Het viel allemaal reuze mee, maar hij raakte wel een paar tanden kwijt. Richard was woedend. Ik kwam hem op straat tegen en hij vertelde wat er gebeurd was. Hij was bijna in tranen. Stom genoeg liet ik doorschemeren dat ik er meer van wist.

Nou ja! Ze hadden toch niet ingebroken bij een oud vrouwtje of zo. Die kraakgast bevond zich toch ook in het huis van iemand anders? Waarom moest je dan schijnheilig doen over iemand die iets jatte? Ik kan dat soort huichelarij niet uitstaan. Het bestaat aan beide kanten. Ik ken ook inbrekers die alleen maar klagen en jammeren over krakers. Voor mij heeft die jongen een nuttig lesje geleerd. De helft van hen leeft in het Land van Nooit. Een beetje contact met de werkelijke wereld zal hun geen kwaad doen.

Maar zoals ik al zei, Richard was woedend. Wat vond hij dat ik had moeten doen? Ik weet het niet. De politie inlichten? Hem vertellen op welke avond de jongens hun gang gingen? Dan was het spul weggeweest, vertel mij wat. Moest ik mijn maten aangeven omdat ze een of andere jongen een dreun hadden gegeven? Nee. Maar daarna was het afgelopen met de vriendschap. Het vooroordeel kwam niet van mijn kant. Gewoon bevriend zijn is niet genoeg voor zulke mensen, weet je. Je moet ook aan de goede kant staan.

Ik heb er een mooie nieuwe video aan overgehouden.

5

TEER

Nog nooit in mijn leven had ik zo geboft.

Het was niet alleen het huis, maar ook de mensen. Ze waren fantastisch. Van het begin af aan. Vooral Richard. Een van die eerste avonden vroeg iemand hoe oud ik was. Ik antwoordde 'Zestien,' zonder erbij na te denken. Ze zaten bier te drinken en te roken. Toen ik het gezegd had, voelde ik me opeens rot, omdat zij allemaal zo eerlijk tegen elkaar waren en ik daar leugens zat te vertellen. Dus raapte ik al mijn moed bij elkaar en gooide het eruit: 'Ik ben helemaal geen zestien, ik ben pas veertien.'

'Lieve help,' zei Richard nogal geschrokken. Ik wist opeens zeker dat hij zou gaan zeggen dat ik dan niet kon blijven. Maar hij bleek alleen maar erg geschrokken van het feit dat mijn vader me sloeg, terwijl ik pas veertien was.

'Dat betekent dat hij niet kan blijven,' zei Jerry.

'Ik heb gebedeld. Ik wil werk zoeken...' begon ik.

Je raadt nooit wat Richard toen zei. Hij zei *lachend*: 'Ach, weet je wat? Dan ben je de komende paar jaar gewoon onze parasiet!'

Ik denk niet dat Jerry dat leuk vond, maar Vonny zei vlug: 'Eentje meer of minder maakt toch niets uit.'

Dit geloof je toch niet? Over boffen gesproken. Ze mochten me en ik kon blijven, terwijl ze helemaal niet veel geld hadden of zo. Ze hadden allemaal een uitkering, behalve Richard. Hij bood zelfs aan werk voor me mee te brengen uit de fietsenwinkel.

Wat was ik blij! Ik bedoel... ze kenden me niet eens. Ik had honderd jaar in Bristol kunnen wonen, dan was ik ze nog niet tegengekomen.

Zelfs Jerry trok bij. Hij was een beetje anders dan de andere twee. Maar opeens glimlachte hij en zei met een knipoog: 'Misschien kan ik Teer een paar handige technieken leren voor winkeldiefstal.'

'Ik denk niet dat dat een goed idee is,' zei Richard. 'Als hij gepakt wordt, gaat hij ofwel terug naar zijn ouders, of hij moet naar een of ander tehuis. En dat willen we niet, of wel?' vroeg hij stralend aan de koelkast.

Ze droegen allerlei ideeën aan hoe ik wat geld kon verdienen. Ik luisterde niet echt, want ik moest opeens aan Gemma denken. Plotseling drong het tot me door: ik had een plekje gevonden. Ze kon komen! Ze zouden haar helpen, zoals ze mij nu hielpen. Ze kon komen en ze werd opgewacht door deze fantastische groep vrienden – meer familie eigenlijk.

Ik begon over haar te vertellen, maar... dat viel tegen. Ze leken niet zo enthousiast. Het was gedeeltelijk mijn eigen schuld omdat ik niet goed wist of ze voorgoed kwam, of alleen maar op bezoek. Ik hoopte dat ze voorgoed kwam en ik wilde dat ze me zouden helpen haar over te halen. Ik vertelde hun over de problemen die ze thuis had, maar...

'Je vraagt nogal wat van haar, Teer,' zei Jerry. 'Ze moet voor jou haar school opgeven, haar ouders, alles...'

'Zo zit het niet,' zei ik. Maar klopte dat wel? Ik begon weer over haar ouders, maar Vonny zei: 'Ik heb ook zo vaak ruzie gehad thuis, maar ik ben nooit weggelopen.'

Ik voelde me opeens heel rot. Ik wilde zo graag dat ze bij me kwam en bij me bleef. Maar zó had ik het nooit bekeken. Ik was dus behoorlijk egoïstisch.

'Wil je vreselijk graag dat ze komt?' vroeg Vonny.

Ik kon wel janken. 'Ik hou van haar,' zei ik.

Ik hoorde Jerry proesten van het lachen. Ik weet niet waarom hij me niet geloofde. Vonny keek ook al een beetje aarzelend. Maar Richard geloofde me wel, denk ik.

'We zullen haar wel eens bekijken,' beloofde hij. 'Je hoort nu bij ons,' voegde hij eraan toe met een grijns naar iets dat zich net boven mijn hoofd moest bevinden.

'Hij is pas veertien, Richard,' zei Vonny een beetje boos.
'Verliefd worden heeft niets met leeftijd te maken,' zei Richard. 'Ik was op mijn veertiende om de haverklap verliefd.' Iedereen lachte.

Een poosje later zei ik dat ik mijn moeder wilde bellen. Wat denk je? Ze lapten allemaal een pond, want ze vonden dat ik tijd genoeg moest krijgen om met haar te kunnen praten.

Je zult me wel een moederskind vinden, een papkindje. Maar zo zat het niet helemaal, geloof ik.

Iedereen vindt mijn vader erger, omdat hij me slaat, maar eigenlijk is mijn moeder erger. Met hem is het gemakkelijk: ik haat hem alleen maar. Ik haat hem omdat hij er een puinhoop van maakt en iedereen de schuld geeft en niets doet om er iets aan te veranderen. Bovendien behandelt hij mijn moeder en mij als oud vuil. Ik haat mijn moeder ook, denk ik. Probleem met haar is dat ik óók van haar hou.

Mijn pa ging altijd naar de kroeg en dronk de hele avond. Hij was een zuiplap. Maar mam dronk de hele dag door. Niemand wist het – zelfs mijn vader heeft het lange tijd niet geweten. Ze dronk net genoeg om op de been te blijven. Hij merkte het pas veel later, toen het erger werd en ze echt dronken was als hij 's avonds thuiskwam.

Het ging meestal wel. Ik bedoel, het was heel erg, maar afgrijselijk was het niet. Ze was best leuk als ze een beetje aangeschoten was – zacht was ze dan en giechelig. Maar na een tijd werd het veel erger. Ze begon gek te doen, ze viel vaak, ze huilde en jammerde, ze moest geregeld overgeven.

Pap had moeten zien dat ze ziek was, dat ze eraan kapot ging, maar hij werd alleen maar kwaad. Als hij 's avonds thuiskwam, leek het huis wel een vuilnisbelt en mam waggelde lallend en vloekend tussen de rotzooi door, of viel bewusteloos op de grond. Ze hadden de vreselijkste ruzies. Echt verschrikkelijke, gruwelijke ruzies. Ze schreeuwden tegen elkaar en dreigden dat ze elkaar zouden vermoorden en ze smeten met dingen – gewelddadig. Overigens gingen ze elkaar in het begin niet letterlijk te lijf. Als ze elkaar raakten, was dat per ongeluk.

Ik begon thuis te helpen. Als ik uit school kwam, deed ik boodschappen, maakte het avondeten klaar, ruimde de rommel een beetje op zodat het leek alsof zij iets gedaan had, in plaats van dat ze de hele morgen in bed had gelegen en 's middags dronken was geworden, wat in werkelijkheid gebeurde.

Het ging om mam en mij. We zagen mijn vader nauwelijks. Hij ging 's morgens vroeg weg en kwam 's avonds pas thuis. Het kon hem allemaal niets schelen zolang hij maar een bord warm eten voorgezet kreeg. Ze riep altijd dat ze niet wist wat ze zonder mij moest beginnen. Ze gaf me het gevoel dat ik onmisbaar was. Dat vond ik leuk. Zo had het lang goed kunnen gaan, maar... ze is zo onbetrouwbaar. Zolang ik haar maar hielp, dan hoefde zij zich nergens druk over te maken, snap je? In het begin deed ik van alles. Maar het kwam steeds vaker voor dat ik thuiskwam en zij stomdronken op de bank lag naast een stapel strijkgoed of zo. Dan smeekte ze me of ik het wilde doen omdat pap zijn overhemden nodig had en hij woedend zou zijn als zij ze niet gestreken had. Ik vond dat strijken geen probleem, maar ik wist dat ze me gewoon gebruikte. Als ze weg moest, of als er iemand op bezoek kwam, dan had ze alles prima voor elkaar. Daar kon ik woest om worden. Dan werd er schoongemaakt. Dan waren de boodschappen gedaan. Maar voor pap en mij stak ze geen poot uit.

Ik kreeg problemen op school. Tijdens wiskunde zat ik een keer een boodschappenlijstje te maken met geschatte prijzen erachter. Ik werd gesnapt.

'Mmm, je kunt tenminste goed optellen,' zei de leraar. Ik denk dat hij wel wist wat er aan de hand was, want hij glimlachte en gaf het lijstje aan me terug. Maar hij moet het de directeur verteld hebben of iemand anders. In elk geval zocht iemand van school contact met mijn ouders.

Een paar dagen later kwam ik thuis uit school. Met zijn tweeën zaten ze me op te wachten, allebei stomdronken. Ze waren woedend. Hij schreeuwde dat ik haar werk opknapte en dat ik me overal mee bemoeide en dat ik haar maar liet drinken. Hij brulde tegen haar dat ze mij gebruikte als een knechtje en dat ik daardoor op school problemen had gekregen en zij schreeuwde tegen hem dat hij een wig dreef tussen haar en haar zoon. En tegen mij zei ze dat ze niet zonder me kon en dat ze me zo nodig had nu ze ziek was.

Ze was echt dronken. Ze greep zich aan me vast. Dat doet ze dan. Ze slaat haar armen om me heen en begint te huilen en te jammeren. Ze roept hoeveel ze van me houdt en ik moet haar ondersteunen anders valt ze om. Afschuwelijk. En toen ging mijn vader helemaal door het lint. Opeens kwam hij op ons af. Zijn armen maaiden door de lucht, zijn ogen puilden uit zijn hoofd. Ik dacht echt dat hij haar zou vermoorden. Ze dook achter me weg en ik kreeg een dreun tegen mijn oor. Ik vloog door de lucht. Ik probeerde net op te staan om te zien of mam niet geraakt was toen hij opnieuw op me afkwam…

Hij moest *mij* hebben, bleek nu. Ik kon het niet geloven. Ik kon het niet begrijpen. Hij sloeg me de hele kamer door. Mam lag al die tijd naast de tafel. Ik zag haar opstaan en een blikje bier van tafel graaien. Ze nam een slok. Toen gooide ze zich op hem. Hij liet me los, duwde haar weg en rende naar boven. Even later hoorde ik hem het huis uit stormen en de auto starten. Mam bette mijn wonden met een theedoek. Ik bleef een week thuis, maar ik zat nog onder de blauwe plekken toen ik de maandag na die week weer naar school ging. Niemand nam daarna ooit meer contact op met mijn ouders.

Waarom had hij het op *mij* gemunt? Dat heb ik nooit begrepen. Als hij zo tegen mam tekeer was gegaan, was dat normaal geweest. Ik bedoel niet dat ik liever had gehad dat hij *haar* had gepakt, maar dan had ik begrepen waarom het allemaal gebeurde. Maar waarom ik?

Ik begrijp het nog steeds niet.

Een tijd lang ging het iets beter en toen begon het opnieuw. Op de een of andere manier had mijn vader er een bloedhekel aan dat ik dingen in het huishouden deed. Daarom probeerde ik het allemaal te doen vóór hij thuiskwam. Want dan dacht hij dat zij het gedaan had. Mijn moeder liet steeds meer aan mij over en werd elke dag vroeger dronken. En ik voelde me schuldig omdat ik haar steeds minder te doen gaf. Ze hadden steeds meer ruzies en ik werd vaker in elkaar geslagen.

Daarom ben ik weggegaan. Ze was afhankelijk van me. Dat was het probleem, snap je? Ik moest steeds maar denken aan de ruzies die ze zouden hebben; nee, hoe razend hij zou zijn, hoe hij tegen haar zou schreeuwen dat zij me had weggepest...

Vonny bood aan mee te gaan naar de telefooncel, maar ik vond dat ik het in mijn eentje moest doen. Ik weet niet waarom. Het bleek een grote vergissing. Had ik maar naar Gemma geluisterd – zij weet veel beter hoe mensen in elkaar zitten dan ik. Ik stond in de telefooncel op de hoek van de straat en draaide het nummer. Mijn hart klopte in mijn keel. Ik zei zachtjes 'hallo', om haar geen schok te bezorgen, maar in plaats daarvan kreeg *ik* de schok...

Ze zei alleen maar: 'David...' Daarna bleef het stil. Ze wachtte tot ik begon te praten.

Ik weet niet meer wat ik zei – dat het goed met me ging, dat ik een plek had gevonden om te wonen en dat alles oké was en dat de mensen aardig waren en dat ik genoeg at en goed voor mezelf zorgde. Je weet wel.

Toen zweeg ik. Er gebeurde niets. Ik hoorde dat ze rookte. Dat was alles. Mijn moeder struikelt de hele tijd, grijpt zich vast aan mij, of aan het tafelkleed, of ze zoekt steun tegen de muur of iets anders in haar buurt. Maar deze keer voelde ik dat ze klaarwakker was als een vogel of een vis die nooit slaapt. Ze luisterde en wachtte.

'Sorry dat ik weggelopen ben,' zei ik. 'Ik wilde eigenlijk niet, maar... ik bedoel... eh... alles goed, mam? Mam, zeg eens iets tegen me.'

'Ik kan niet veel zeggen, David,' zei ze met een tamelijk gewone stem. 'Hij luistert boven mee.' Fluisterend voegde ze eraan toe: 'Hij slaat me...'

Mijn wereld stortte in elkaar.

Dat was nooit bij me opgekomen. Ik had er nooit bij stilgestaan dat hij dat zou gaan doen. Maar het lag voor de hand. Zolang ik thuis was had hij het nooit gedaan. Ik had het gevoel dat de hele wereldbol drie meter werd opgetild en vervolgens met een gigantische klap op een betonnen vloer werd gekwakt. En het was allemaal mijn schuld.

Toen begon ze te praten, op die bekende manier. Ik had even gedacht dat ze broodnuchter was, maar ze was net zo dronken als altijd. Het was tenslotte avond.

'Ik ben zo bang geweest,' zei ze. 'Elke avond wordt hij zo dronken en ik weet nooit wat hij gaat doen. Ik ben eenzaam. Ik krijg het huishouden niet voor elkaar, lieverd. Ik probeer het wel, maar... Je weet hoe hij is... altijd schelden, altijd boos als er iets niet in orde is. Het is niet zijn schuld. Ik ben een slechte echtgenote en een slechte moeder. Je had niet weg moeten gaan, David. Dat weet je toch, hè?'

Er viel een stilte. 'Ja,' zei ik. Wat moest ik anders zeggen?

'Je weet hoe ik op je vertrouwde... en ik heb het echt geprobeerd... lieveling, hoe kon je...'

Ik kon bijna *zien* hoe ze van de bank op de grond gleed en wegsmolt in haar eigen tranen. Ik had het gevoel dat haar tranen uit de telefoon op mijn hand druppelden.

'Luister, mam...' Ik hoorde haar snikken. 'Mama, hou op met huilen, alsjeblieft. Dan praten we. Is het erg, mam? Slaat hij hard?'

'Lieverd, kom alsjeblieft naar huis, toe, alsjeblieft. Hij zegt steeds dat ik je heb weggepest.' Ze huilde en huilde en huilde.

'Luister, mam, hou alsjeblieft op met huilen. Ik kom naar huis. Ik kom heus weer thuis. Dit is niet voor altijd.' Op dat moment had ik alles gezegd om haar te troosten. Het was zo verschrikkelijk dat hij zei dat zij me had weggepest, want dat was helemaal niet waar. Ik ben voor hém weggegaan. Nou ja, ook wel voor haar.

'Ik kom naar huis. Goed?'

'Wanneer?'

'Heel gauw, maar ik moet eerst nog een paar dingen regelen.'

'Dat kun je nu doen. Loop gewoon naar een bushalte en...'

'Ik heb geen geld.'

Ik hoorde hoe ze haar sigarettenrook inhaleerde en weer uitblies. 'Je kunt liften,' zei ze.

'Ik kom zo gauw mogelijk.'

'Dus je hebt geen geld. En je zei toch dat het zo goed met je ging?'

Toen begon ze dat ik goed voor mezelf moest zorgen. Ze is altijd bezorgd om me. Ze wil altijd weten of ik goed eet en behoorlijke kleren aan heb. Dat soort dingen. Ze is echt wel een goede moeder. Tenminste dat zou ze zijn als ze de drank kon laten staan.

Toen begon ze vragen te stellen. Ik was bang dat ik te veel zou zeggen. Ze vroeg naar de mensen bij wie ik was, wáár ik was, wat mijn adres was, hoe iedereen heette. Ze zei dat ze ze wilde bedanken, maar ik vertrouwde haar niet. Ze werd boos omdat ik haar niet vertelde waar ik woonde.

'Vertrouw je me niet, David? Vertrouw je me niet?' riep ze steeds. Ik kon natuurlijk niet zeggen: 'Nee, ik vertrouw je niet,' dus verzon ik een smoes. Het ging maar door en door. Ik bleef geld bijgooien. Ik had al voor drie pond gepraat. Ik hing pas op, toen al mijn geld op was en de verbinding midden in een zin verbroken werd.

Ik haat mijn moeder meer dan mijn vader. Mijn vader maakte me alleen maar bang, maar mijn moeder geeft me het gevoel dat ik gemeen ben en waardeloos. Ze verpest alles wat ik wil doen. Ik voelde me goed shit toen ik uit die telefooncel kwam. Ik had haar beloofd thuis te komen. Ik had gezworen dat ik haar geen beloftes zou doen. En nu had ik haar van alles beloofd. Ik had niet moeten bellen.

Dit doet ze altijd. Ze kan me *alles* laten doen. Ze krijgt het altijd voor elkaar. Ze deed het soms voor de grap, voor haar eigen lol. Ze deed het waar Gemma bij was. Gemma was een keer bij ons en mam zat maar te praten en te praten en stuurde mij intussen het halve huis door om allerlei stomme klussen voor haar op te knappen. Ik raakte zo gefrustreerd en boos dat ik van alles uit mijn handen liet vallen. Wat voelde ik me opgelaten. Ik zag dat ze Gemma aankeek. Ik wist wat er aan de hand was. Gemma ook, daar ben ik zeker van. Hoewel ze er naderhand nooit iets over gezegd heeft.

Ik had beloofd dat ik terug zou komen en als ik tegenover íemand een belofte moet houden, dan is het tegenover haar. Nu moest ik Gemma afbellen. Ik moest weer terug naar huis en de hele rotzooi zou opnieuw beginnen en eeuwig doorgaan...

Ik liep uren rond en kwam pas 's avonds laat weer terug in het huis. Ik hoopte dat iedereen naar bed zou zijn, maar er brandde nog licht in de kamer. Ze wilden natuurlijk allemaal weten hoe het gegaan was.

Ik draaide me weer om en liep nog een half uur rond. Toen ik terugkwam brandde het licht nog steeds. Ik dacht: oké, dan moet het maar.

Ik had mijn verhaal verteld. Niemand zei een woord. Richard stond op en sloeg zijn armen om me heen, toen Vonny, en uiteindelijk stond zelfs Jerry op om me te knuffelen. Het was... eh... ik kende hen nog niet zo goed. Ik voelde me opgelaten, want ik... bij mij thuis wordt niet veel geknuffeld. Het leek wel een medicijn dat ze me gaven. Maar opeens knapte er iets in me. Ik klampte me aan hen vast en moest vreselijk mijn best doen om niet te huilen. Het was zo ellendig.

Richard zei: 'Je gaat natuurlijk niet naar huis. Dat weet je toch wel, hè?'

Ik was stomverbaasd. Dat had ik nooit verwacht.

'Gemma had gelijk,' zei Vonny. 'Weglopen was in jouw geval de beste oplossing.'

'Maar ik heb beloofd dat ik terugkom,' zei ik.
'Ze heeft je onder druk gezet,' zei Jerry. 'Dat geldt niet.'
'Nee,' zei Richard. 'Jerry heeft gelijk.'
'Maar hij slaat haar.'
Zo ging het nog uren door. Ik vond dat ik haar niet in de steek kon laten. Ze zeiden van alles om me ervan te overtuigen dat ik niet terug moest gaan.
'Hij slaat haar,' zei Vonny. 'Als hij daarmee begonnen is, zal hij het blijven doen. Dat kun jij niet voorkomen.'
Richard zei dat ik niet verantwoordelijk was – wat ik natuurlijk wel wist, maar dat hielp niet zoveel.
Hij zei: 'Zij kan niet voor jou zorgen en jij niet voor haar. Zo is het toch?'
Alles wat ze zeiden was waar. Ik had het zelf ook allemaal al bedacht. Maar dat maakte niets uit. Hij was haar gaan slaan vanaf het moment dat ik was weggegaan. Daar ging het om. En misschien hield hij daarmee op als ik terugging.

6

GEMMA

Ik zei tegen hem: 'Ze liegt.'

'Zoiets zou ze niet doen,' zei Teer.

'O nee?' riep ik, maar dat had ik niet eens hoeven zeggen, want we wisten allebei dat ze loog. Ze zou nog tegen hem zeggen dat ze met prins Charles naar bed was geweest als het haar zo uitkwam. En ze zou verwachten dat hij het zou geloven, wat hij ook zou doen.

'Ik zei toch dat je haar niet moest opbellen? Ze zegt het alleen maar om jou een schuldgevoel te bezorgen. Altijd hetzelfde verhaal.'

Er viel een lange stilte. Ik kon hem bijna horen denken aan de andere kant van de lijn. Ik hield mijn adem in. Toen zei hij: 'Ik heb het wéér gedaan, hè?' Van opluchting stond ik bijna te springen. Ik was doodsbang geweest dat hij terug zou komen en waar moest ik dan heen als ik wegliep?

'Ik ben zo stom.'

'Nee, je bent alleen te aardig,' zei ik. En ik had hem graag overladen met kussen als dat had gekund.

Eerlijk gezegd was ik lang niet zo zeker van mijn zaak als ik deed voorkomen. Hij slaat Teer in elkaar en als Teer weggaat begint hij zijn vrouw te rammen. Het klonk best logisch, maar voor hetzelfde geld loog ze de hele boel bij elkaar.

'Typisch iets voor hem om zich op haar te storten,' zei hij.

'Daarom zei ze het ook. Zo werkt het toch?'

'Ja... ik weet het.'

Teer en ik spraken af voor de zaterdag daarop. Ik kan wel zeggen dat hij een heel stuk vrolijker was toen ik ten slotte ophing.

Ik kwam er vrij snel achter dat het toch allemaal waar was. Joanne Roberts vertelde het tegen me. Ze woont bij zijn moeder om de hoek en had het weer van haar moeder en vader gehoord. Jo zei dat er in jaren niet zoiets spannends gebeurd was bij hen in de straat. Ze had een dikke lip. Joanne had de lip gezien, toen ze boodschappen deed. Ze hield haar ogen verborgen achter een donkere bril, maar haar lip was niet te verbergen.

Ze kon natuurlijk van de trap gevallen zijn, of tegen een muur opgebotst. Dat was al eerder gebeurd. Maar het leek vrij logisch dat Meneer Spierbal het had gedaan. Hij had trouwens weinig tijd verloren laten gaan. Toen ze hem Teers brief liet zien, gaf hij haar een stomp. Zij rende de straat op naar een vriendin, die Joannes moeder alles verteld heeft. Ze heeft bij die vriendin op de bank geslapen en hun werkster zei dat er 's morgens een berg kots naast de bank op de grond lag.

Dat vertelde ik Teer natuurlijk niet. Nog niet. Hij had de geringste aanleiding aangegrepen om terug te rennen en de klappen voor zijn moeder te incasseren.

Toen ik een keer bij Teer langsging – hij woonde toen nog thuis – *hing ze om zijn nek*. Het had me niet verbaasd als ze haar tong in zijn oor had gestopt. Eerlijk. Ze klampte zich aan hem vast en trok hem tegen zich aan en als zij niet veertig en uitgezakt was geweest met slierten haar langs haar smalle gezicht, dan had het geleken op Jonge Liefde. Ze zag eruit als de Heks van Minely. Ik knapte een beetje op Teer af. Hij rook soms zelfs naar haar. Ze gebruikte altijd liters parfum om de drankclucht te verdoezelen, waardoor het leek of ze het spul dronk. Misschien deed ze dat ook.

Arme Teer, hij voelde zich vreselijk opgelaten, maar zijn vader, die ergens op de achtergrond stond te rinkelen met glazen was woedend. Hij schonk een whiskey voor zichzelf en voor haar in, waarbij hij uiteraard niet vergat haar uit te schelden omdat ze het spul nog dronk ook. Ik heb nog nooit zulke vreselijke vloeken gehoord. Zijn vader moet geweten hebben dat ze zo alleen maar tegen Teer deed om hem op te fokken. Maar hij werd er toch boos om. Niet dat hij haar natte tong in *zijn* oor zo lekker vond, maar hij wilde niet dat ze zelfs maar *deed alsof* ze iemands anders zijn oor likte en zeker niet dat van Teer. En natuurlijk is dat precies de reden waarom ze het deed.

Dit gedoe was krankzinnig en Teer en zijn vader wisten allebei precies wat haar bedoeling was, maar ze konden niet tegen haar op. Door háár begon de vader op zijn zoon in te hakken, terwijl hij eigenlijk *zijn vrouw* een flinke dreun wilde geven.

Het leek erop dat hij weinig tijd had verspild om zijn droom werkelijkheid te laten worden. Natuurlijk wilde ze dat Teer terugkwam en zich als buffer tussen zijn vaders vuist en haar eigen lelijke smoelwerk plaatste.

Ik was niet van plan dat te laten gebeuren.

Ik wilde een keer bij haar langs gaan. Ik wilde haar zelf zien. Ik zou gewoon aanbellen en wat medeleven tonen. Ik mocht niet. Mijn vader en moeder hadden me nog liever aan de haaien gevoerd.

Na Teers vertrek waren de spanningen in ons huis groter dan ooit. Mijn vader kwam me niet alleen uit school halen, hij *bracht* me ook. Hij moet op zijn werk toestemming hebben gevraagd om later te komen, want ik was nooit klaar vóór tien voor negen. Er waren stafvergaderingen op school. Ik werd in de gaten gehouden. Ik zag altijd blikken van leraren als ik naar de wc ging, dat soort dingen. Natuurlijk was het allemaal Voor Mijn Bestwil. Ze wilden dat elke seconde van mijn leven verantwoord was. Ze dachten zeker dat ik – zodra ik maar een minuutje over had – mijn broek zou uittrekken en de jongenstoiletten in zou duiken.

Ik probeerde het hun uit te leggen. 'IK BEN NOG MAAGD!' schreeuwde ik op een keer. Ik stond boven aan de trap.

Er kwam geen antwoord.

De politie was aan de deur geweest om vragen te stellen

over Teer. Dat vonden ze vreselijk. Zij verweten het mij. Ze vonden dat ik hun goede naam te grabbel gooide of zo. Ze begonnen zelfs 's avonds de buitendeuren af te sluiten zodat ik er niet vandoor kon gaan. Belachelijk, als je erover nadenkt. Ik bedoel, ik had zo uit een raam kunnen klimmen of wat ook. En in het weekend mocht ik nog steeds uit, hoewel ik wist dat dat alleen maar een kwestie van tijd was. Laten we eerlijk zijn: als ik weg wilde lopen, was daar weinig tegen te doen, of ze moesten me vastbinden aan de trapleuning. Ze zouden er snel achter komen.

Ze dachten ook nog dat ik aan de drugs was. Ze riepen dat ik met 'dat stelletje' op het strand zat te blowen en lijm te snuiven.

'Ik neem aan dat die vriend van je nu wel dood zal zijn!' riep mijn vader en het klonk alsof hij dat helemaal niet erg had gevonden. Teer die lijm zou snuiven... Of ik zelf trouwens. Nou vráág ik je. Sommigen van die gasten deden dat inderdaad, dat is wel waar, maar ik had tot nu toe alleen maar een beetje hasj gerookt. En dat wisten ze. Ik weet niet wie het hun verteld heeft, maar ze wisten het.

Mijn ouders behoorden tot de School van de Doemdenkers. Ze waren ervan overtuigd dat ik – tenzij ze mij het leven tot een hel maakten – binnen de kortste keren een heroïnehoertje zou zijn.

Ik maakte plannen. Ik bleef netjes binnen, liet me 's avonds overhoren en wachtte keurig bij het schoolhek tot mijn vader me kwam halen. Ik spotte er zelfs niet meer mee.

'Ik hoop dat er niets achter dit keurige gedrag zit, jongedame,' zei mijn moeder. En dat noemen ze vertrouwen. Ik denk dat ik het 'niet spotten' overdreef. Sarcasme stroomt als bloed door mijn aderen. Maar het zegt wel iets over hun gedachten omtrent hun lieve dochtertje. Ik kon niet eens aardig zijn zonder dat dat verdacht gevonden werd.

★★★

Als het thuis niet zo'n puinhoop was geweest, had ik alles beter kunnen regelen. Ik zou hebben gezegd dat ik een weekend bij een vriendin bleef slapen. Ik zou vrijdagavond weggegaan zijn. Dan waren ze er niet voor maandagmorgen achtergekomen. Maar ik kon helemaal niets zeggen. Voor hen was het duidelijk: als ik een heel weekend zou wegblijven, deed ik *natuurlijk* mee aan een of ander woest seksfeest, of ik sloeg *natuurlijk* oude vrouwtjes in elkaar.

Toch lukte het nog aardig. Zaterdag was de meest geschikte dag. Ze zouden woedend zijn als ik niet kwam opdagen voor het avondeten, maar pas 's avonds laat zouden ze zich zorgen beginnen te maken. Ze zouden zich laten meeslepen door hun eigen angstige gedachten. Ze zouden vast en zeker denken dat ik bij een of andere jongen bleef slapen. Maar het zou niet bij hen opkomen dat ik er gewoon vandoor was. Tegen zondagavond zouden ze alarm slaan, bij de politie bedoel ik. Op maandagmorgen zou er dan een brief bij de post liggen van hun liefhebbende dochter.

Uiteindelijk ging het zo: Op vrijdagavond verstopte ik de spullen die ik wilde meenemen in de tuin van de buren van een paar huizen verderop. Op die manier kon ik zaterdagochtend zo 'gewoon' mogelijk naar buiten lopen. De volgende ochtend ging ik onder de douche en at een paar boterhammen.

'Wat ga je dit weekend doen?' vroeg mijn vader kortaf. De laatste paar weken deed hij niet eens meer alsof hij iets om me gaf.

Ik haalde mijn schouders op. 'De stad in, misschien.'

Hij snoof. Mijn moeder legde een hand op mijn arm. 'Wees voorzichtig, Gemma,' zei ze smekend, maar ik deed niet eens de moeite haar aan te kijken. Ik dacht: je moest eens weten.

Om een uur of tien ging ik weg. Mam was boven en pap was de boodschappen aan het doen. Ik haalde mijn spullen op uit de tuin verderop en liep gewoon de straat uit, in de richting van het busstation. Wacht, ik moet nog iets vertellen. Op vrijdag had ik beslag weten te leggen op mijn vaders creditcard. Daarmee had ik een kaartje naar Bristol gekocht. Ik wist ook zijn bankpas te bemachtigen. Hij rent altijd door het huis en schreeuwt: 'Waar zijn mijn creditcards, waar zijn mijn pasjes? Als ik ze niet vind, moet ik weer bellen en alles laten blokkeren.' Dus ook al zou hij ze ergens in het weekend missen, dan zou hij toch niet meteen in paniek raken. Hij zou rustig een paar dagen wachten tot ze weer te voorschijn kwamen.

Ik heb al aangegeven dat mijn ouders niet begiftigd zijn met een heldere bovenkamer. Mijn vaders pincode staat op de achterkant van de spiegel in hun slaapkamer. Hij kan moeilijk cijfers onthouden. Op weg naar het busstation ging ik langs de bank en haalde honderd pond van zijn rekening. Fluitje van een cent. In het centrum postte ik de brief aan mijn ouders.

Toen stapte ik in de bus.

En die reed weg.

Simpel.

Veroordeel me niet. Ik ben niemand verantwoording schuldig. Op een paar dingen die ik gedaan heb ben ik niet echt trots, maar ik had geen keuze. Je familie bestelen... Ja, het was ofwel hén of iemand anders. Ik zag het zo: als zij geweten hadden... ik bedoel, als zij zich echt in mij hadden kunnen verplaatsen – de gedachte alleen is al belachelijk, ik weet het – hadden ze het me wel gegeven.

En dan de brief die ik geschreven had – ik probeerde het een beetje uit te leggen. Ik ben een keer of vijf, zes opnieuw begonnen. Ik wist niet dat het zo moeilijk was om te zeggen: 'Moet je horen, ik ga weg.' Wat kun je zeggen, weet je? Ze hielden van me toen ik klein was, maar nu kenden ze me nauwelijks meer en ik kon hun niet aan het verstand brengen hoe ik me voelde. Bedankt voor alles, tot ziens, daar kwam het op neer. En ik hou van jullie. Dat schreef ik ook nog. Ik geloof niet dat ik het op dat moment meende, maar ik moest er wel van huilen. Ik bleef brieven schrijven en ze verscheuren, schrijven en verscheuren. Toen het eindelijk naar mijn zin was, vielen er tranen op het papier en kon ik weer opnieuw beginnen. Ik verdomde het om mijn tranen op te sturen. Ik ging weg... ik ging weg en het donderde niet hoeveel harten ik brak – het hunne, het mijne, in gedachten was ik al vertrokken.

Ik zat in de bus en keek naar buiten. Ik zag de huizen, de mensen. Hier was ik opgegroeid. Ik nam geen afscheid. Ik keek alleen maar. Meer niet. Ik wist niet hoe lang ik zou wegblijven. Soms dacht ik gewoon een week of twee, maar er waren momenten waarop ik dacht: godzijdank, ik ga weg en ik hoef dit gat nooit meer terug te zien.

De busrit duurde twee uur. Ik deed het onderweg bijna in mijn broek. Zodra ik maar een politieauto zag, was ik bang dat ze de bus zouden aanhouden, mij eruit zouden halen en me naar huis zouden brengen. Natuurlijk gebeurde er niets. Toen we in Bristol aankwamen, zat ik met mijn neus tegen het raam. Ik moest alles zien. Ik vond het allemaal zo fantastisch dat ik het liefst zo de drukke straten ingedoken was en in de massa verdwenen.

Tegen de tijd dat we bij het eindstation aankwamen zat ik nagels te bijten van de zenuwen. Ik was bijna blij met dat gevoel. Ik wilde me niet kalm voelen. Ik wilde dat het een weerzien werd dat Teer zijn leven lang niet zou vergeten. Ik zou helemaal uit mijn dak gaan. Ik zou zeker niet zomaar rustig naar hem toe lopen en zeggen: 'Hoi.' Nee, het moest heftig worden, diep geluk. Teer had al zoveel rottigheid meegemaakt in zijn leven. Hij moest zich gelukkig voelen. Daar ging ik voor. En ik wilde dat hij me dat gevoel ook zou geven. Al die opwinding en frustratie die zich in me hadden opgestapeld werkten als een soort raketbrandstof.

Ik keek door het raam van de bus en zag hem staan. Ik dook weg. Ik wilde niet nu al stiekem kijken, ik moest het gevoel van het weerzien in één grote schok ervaren. Ik hield mijn hoofd naar beneden tot ik uiteindelijk uit de bus stapte... toen pas keek ik hem aan.

Ik schreeuwde: 'TEER!' Ik sprong uit de bus, liet mijn spullen vallen en stormde met een noodgang op hem af. Ik schreeuwde zijn naam nog een keer. Hij keek geschrokken en ik kuste hem, knuffelde en kuste hem. Ik kuste hem over zijn hele gezicht en ik danste om hem heen en knuffelde en kuste hem opnieuw. Ik drukte hem uit alle macht tegen me aan en langzaam gleed een gigantische glimlach over zijn gezicht.

'O, te gek om je te zien... ik heb je zo gemist...' Ik sloeg opnieuw mijn armen om hem heen, trok hem tegen me aan en... en... en ik denk dat het werkte.

Eigenlijk hoefde ik er nauwelijks mijn best voor te doen. Ik ging vanzelf uit mijn dak. Ik stond niet alleen Teer te kussen en te knuffelen. Ik stond... op eigen benen, ik beleefde een avontuur. *Yes!* Dit was leven. Dit was pas het echte leven. In de bus stierf ik nog van de zenuwen, maar zodra ik uitstapte was dat allemaal verdwenen. Ik vond het *fan-tas-tisch*. Gewoon over straat lopen was al te gek. Ik voelde me als een klein kind. Met elke andere jongen zou ik geprobeerd hebben cool te zijn, maar dat werkt bij Teer niet. Hij is zelf cool genoeg. Ik wilde hem juist aansteken met mijn Gemma-vuur. En dat lukte me geloof ik ook wel. Hij glimlachte van oor tot oor. Ik had het gevoel dat ik hem voortblies door de straten.

Door het centrum liepen we naar de haven en ik werd meteen verliefd op Bristol. Het was niet zo groot en zo vol als je zou verwachten van een grote stad. Niemand maakte zich ergens druk over, geloof ik. De muren van de huizen waren begroeid met klimop en met allerlei onkruid. Niemand had haast. Ik begon me heel relaxed te voelen. Ik bedoel, ik liep nog steeds met mijn kop in de wolken, maar dat mocht. Niemand om me heen die vond dat dat niet kon. Ik had ook niet het gevoel dat ik het niet meer in de hand had of zo. Ik weet nog dat ik dacht: dit bevalt me wel.

Teer wilde graag naar het huis. 'Ze hebben voor ons gekookt,' zei hij steeds. 'Het zijn aardige mensen, Gemma. Het is natuurlijk niet leuk als we...' Maar wat konden die mensen me schelen?

Ik hou niet van Teer, dat heb ik al gezegd, maar die dag zag ik het helemaal met hem zitten. Ik keek naar mezelf in de etalageruiten. Ik had rode wangen van opwinding en ik had roodbruine kleren aan – trui, rokje, sjaal. Een spijkerbroek was handiger geweest, maar ik wilde er goed uitzien. Allemaal voor hem, snap je? Als hij iets met me wilde, van mij mocht-ie. Dat gevoel wilde ik hebben en dat had ik ook.

Van de havens liepen we terug na de markt. Ik bleef opeens staan, leunde tegen een muur en sloeg mijn armen om zijn hals. Hij is wel drie decimeter groter dan ik. Ik trok hem tegen me aan. Ik zag aan zijn gezicht wat hem dat deed. Toen zoende hij me – een echte lange kus alsof we ergens in een bos waren, of in de woestijn, zonder een sterveling in de buurt, waar we alles konden doen wat we wilden.

Ik zei: 'Wow!'

'Ja, wow!'

Ik wilde zo graag dat hij me aanraakte dat ik hem het liefst een portiek had ingetrokken, maar er waren te veel mensen in de buurt. Niet erg. We hadden alle tijd.

En toen kwamen we bij het kraakpand. Ik was behoorlijk onder de indruk, moet ik zeggen. Hij had onderdak, oké. Maar bij een groep mensen die hem niet alleen daar lieten slapen, nee, ze gaven hem nog te eten ook. Hij was nauwelijks twee weken van huis en hij had het al helemaal voor elkaar. Het enige wat hij nog niet had was een groep vrienden van zijn eigen leeftijd, met wie je kunt optrekken. Richard, Jerry en Vonny hoorden daar niet bij. Ze waren te oud en te aardig. Eerlijk gezegd vond ik het wel wat geforceerd allemaal. Het meisje, Vonny, gaf me een knuffel en een kus en ik knuffelde haar op mijn beurt en grijnsde, maar ze kende me nauwelijks. Bovendien kreeg ik niet de indruk dat ze me erg mocht.

Richard was een beetje vreemd. Hij liep voortdurend te glimlachen, maar hij was wel aardig. Ik denk dat hij verlegen was of zo. Jerry was ook wel aardig, redelijk normaal, maar ook hij deed geforceerd. Het hadden net zo goed vermomde vampiers kunnen zijn. Ze waren niet zichzelf. Je had het gevoel dat ze aardig waren omdat ze besloten hadden dat het de trend was om aardig te zijn. Ze waren er ook nog niet uit hoe dat moest, aardig zijn. Waarschijnlijk waren ze niet aardiger dan ik.

Als ik in Teers schoenen had gestaan, had ik in portieken geslapen en afgeknipte teennagels gegeten. Maar ik zou een groep gezocht hebben waar ik dat mee kon doen. Ik geef niet veel om aardigheid. Soms noemen mensen me aardig, maar dat komt alleen omdat ze zich lekker voelen bij me. Het enige wat ik eigenlijk wil is me amuseren, een leuke tijd hebben. Dat is alles.

Op een dag komen ze er wel achter.

Het eten dat Richard voor ons had gemaakt was veel te droog geworden in de oven. Ik vond dat het eerste slechte teken.

Hij zat er niet mee. Toen ik zei dat we een beetje aan het sightseeën waren geweest, keek hij stralend naar boven alsof dat het spannendste was wat je maar doen kon en zei: 'O, prima.'

Vonny was wel een beetje boos over dat droge eten, al had ze het niet eens zelf klaargemaakt. Zij had een appeltaart gebakken als toetje.

Toen we elk een stuk appeltaart gekregen hadden zei ze: 'Hoe lang wil je bij ons blijven, Gemma?' Er viel een stilte. Ik voelde dat ze allemaal naar me keken.

Ik dacht: O-o! Want ze had niet gezegd: 'Denk je dat je het leuk vindt bij ons en hoe lang... Ik glimlachte en zei: 'Ik weet het niet. Ik weet het echt nog niet.'

En ik glimlachte weer en zij glimlachten terug en Teer glimlachte.

Ik zei het al... ze waren allemaal erg aardig.

Na het eten gingen we naar de kroeg. Het was gezellig met die grote halve liters van de tap. Ze hadden Teer en mij naar binnen gesmokkeld, want officieel mochten wij nog geen bier drinken. Ze wilden weten of ik iets van Teers moeder had gehoord. En daarover praatten we wel een uur. Hij werd er heel treurig van. Maar let op: *zij* schenen het prima naar hun zin te hebben.

Een poosje later bleek dat ze allemaal anarchist waren. Daar knapte ik een beetje op af. Ik bedoel, ik weet er niet veel van, maar anarchisten horen toch mensen op te blazen in plaats van elkaar te knuffelen? Voor zondagavond waren ze blijkbaar iets bijzonders van plan. Ze zouden de sloten van alle banken in de stad volspuiten met lijm.

Bij de gedachte alléén al ging Richard helemaal uit zijn dak. Hij nam steeds een slok bier, zette zijn glas met een klap weer op de bar en grinnikte wild tegen het plafond bij de verrukkelijke gedachte dat elke bank één dag helemaal ontregeld zou zijn.

'Hebben banken dan geen achterdeuren?' vroeg ik.

'Ja, maar die sloten doen we óók. En de nachtkluizen natuurlijk.' Stralend keek hij om zich heen als iemand die net een miljoen had gekregen.

Het was allemaal geregeld. Teer en ik zouden meedoen. Ik vond het wel spannend. Dit is anders, dacht ik. Thuis had ik altijd neergekeken op vandalen – je weet wel, van die gasten die het leuk vinden om schommels op kinderspeelplaatsen om te duwen. Dikke pret, hè? Maar dit had een doel en trouwens, ik wilde het gezicht van zo'n bankdirecteur wel eens zien als hij 's morgens de deur met geen mogelijkheid openkreeg. We moesten al lachen bij het idee.

Ik vertelde hun over mijn ouders. Ze reageerden heel aardig. Richard schrok er nogal van. 'Mijn ouders lieten me altijd rustig mijn gang gaan,' zei hij en hij gooide zijn hoofd weer in zijn nek en grijnsde op zijn maffe manier. 'En daar heb ik behoorlijk van geprofiteerd,' voegde hij er lachend aan toe. Ik begon Richard aardig te vinden.

We wisselden verhalen uit over vaders en moeders en hoe vreselijk ze waren. Teer zei niet zoveel. Wat moest hij ook zeggen? Ik kreeg een beetje de slappe lach. Ik had wodka-jus gedronken na het bier en ik bedacht dat mijn ouders rond deze tijd wel zo'n beetje paars van woede moesten zijn. Het was half elf en ik was nu precies een uur te laat. Ze zouden tandenknarsend bij elkaar zitten en nieuwe beperkingen voor me bedenken die zelfs hun eigen verbeelding te boven zouden gaan, omdat er niet zoveel meer te beperken viel. Ze zouden zich afvragen met wie ik zou slapen, ik zou natuurlijk drugs gebruiken enzovoort enzovoort. Ik kon mijn lachen niet houden als ik eraan dacht hoe ze razend door het huis zouden stampen, al mijn vrienden zouden bellen en zich zouden voornemen me nog strenger aan te pakken. En intussen was ik honderdvijftig kilometer verderop.

Ze zouden er maandagochtend pas achter zijn. Dan kwam mijn brief.

En toen opeens zei Vonny doodleuk tegen me: 'Moet je niet naar huis bellen en zeggen dat het goed met je gaat?'

Ik staarde haar met open mond aan. De huichelarij... We hadden net verhalen zitten vertellen over de verschrikkingen van ouders en nu moest ik van haar opeens weer aardig doen tegen de mijne!

'Waarom?' vroeg ik.

'Ze zitten natuurlijk in de zenuwen. Je kunt ze toch wel even laten weten dat het goed met je gaat?'

'En zeker vertellen wanneer ze me weer thuis kunnen verwachten?' vroeg ik. 'En vragen of ze me een wollen trui opsturen?'

'Nee, zoals ik al zei, ze alleen laten weten dat alles goed met je is.'

''t Lijkt mij ook een goed idee,' zei Richard tegen het plafond.

Nou, ze hadden me mooi in een hoek gedreven, of niet? Ik vertelde dat mijn ouders maandagochtend een brief zouden krijgen, maar dat was niet genoeg. Paps en mams waren *nu* bezorgd. Ik probeerde duidelijk te maken dat een laaiende woede van hun kant in dit stadium zeer aannemelijk zou zijn, maar nee. Zelfs Teer deed een duit in het zakje. En natuurlijk wilde hij *zijn* moeder bellen en daar moesten we hem weer vanaf zien te brengen. Ik had gehoopt dat dat de aandacht van mij zou afleiden, maar zodra hij overtuigd was, wierpen ze zich weer op mij.

Ze gooiden zelfs geld bij elkaar, opdat het belangrijke gesprek niet halverwege afgebroken zou worden. Voor ik het wist stond ik bij de telefoon en propte munten in de gleuf. Waarom laat je dit gebeuren, stomme trut, dacht ik.

'Gemma... waar ben je? Waar zit je nu?'

'Alles is goed met me...'

'We zijn zo ongerust geweest.'

'Het is pas half elf.'

'Het is elf uur en je had anderhalf uur geleden al thuis moeten zijn. Ik dacht dat we dit gehad hadden, ik dacht dat alles beter ging. Je moeder...'

'Pap, ik bel op om te zeggen dat ik vannacht niet thuiskom.'

'Je... wát? Natuurlijk kom jij naar huis! Je lijkt wel niet wijs. Je zit weer bij dat stelletje van het strand zeker? Dit kan niet Gemma, bla bla bla...'

Hij begon weer te tieren. Ik hield de telefoon een eindje van mijn oor en fluisterde: 'O, doe me dit alsjeblieft niet aan.' Ik stond in de hoek van de kroeg, maar ik voelde dat iedereen naar me keek. Ik kon niet tegen hem praten, hij schreeuwde veel te hard. Ik moest mijn gezicht in de plooi houden, want ze keken allemaal. Ik moest doen alsof ik een normaal gesprek voerde met een normale man.

'Ja, we hebben het leuk, dank je. Ja, oké, ik zal voorzichtig zijn. Ja, bedankt, pap. Tot morgen... ja, geef mam een kus van me...'

En hij schreeuwde: 'Wat klets je nou voor onzin? Hou me niet voor de gek, Gemma! Wat is er aan de hand? Goed, deze vergissing wil ik door de vingers zien, maar je bent BINNEN EEN UUR thuis, hoor je me, dan praten we verder.'

'Nee, ik heb al gegeten. Frietje. Ik bel nog, morgen of zo. Tot ziens, pap, en bedankt!'

Ik legde de hoorn neer.

Ik weet niet waarom ik zo overstuur raakte. Ik was er gewoon niet klaar voor. Ik was van huis weggelopen, ik kon nog niet met hen praten. Het was een stoot onder de gordel.

Ik staarde naar de muur en probeerde niet te huilen. Ik wilde niet dat ze me zagen huilen na het telefoontje met thuis. Even later kwam Vonny naar me toe. Ze legde een hand op mijn schouder. Ik draaide me om. Ze keek me onderzoekend aan, maar ik keek weg.

'Alles goed, Gemma?' Haar hand gleed van mijn schouder. 'Alles oké thuis?'

Stom wijf! Alsof het thuis oké kon zijn. Ik deed mijn ogen dicht en knikte. Ik had het gevoel of ze een gat in mijn schedel stond te boren. Ze maakte alles nog moeilijker. Het lukte me op fluistertoon te zeggen: 'Hé, ik heb het gedaan, is dat niet genoeg?' Ze dacht even na en knikte toen. Ik ging naar het toilet. Ik had behoefte aan koud water in mijn gezicht.

Naderhand gingen ze naar een feest, maar daar had ik geen zin meer in. Aanvankelijk had het me leuk geleken, maar nu lag ik in puin, helemaal in puin. Ik was niet met de bus naar Bristol gekomen, nee, voor mijn gevoel was ik heen en weer gevlogen naar de maan.

Teer en ik liepen terug naar het huis. Eenmaal op zijn kamer werd ik woedend omdat hij hun kant had gekozen. We kregen bijna ruzie. Toen begon ik te huilen, maar... ik kon niet lang boos op hem zijn. Hij zag me huilen en daar kon hij niet tegen. Hij begon me te knuffelen en zei: 'Sorry, sorry...' De tranen sprongen in zijn ogen. Ik ben niet helemaal hierheen gekomen, dacht ik, om met Teer te ruziën over dat stelletje sergeant-majoors.

We probeerden het gezellig te maken. Maar de haard in de kamer mocht niet aan, en het licht ook niet, omdat de buren nog niet mochten weten dat het huis gekraakt was. Dit mocht niet, dat mocht niet. Het irriteerde me een beetje. Maar Teer zette kaarsen in flessen en stak ze aan. Het waren er een heleboel. Hij zette koffie en we zaten op de grond in stapels kussens. We zoenden wat en praatten over van alles. Ik weet het niet meer.

Toen werd het tijd om te slapen. Ik had een opgerold dun kampeermatrasje meegebracht dat ik altijd gebruik om te kamperen. Teer had een echte matras en hij bleef maar zeggen dat ik dáárop moest gaan liggen. Ook dat ergerde me en daarom zei ik maar vlug: 'Oké, oké.' Ik had een cadeautje voor hem en daarom wilde ik dit moment niet verknoeien.

Ik voelde me niet op mijn gemak, zenuwachtig. Ik rolde het kampeermatrasje uit naast zijn matras en legde mijn slaapzak erop. Terwijl hij op de wc was, kleedde ik me vlug uit en kroop in de slaapzak.

Oké, dacht ik, ik heb gedaan wat ik kon. Nu is het zijn beurt.

Teer kwam binnen. Hij blies de kaarsen uit, kleedde zich in een hoek van de kamer uit en trok zijn pyjama aan. Toen kroop hij in zijn slaapzak en bleef stokstijf liggen.

Ik was woedend. Laaiend! Ik trok de slaapzak op tot aan mijn neus. Alleen mijn haar was nog te zien. Ik keek naar hem. Hij lag nog geen meter van me vandaan. Hij had zijn ogen dicht en was zo te zien duidelijk van plan te gaan slapen. Het ergste was nog dat ik het koud kreeg. Straks zou ik zachtjes moeten opstaan om mijn pyjama aan te trekken.

Ik lag daar een minuut of vijf te rillen. Toen zei hij: 'Zullen we een beetje knuffelen?'

'Oké.'

Hij schoof de matrassen tegen elkaar en kroop in zijn slaapzak tegen me aan. Hij zoende me niet, maar legde een hand in mijn hals en ik voelde zijn vingers langs mijn schouder naar beneden glijden.

Ik keek naar hem. Ik zag zijn ogen opengaan. Hij merkte dat ik naar hem keek. Toen deed hij zijn ogen weer dicht. Zijn vingers gleden verder naar beneden, langs mijn middel naar mijn heupen.

Dat was mijn cadeau, snap je. Hij kreeg mij. Ik had niets aan.

Teer deed zijn ogen open en glimlachte tegen mij. Ik glimlachte terug en zei: 'Het is een dubbele. De slaapzak.'

'O...'

De sukkel.

'Ik heb twee slaapzakken meegenomen en ze aan elkaar geritst.'

Hij krabbelde overeind en wilde naast me kruipen, toen ik zei: 'Heb je condooms?'

'Eh... nee...'

Dat viel tegen. Wat was ik boos. Ik ging rechtop zitten en greep een beker koude koffie die naast de matras op de grond stond. 'Moet ik overál aan denken?' snauwde ik. Ik nam een slok koffie.

'Sorry, stom van me.'

Ik had ze natuurlijk mee moeten nemen. Hij kon ook niet weten wat ik van plan was. Maar Teer was nooit een padvinder geweest, dat was wel duidelijk.

Hij sprong overeind. 'Wacht even,' zei hij. Hij trok razendsnel zijn spijkerbroek aan en was verdwenen. Ik dacht, néé, hè! Hij probeert natuurlijk bij Vonny of Jerry iets te regelen. Half lachend, half boos lag ik in mijn slaapzak. Het was voor mij ook de eerste keer. En geleende anarchistische condooms zag ik niet zo zitten!

Hij bleef een eeuwigheid weg. Eindelijk – zeker een half uur later – kwam hij heel stil binnen. Hij dacht zeker dat ik al sliep, de oen.

'Sorry...'

'Wat is er gebeurd?'

'Ze wilden ze eigenlijk niet geven.'

'Waarom niet?'

'Omdat je pas veertien bent en...'

Ik snapte het al. Er was natuurlijk een grote discussie geweest of Gemma wel oud genoeg was. Ik was razend. Ik ging rechtop zitten want ik moest stoom afblazen. Hij liep zenuwachtig heen en weer. Toen hurkte hij naast me neer en vroeg me of ik niet meer wilde. Het was vreselijk. Dit had ik nooit zo gewild. Ik had gedacht: hij merkt wel dat ik naakt in mijn slaapzak lig, en dan gebeurt het. Nu zat hij naast me in zijn spijkerbroek. Ik had mijn trui aangetrokken omdat ik het zo koud had.

Ik zei: 'Het geeft niet.' Ik ging liggen, draaide me om en trok de slaapzak op alsof ik wilde gaan slapen. Ik voelde dat hij even aarzelde, toen stond hij op, trok zijn spijkerbroek uit en kroop in zijn eigen slaapzak tegen me aan.

Soms moet je iets meer moeite doen in het leven. Ik draaide me om. Hij kuste me, toen kroop hij bij mij in de grote slaapzak en bleef een poosje doodstil liggen, hoewel ik merkte dat hij erg opgewonden was. Hij kan soms heel tactvol zijn. We knuffelden en het werd heel warm en benauwd en even later lag mijn trui weer op de grond...

Een tijd daarna zei Teer zachtjes: 'Ik hou van je.'

En ik zei...

O, ik had zo'n medelijden met hem, maar ik had niets anders dat ik hem kon geven, snap je? Het was alleen maar een moment geweest dat we samen hadden beleefd. Ik bedoel, ik mocht hem heel graag, maar ik had het gevoel dat ik ook iemand anders kon tegenkomen. En als die zijn best zou doen... Dan zou ik van Teer wegvliegen, de lucht in. En ik zou in de volgende straat of op een andere planeet terechtkomen.

Ik wilde hem niet kwetsen.

Ik legde mijn vinger op zijn lippen en zei: 'Ssst...'

Ik zag dat hij maar me keek. Hij was gekwetst en ik werd boos omdat ik mijn best had gedaan. En met welk recht hield hij van me?

Ik fluisterde: 'Niet zeggen!'

Het bleef een poosje stil en toen zei hij iets geks: 'Paardebloem.'

Ik keek hem verbaasd aan en zei: 'Wat bedoel je daarmee?'

Hij lachte even en haalde zijn schouders op. Ik glimlachte tegen hem, want ik begreep het opeens. Hij had me een tekening gegeven van een paardebloem. Het was een mooie tekening. Ik wist niet wat die bloem voor hem betekende, maar ik wist wat hij wilde zeggen. Hij bedoelde dat hij van me hield, ook al…

Ik wilde ook iets tegen hém zeggen… dat ik heel dol op hem was, ook al hield ik niet van hem. Ik kon moeilijk 'paardebloem' tegen hem zeggen, dus zei ik 'lieveheersbeestje'. Het rolde er zomaar uit.

Hij lachte en vroeg: 'Waarom lieveheersbeestje?'

'Omdat ze leuk zijn. Iedereen houdt van lieveheersbeestjes. Ze zijn mooi, en rood en…' Hij begon mijn mond te kussen.

'… en ze houden van paardebloemen,' zei ik even later. 'Heel veel.'

Teer glimlachte en knikte.

'Paardebloem,' zei hij.

'Lieveheersbeestje.'

'Paardebloem.'

'Lieveheersbeestje.'

Op dat ogenblik hield ik echt van hem, meer dan van wie ook, meer dan van mezelf, hoewel het de volgende dag over kon zijn.

Hij kuste me op mijn mond en we kropen zo dicht mogelijk tegen elkaar aan.

7

RICHARD

I AM AN ANTICHRIST
I AM AN ANAR-CHIST-A
DUNNO WOT I WANT BUT I KNOW HOW TO GET
IT
IIIIIIIIII
WANNA BEEEEEEEEEEEE
ANAR-CHEEEEEEEE

The Sex Pistols

We hielden een lijmactie. We zouden beginnen bij Barclay's Bank in High Street.

Ik had me mooi aangekleed voor de gelegenheid. Ik had mijn 'GLUE YOU'-T-shirt aangetrokken en een paar hardgroene Doc Martens, waarvan de neuzen waren beschilderd met bloemen. Margrieten. Dat had Teer gedaan. Ik had het hem gevraagd, nadat ik zijn paardebloemen had gezien. Hij is briljant. Ze zagen er prachtig uit. Ik heb zulke schuiten van voeten. Over mijn T-shirt had ik mijn jack aangetrokken, anders zou ik mezelf meteen verraden. 'GLUE YOU' breed op je borst en twintig tubes superlijm in je tasje.

Vonny had zich ook opgedirkt. Ze had een strak geel met zwart gestreept truitje aangetrokken en zwarte wollen leggings. Ze leek op een reusachtige wesp, maar natuurlijk wel veel mooier. Jerry kreeg ik niet zover, hoewel hij de zwartste kleren droeg die hij kon vinden. Maar goed, hij draagt altijd zwart. Hij verft zijn haar. Dat is in elk geval een begin. Ik vond dat hij zwarte oogschaduw op moest doen, al was het maar op één oog. En mascara. Hij vertikte het, totdat Gemma ook meedeed. Ze mocht zijn ogen opmaken en eerlijk gezegd zag hij er daarna behoorlijk dreigend uit. Ik had het misschien ook wel mogen doen, maar hij verdenkt mij ervan dat ik homo ben. Dat ben ik niet, als je je dat soms afvraagt. Ik doe alleen maar alsof. In feite ben ik celibatair. Al vijf jaar. Ik heb geen bezwaren tegen seks, maar wel tegen de politiek eromheen.

Gemma trok haar mooiste jurk aan en Vonny maakte haar op als een filmster uit de jaren veertig: ladingen poeder, lippen glanzend rood met cupido-boogjes. Ze wilde hoge hakken aantrekken, maar daar heb ik even een stokje voor gestoken. Soms moet je rennen. Teer was heel bereidwillig, maar je kon zien dat hij het moeilijk vond. Gemma wilde hem als zwerver verkleden, maar te veel aandacht trekken kan gevaarlijk zijn. We lieten hem maar. Hij voelde zich blijkbaar zo al belachelijk genoeg. Hij hoefde er niet ook nog zo uit te zien.

Dit moest het zijn. Geen Bonnie en Clyde. Geen gangsters en de IRA en KNAL, je bent dood... morsdood. Meer Robin Hood. In de Disney-versie dan.

We gingen naar Barclay's bank. Ik liep naar de deur en zwaaide met de superlijm. Fluitje van een cent. Je drukt op je tube en je spuit het slot vol. De volgende morgen moeten zij buiten blijven, terwijl het geld binnenblijft.

Daar hebben ze een hekel aan.

Daarna werd het link. Het 'GLUE YOU'-logo moest op de deur geschreven worden, met het anarchistenteken eronder. En dan natuurlijk het visitekaartje in de brievenbus. Daar heb je tijd voor nodig. Is het je wel eens opgevallen dat deuren van banken altijd opvallend duidelijk zichtbaar zijn? Probeer bij een bank maar eens weg te kruipen in het donker: lukt niet, er is altijd veel licht van straatlantaarns. Vast een afspraak met de gemeente.

Uiteindelijk bleek het niet zo riskant. Je wacht gewoon tot niemand kijkt, maar daar wordt Vonny altijd zenuwachtig van. Zo werken banken op sommige mensen. Als zij haar zin kreeg zouden we alleen maar het slot met lijm inspuiten en dan... wegwezen.

Je snapt het misschien niet, maar ik ben verzot op dit soort dingen. Ik schreef met groen krijt op de muur: DIT IS EEN LIJMACTIE. Ik hoorde Gemma giechelen. Het klonk heerlijk. Haar lach zweefde vanuit de schaduw zo de nachtelijke lucht in. Die lach had ik ook graag in de brievenbus gestopt. Maar ik moest me tevreden stellen met mijn kaartjes. Die zijn ook niet verkeerd. Ik maak ze thuis op mijn stencilmachine en kleur ze in met de hand. Op elke kaart staat een tekeningetje of een figuur uit mijn *Gouden Schat aan Kinderrijmpjes*

JE BENT BUITENGESLOTEN
met dank aan
Locktite Superlijm (ANARCHIE in G.B., B.V.)

Voor ik het kaartje in de brievenbus stopte, liet ik het even aan de anderen zien. Gemma giechelde. Teer keek verbaasd. Vonny schudde afkeurend haar hoofd en keek links en rechts de straat af. Zelf zou ik het leuk vinden als ik een keer gearresteerd werd, maar dat is nog niet gebeurd. Kun je je voorstellen wat de politie van ons zou denken?

Ik kleurde het 'GLUE YOU'-logo helemaal in met rood en ging er zo in op dat ik de tijd even vergat. Vonny begon aan me te trekken. 'Kom op, we moeten er nog vijftien,' fluisterde ze.

'We hebben de hele nacht de tijd,' zei ik. Maar ik borg mijn kleurkrijt weer weg en we liepen door. Over zoiets ga ik me niet druk maken.

Anarchie is dol op theater. Dat is het hele punt. Iedereen vergeet dat. Je moet de duivel uitlachen, niet tegen hem vechten. Ze zullen altijd meer geweren hebben, meer bommen die met een hardere knal ontploffen. Hoe smerig jij ook doet, zij zullen altijd bereid zijn nog smeriger te doen tegen jou. Ze hebben zoveel meer oefening gehad.

Ik werk met superlijm en subversieve acties. Niemand raakt gewond. Iedereen amuseert zich, ook mijn slachtoffers. Zij krijgen een dag vrij. Daarover heb ik nog nooit iemand horen klagen.

Voor de NatWest Bank op Chisem Street schoof Vonny naast me en fluisterde: 'Jerry is aan het blowen.'

Ik zei: 'O.' Ik bedoel, wat is daar zo bijzonder aan? 'Wanneer blowt Jerry niet?' vroeg ik.

'Ja, maar hij laat Gemma meedoen.'

'Jeetje,' zei ik.

Vonny fluisterde: 'Wat zullen we doen?'

'Regel jij het maar,' antwoordde ik. Ik stopte mijn kaart in de brievenbus en ging de bandieten voor naar de Midland Bank, drie winkels verder. Vier banken in één straat! Nou vráág ik je!

HET ANARCHISTISCH COLLECTIEF
VAN BRISTOL
nodigt u uit:
VOOR EEN DAGJE ONTSPANNING
Ga terug naar bed!

Eigenlijk zijn we geen echt collectief. Ik doe het samen met wie ik ook maar mee kan krijgen.

Eerlijk gezegd maakte het mij niets uit of Gemma een beetje hasj rookte. Maar ik had liever niet dat Jerry rookte tijdens de actie. Stel dat we gepakt werden... je kreeg er alleen maar verwarring door. Dat soort dingen geeft de politie een stok om de hond te slaan. Je ziet het al in de krant staan: *'Onder invloed van drugs verkerende punkanarchisten lijmen sloten banken dicht'*.

Maar goed, dit kun je nauwelijks een militaire actie noemen. En waarom zou hij Gemma niet iets geven? Ik zei alleen maar 'Jeetje' omdat Vonny er moeite mee had. Zo gaan die dingen. Gemma doet iets, maar Vonny wil dat ze iets anders doet. Dat heet politiek.

Ik haat politiek.

Vonny liep naast me. 'Ze is pas veertien. Je kunt je toch wel voorstellen wat voor een drama de politie en de pers ervan zou maken?'

'De jeugd van onze natie omkopen, bedoel je?'

'Precies.'

'Maar dat doen we toch?' riep ik stralend.

Het probleem is dat Vonny meedoet aan een lijmactie omdat ze er werkelijk van overtuigd is dat we zo invloed hebben op de financiële gang van zaken in de streek. Ze denkt dat de mensen hun geld zullen verliezen, dat de economie eronder lijdt, dat soort dingen.

'Geef je over aan Caesar,' zeg ik. Ik wil zieltjes winnen. Het zieltje van de bankdirecteur, de zieltjes van het bankpersoneel, dat van Gemma, van Teer, van Vonny en ja natuurlijk ook het jouwe. Toe maar, wees een duivel! Draag je steentje bij. Blijf vandaag in bed.

Anarchie B.V. stelt voor: VERANDER VAN GEDACHTEN Denk er nog eens over na

We kregen een verschil van mening bij de Co-operative Bank. Jerry vond dat we die moesten overslaan omdat ze coöperatief waren.

'Maar ze blijven een bank,' zei ik.

Ze werden dichtgelijmd.

Zo te horen vermaakten Gemma en Jerry zich uitstekend. Ik werd een beetje zenuwachtig. Gemma's gegiechel begon hysterisch te klinken en ze struikelde voortdurend over allerlei dingen. Vonny werd kwaad. Ze liep vóór hen en keek af en toe boos over haar schouder. Jerry had haar verzoek – Gemma niet stoned te laten worden – blijkbaar genegeerd. Teer liep naast Vonny. Ze voeren een zwaar gesprek, zo te zien, dat – ik durfde erom te wedden – over politiek ging, en over Gemma.

O jee.

Alles om je heen is politiek, waar je maar kijkt. Bijvoorbeeld hier in het centrum van Bristol. Neem nou slagerijen. We stonden voor een slagerij. Ik ben vegetariër. De vleesindustrie is een politieke kwestie. De winkelstraat baadde in het licht en al die straatlantaarns staan fossiele brandstof te verbruiken. Banken en verzekeringsmaatschappijen investeren in ziekte en dood. Make-up wordt op dieren uitgetest, ze druppelen het gewoon in apenogen. Voor Vonny gelegenheid te over om wat politiek bewustzijn te verspreiden.

Als je naar boven keek, zag je de sterren aan de nachtelijke hemel. Het was een prachtige avond. Je hoorde de wind in de bomen ruisen, boven het verkeer uit.

En wat deed Vonny?

Tegen Teer zeuren over Gemma!

Ja, ja, daar zat hij op te wachten.

Dat had hij nou net nodig om wat meer naar ons toe te groeien. Dit kon hij uitstekend gebruiken nadat hij veertien jaar lang was opgevoed door twee monsters.

Vonny is een lief mens. Ze loopt altijd te moederen. Ze brengt zwerfkatten mee naar huis, ze geeft boterhammen en geld aan bedelaars, ze wast regelmatig Jerry's sokken, zorgt ervoor dat hij rauwkost eet, en dat wij ons verstand blijven gebruiken en niet te hard giechelen. Ik hou van haar, maar soms verdenk ik haar ervan dat ze stiekem een communiste is.

Een vrije dag
Dat is toch zeker geen
TELEURSTELLING?

Misschien vind je me wel een eikel. Ben ik ook. Maar volgens mij is het best mogelijk dat de mensen op een dag verstandig worden en beginnen te denken: waarom voel ik me zo vaak zo rot en waarom zit ik zo graag andere mensen dwars, zodat ik er zeker van kan zijn dat ik kan dóórgaan met me rot te voelen?

Als ik maar een paar van die bankmedewerkers aan het denken zou krijgen, zouden ze óók wat vaker in bed blijven. Dan heb ik iets gedaan om de wereld te veranderen. En als ik dat bereik door reusachtige groene kisten te dragen waarvan de neuzen met margrieten beschilderd zijn, des te beter.

Ik moet zeggen dat het niet de meest succesvolle lijmactie was die ik ooit had gehouden. Er was te veel afleiding. Tegen de tijd dat we thuiskwamen was Vonny woedend en Teer zag eruit alsof hij gestoken was met een bot mes. Ik moet met hem praten.

Gemma kon nauwelijks meer op haar benen staan. Het leven kan soms mooi zijn, vind je niet?

'Hoe denk je dat haar ouders zich zullen voelen?' vroeg Vonny. 'Ze hielden haar kort, ze mocht niet vaak uit. Maar haar verhaal is niet te vergelijken met dat van Teer, toch?'

Tsja, ik denk dat Vonny eigenlijk gelijk had.

8

GEMMA

Nou, nou, dat waren wilde tijden. Samen alle banken dichtlijmen. Elke dag samen gebakken aardappelen eten met sperziebonen. Samen afwassen. Wow!

Ach... het was best leuk eigenlijk. Ik dacht te veel, verwachtte te veel. Je weet wel – waar blijven de wilde feesten? Waar blijft het Leven op Straat? Waar is De Grote Stad?

Maar Teer vond alles geweldig en daardoor vond ik het ook wel leuk. Eerlijk gezegd denk ik dat hij in de zevende hemel was. Hij was dol op iedereen. Hij aanbad Richard. Hij vond zelfs Vonny aardig, hoewel die heel duidelijk een vijand was.

En hij had mij natuurlijk.

We konden opblijven zolang we maar wilden en kwamen de volgende dag pas eruit wanneer we daar zin in hadden. We waren dag en nacht bij elkaar. En ik moet toegeven, dat was leuk. Als Teer er niet geweest was, had ik het er geen dag uitgehouden. Maar hij was er wel, dus...

Omdat Teer,geen geld had en hij wel eten kreeg, begon hij het huis op te knappen. Richard had beslag weten te leggen op een paar emmers muurverf. Vanaf dat moment was Teer elke morgen om negen uur op. Hij nam de ene kamer na de andere onder handen en gaf ze een smerige bleek-beige kleur. Ik was natuurlijk ook afhankelijk van hen. Ik had niets gezegd over mijn honderd pond. No way!! En dus moest ik hem helpen. Ik kreeg al gauw genoeg van dat vroege opstaan en daarom spartelden we 's morgens wat rond in bed en 's middags spartelden we wat rond in de verf.

Sinds we met elkaar naar bed gingen, vond ik hem helemaal te gek. We moesten onder het schilderen steeds stoppen om elkaar te knuffelen en aan te raken. Als ik me 's avonds uitkleedde, zag je vingerafdrukken van de muurverf over mijn hele lijf.

Teer is zo gaaf. Hij moet alles in zijn leven goed overdacht hebben, want hij heeft overal wel een mening over. En hij luistert altijd. Als hij niet snapt wat ik bedoel trekt hij een rimpel in zijn voorhoofd. Dan doet hij net of het zijn schuld is dat hij me niet begrijpt, terwijl het meestal de mijne is omdat ik weer eens iets stoms heb gezegd. En hij is leuk. Ik bedoel, hij kan om mijn grappen lachen. We lagen soms dubbel. We konden zo goed met elkaar overweg.

Aan de andere kant had hij ook vervelende gewoontes. Ik vond dat hij een beetje al te behulpzaam was. Ik dacht: oké, we krijgen eten en in ruil daarvoor werken we. We deden tenslotte niet alleen ónze kamer. Maar Teer was bijna ziekelijk dankbaar en voelde zich schuldig. Hij rende de benen onder zijn lijf uit voor hen. Hij kookte, maakte schoon, deed boodschappen, noem maar op. Maar wat mij echt de keel begon uit te hangen waren de eindeloze discussies over Gemma.

Daar zat Vonny natuurlijk achter. Ze deed de hele dag niks anders dan bedenken wat je moest doen en er vervolgens voor zorgen dat je het deed. Zo was ze tegen iedereen, hoor. Ze zat altijd Jerry achter zijn vodden: er moesten meer panden gekraakt worden, de keuken geschrobd, hun bed opgemaakt of de was gedaan. Maar ze kreeg hem heel vaak niet zover. Jerry wilde alleen maar wat rondhangen en stoned worden. Meer niet. Met Teer had ze meer succes. En dat irriteerde me nog meer dan haar gezeur over mij. Hij vond het natuurlijk prachtig. Ze hoefde maar hardop erover na te denken wat we die avond zouden eten of hij stond al buiten met zijn boodschappentas. Dankbaarheid was het goede woord niet. Het was vernederend. Alsof hij een nieuwe moeder zocht... en hij was de vorige nog maar net kwijt.

Ze mocht me niet. Je kon aan haar gezicht zien hoe ze over me dacht: verwend kind. Wat ik zei deugde niet volgens haar, wat of hoe ik deed deugde niet, hoe ik eruitzag deugde niet.

Ik moest op school zijn en thuis, en weg uit haar leven. Ze vond waarschijnlijk dat ik 's avonds nog ondergestopt behoorde te worden.

Dat was haar probleem, dacht ik.

Eigenlijk was ze bezig me eruit te werken en naar huis te sturen. Ze kende me niet, anders had ze wel geweten dat je mij alles kunt laten doen, als je maar tegen me zegt dat ik het *niet* moet doen. Maar ze had het er ook met Richard over en ik merkte dat hij het met haar eens was. Hij is veel aardiger, maar in feite kwam het op hetzelfde neer: als je veertien was *hoorde je bij iemand* – ik in mijn geval bij mijn ouders.

En ze begon er steeds maar weer over tegen Teer. Ze had hem aan het spit en rakelde het smeulende vuurtje steeds opnieuw op. Ze zei tegen hem hoe egoïstisch hij was om zo'n jong onschuldig meisje weg te rukken uit haar liefderijke gezinnetje.

'Hoe moeten je ouders zich voelen?' jammerde hij tegen me.

'Ongeveer even goed als jij je nu voelt dankzij Von,' riep ik. Opeens zag hij eruit zoals hij er altijd had uitgezien als zijn echte moeder in Minely hem om haar vinger wond.

In feite waren Richard en Vonny een redelijk stel ouders. Als ik hen had gehad in plaats van het stelletje onbekwame oenen die ik van Onze Lieve Heer heb gekregen, dan was ik nooit weggelopen. Het was perfect. Ik mocht bij mijn vriendje slapen, ze sloegen me niet over als er een joint rondging, ik kon onze kamer schilderen in de kleur die ik wilde, ik kwam zo laat thuis als ik wilde. Als ouders waren ze volmaakt.

Het enige probleem was dat ik niet van huis was weggelopen om op zoek te gaan naar een nieuw stel ouders.

Ik zei niets tegen Teer. Voorlopig vond ik het best zo, maar ik hield mijn ogen open, want ik zocht echte vrienden. Mensen van mijn eigen leeftijd, iets ouder misschien, die zich er geen zorgen over maakten of we wel legaal bezig waren, omdat ze waarschijnlijk zelf behoorlijk illegaal zouden zijn.

We ontmoetten wel andere mensen. Richard en Jerry en

Vonny hadden vrienden. Op een avond mocht het licht aan in huis – wow!! We liepen rond in de schittering van Echte Elektrische Verlichting.

Eigenlijk was dat ook best spannend, want we hadden twee weken lang bij kaarslicht rondgescharreld. Die avond kwamen er een paar mensen langs, voor het eerst. Ze praatten en dronken wat, rookten hasj. Er werd niet gedanst of zo. Richard haalde zijn geluidsinstallatie naar beneden. Teer en ik zaten in de hoek en bekeken het hele spul als een koppel tamme papegaaien. Af en toe kwam er iemand naar ons toe en deed aardig. Ze waren allemaal stokoud.

Het enige opwindende van die avond was dat er plannen gemaakt werden om een housewarming party te geven, waarbij het kraakpand officieel in gebruik genomen zou worden. Een echt feest met dansen en harde muziek. Richard zei dat hij wat meer mensen van onze leeftijd zou uitnodigen. Richard kent iedereen. Hij heeft al zoveel panden gekraakt. Hij had het over een groep die een paar straten verderop woonde. Het klonk interessant. En opeens kreeg ik het gevoel dat het achteraf misschien toch wel de moeite waard was geweest dat ik gekomen was.

Het werd tijd ook. Ik had twee weken bij kaarslicht geleefd en overdag alleen maar geschilderd. Mijn grens was bereikt.

Ik had nog steeds de honderd pond die ik van mijn vaders bankrekening had gepind. Ik had nog geen penny hoeven uit te geven. Zij hadden al het eten betaald. Vonny en Jerry hadden me zelfs van hen laten roken. Ik dacht bij mezelf: dit gaat goed!

De volgende dag zei ik tegen Teer dat ik de stad in wilde.

Het duurde uren voor ik hem zover had. Zie je het voor je? Hij vond dat hij eerst dat rothuis moest afmaken. Als je iets anders wilde doen dan schilderen of zo, moest je bijna een afspraak met hem maken.

Ten slotte sleurde ik hem zowat het huis uit.

We gingen de stad in om een beetje geld uit te geven.

Onderweg had ik al precies in mijn hoofd wat ik wilde

doen. In de buurt van Woolworth's wist ik precies wat ik zou gaan kopen. We zouden beginnen met een reusachtige, walgelijk vette, verrukkelijke hamburger. Dat was ongeveer het enige wat ik gemist had sinds ik van huis was weggelopen: vlees. Ik had geleefd op taugé en sojamelk. Teer mompelde nog wat vegetarische bezwaren, maar ik sleepte hem McDonald's binnen en bestelde twee big macs.

'Dode koe.'

'Dode koe,' antwoordde hij plechtig. Zoals je bij een toast je glazen laat klinken, lieten we onze hamburgers tegen elkaar botsen en we namen een hap. Onbeschrijflijk lekker! Toen dronken we een milkshake en bladerden in een exemplaar van *City Limits*. Er speelde een groep in de Albert Chapel. Punk. Ik gaf Teer wat geld en zei: 'Daar gaan we heen.' Ik sprak af dat ik hem in de kroeg naast Albert Chapel zou ontmoeten. Toen liet ik hem in de steek. Ik wilde hem niet om me heen hebben terwijl ik mezelf in de kleren stak. Hij zou zich doodvervelen. Bovendien zou Teer ontzettend verstandig willen zijn. En ik ging mijn honderd pond niet uitgeven aan slaapzakken of degelijke schoenen. Ik had geen gaatje in mijn hoofd.

Ik wilde lekker geld uitgeven.

Ik nam de bus naar de kledingmarkt bij het stadion. Daar waren we al eerder geweest op zondag, de dag van de lijmactie. Ik had toen niets uitgegeven, maar ik had mijn ogen goed opengehouden. En wat ik gezien had, werd die avond in het kraakpand bevestigd: met mijn kleren liep ik duizend jaar achter.

De paardenstaart en het schone, zongebruinde gezicht waren helemaal uit. Jezus, ik zag er ouder uit dan Vonny! Zij had een hanenkam en een ring in haar neus terwijl ik nog steeds in pluizige truien liep.

Een zwartleren jack. Dat was het eerste wat ik aanschafte. Ik deed een goede koop – vijftig pond voor een leuk versleten tweedehandsje. Het was geweldig. Het rook naar zweet en leer en het had een rits aan de voorkant waarmee je een gorilla buiten zou sluiten, of binnen zou houden. Ik wilde ook een leren broek kopen, maar die was te duur en trouwens een leren broek kon helemaal niet meer, zoals ik later ontdekte.

Maar het moest wel allemaal zwart, zwart, zwart zijn. Ik kocht een zwarte panty, een kort zwart rokje en een paar vuile zwarte kisten. Samen voor twintig pond in een legerdump. Wat een sergeant-majoor in een kort zwart rokje moet, blijft me overigens een raadsel. O ja en ook nog een klein opahemd met groezelige kant langs de hals.

Ik liet gaatjes prikken in mijn oren. Twee gaten in mijn neus. Het deed pijn en ik had er eigenlijk maar één willen hebben, maar Vonny had er ook maar een en je begrijpt...

Ik liet mijn haar knippen. Ik had nog maar twintig pond over, anders had ik het laten verven, maar zo was het ook goed.

Ik zag er te gek uit, al zeg ik het zelf.

Ik weet wat je gaat zeggen: 'Een-honderd-pond-punker?!' Oké. Als je zoiets goed wilt doen, betaal je niet meer dan tweeëneenhalf pond. Maar eerlijk is eerlijk, ik deed dit voor de eerste keer. Het meisje dat me hielp was goed. Ik kocht wat make-up en ging naar de WC om me op te maken. Zwarte lipstick en eyeliner, dat soort dingen. En toen...

Ik bekeek mezelf in de spiegel en ik dacht, Gemma, te gek!

Die punk-look stond me waanzinnig. Ik ben nooit mooi geweest, zelfs niet toen ik klein was, maar achteraf ben ik niet ontevreden. Ik bedoel, als je van begin af aan mooi en knap en prachtig bent, hoef je alleen maar met je ogen te knipperen en iedereen valt voor je. Maar als je begint zoals ik, met het uiterlijk van een verstervende kikker met gebitsproblemen, dan heb je veel meer te doen. Toen ik klein was keek ik vaak in de spiegel en dan dacht ik: moet ik een heel leven door met dit gezicht? Maar toen ik zo'n jaar of twaalf was, merkte ik dat de mensen naar me keken. Toen bekeek ik mezelf weer eens opnieuw. Misschien heb ik toch wel iets, dacht ik dan. Sommigen kijken me aan en zien niets bijzonders, gewoon een meisje met een te grote mond en haar ogen iets te ver uit elkaar. Maar anderen kijken naar me en zien dat ik meer te bieden heb – hoe ik in elkaar zit, bedoel ik. En als dat gebeurt dan weet ik dat ik met ze op kan schieten.

Dat meisje had haar best gedaan.

Ik dook een tekenspullenwinkel in en kocht een cadeau voor Teer. Toen ging ik naar de kroeg waar we afgesproken hadden.

Inmiddels was ik blut. Jammer. Misschien hadden we nog een wilde avond kunnen hebben, dronken kunnen worden, of kijken of er nog iets interessants te scoren viel. Maar dat kon nu niet meer. Ach, je hebt toch geen geld nodig als je er goed uitziet?!

Het gave was dat hij me niet herkende. Echt niet. Hij zat aan een tafeltje bij het raam en ik zat aan het tafeltje ernaast en hij keek dwars door me heen, alsof ik een vreemde was. Kijken hoe trouw meneer De Man is, dacht ik. Ik begon hem doordringend aan te staren, alsof ik hem heel spannend vond. Hij werd er nerveus van, dat zag ik. Hij begreep niet wat er aan de hand was. Ik bleef hem aankijken en toen knipoogde ik naar hem. Ik fronste vragend mijn wenkbrauwen en hij werd vuurrood. Even later keek hij me weer aan, voorzichtig, en hij glimlachte heel even. Toen hij weer naar me keek, gaf ik hem nogmaals een knipoog. Ik stond op en ging naast hem zitten.

Ik dacht dat hij doodbleef! Terwijl ik dichterbij kwam, begon er iets bij hem te dagen en toen zei hij schor: 'Gemma!'

'Wie anders?'

Teers gezicht. Teers gezicht is een open boek. Hij was stomverbaasd.

'Nu kan ik niet meer naar huis,' zei ik tegen hem. En dat was ook zo. Ik zag er toch al niet meer uit als *iemands* dochter, laat staan als de dochter van meneer en mevrouw Brogan. Teer betaalde en we liepen naar het optreden. Teer voelde zich niet op zijn gemak. Iedereen keek naar me en hij was trots dat hij naast me liep, maar dat durfde hij niet te laten zien. Een poosje later was hij een beetje aan mijn uiterlijk gewend en toen zat hij steeds aan me. Hij trok me tegen zich aan, kuste me en probeerde zijn handen onder mijn kleren te krijgen, maar ik duwde hem weg.

'Dit is eigenlijk hetzelfde als vreemdgaan!' zei ik verwijtend. Hij grijnsde. Maar ik wilde niet dat mijn lipstick uitliep en zo, snap je.

Tegen de tijd dat we de kleine zaal binnenliepen waar die punkgroep zou optreden, ging ik helemaal uit mijn dak. Op het podium zat een reggaeband. Een paar mensen dansten, maar de meesten zaten te wachten op het optreden van de punkgroep. We dronken bier. Ik had ze zelf aan de bar gekocht. Geen probleem. Zoals ik er nu uitzag, had ik naar binnen kunnen lopen en het hele pand kunnen kopen. Ik zat naast Teer. Onder tafel stopte ik zijn hand tussen mijn dijen.

Ik voelde me fantastisch.

De geluidsinstallatie stond keihard. Het lawaai was te gek. De mensen om me heen waren te gek. Ik was zielstevreden met mezelf. We stonden op en dansten tot de band ermee ophield. Daarna gingen we ergens tegen een muur staan, dronken nog een biertje en wachtten terwijl de punkband zich voorbereidde op het optreden.

Ik had nog nooit gehoord van de band. Ze kwamen het podium op en begonnen hun spullen op te bouwen. Er ging een soort spanning van die gasten uit. Ze deden helemaal geen sound-check. Geen stem die riep: 'Testing, testing, een-twee-drie!' of wat dan ook. Ze sloegen een paar akkoorden aan en toen was het net of ze ruzie hadden. De zanger begon door de microfoon tegen iemand in het publiek te schreeuwen en te krijsen.

Het was... het begon uit de hand te lopen. De band viel in en de menigte dromde samen voor het podium en schreeuwde terug. Dit gaat niet goed, dacht ik. De band zag eruit of ze zo de hele boel in puin zouden slaan. Ze speelden niet. Die vent op de rand van het podium zat het publiek op te jutten. Hij ging ervoor, helemaal. De dansvloer stond vol mensen en die vent krijste van alles tegen hen. Hij stak zijn middelvinger op en vormde de woorden fuck off met zijn lippen. En toen begon het publiek terug te schreeuwen. Woedend. Die vent op het podium boog zich naar voren en spuwde – echt een hele kwak. Je zag het over de hoofden sproeien van de mensen die vooraan stonden.

Toen begon de band te spelen.

Ik begreep er niets van. Het was heftig. Het leek wel of de scheldpartij van zo-even op muziek was gezet. Plotseling begon het publiek te pogoën. De lichten gingen aan en uit, alles en iedereen was in beweging en de mensen voor het podium spuwden naar de zanger en die gleed bijna uit op het podium, zo nat was het van het spuug.

Dat was het dus. Het was een act! Ik begon te schreeuwen. Ik vond het fantastisch. Zoiets had ik nog nooit gezien. Ik worstelde me tussen de massa door naar voren en begon mee te doen. Ik stond te springen en te gillen, bam bam, op en neer, zo hard ik kon.

Die groep. Ik wou dat ik wist wie ze waren. Ze moeten beroemd zijn geweest of zijn daarna beroemd geworden, want ze waren gewoon smerig en grof en prachtig. Je werd door de muziek bijna in elkaar geslagen, alleen deed het geen pijn, je weet wat ik bedoel. Iedereen ging helemaal uit zijn dak, maar het gekke was dat er nergens gevochten werd.

Teer stond naast me. Hij stond te springen en te schreeuwen. Hij kan soms ook helemaal uit zijn bol gaan. Zijn zwarte haar viel voor zijn ogen en hij grijnsde als een krankzinnige. Het ging maar door en door. Het ene nummer ging naadloos over in het volgende. De geluidsinstallatie huilde en krijste, maar dat kon niemand iets schelen. Toen speelden ze een langzaam nummer en iedereen begon te zoenen en er waren stellen die echt… je weet wel, ik zweer het je. Teer en ik omhelsden elkaar en probeerden onze tongen in elkaars keel te steken. Hij likte mijn hele gezicht af. Toen kwam er weer een snel nummer en we begonnen weer te springen en gingen maar door en door en door.

We waren min of meer per ongeluk bij dit optreden terechtgekomen. Je zag meisjes die echt punk waren. Ze zagen er uit als absolute slettebakken. Ze maakten zich nergens druk over. Qua kleren zat ik helemaal verkeerd: te netjes. Toen ik naar het toilet ging, zag ik dat ik een gat in mijn nieuwe panty had, ik trok het verder open en maakte er nog een paar gaten bij zodat de witte huid van mijn benen te zien was. Ik scheurde mijn nieuwe rokje aan de voorkant open en probeerde een gat te trekken in het T-shirt, maar dat lukte niet omdat de stof te sterk was. Dus trok ik het kant eraf, rende weer de zaal in en begon weer te springen.

Ik zag Teer niet meer, maar dat gaf niet. Ik werkte mezelf helemaal naar het podium en pogode mee met de rest. Ik begon ook mee te spuwen naar de zanger. Te gek! Maar het werd vooraan zo warm en druk dat je het er nauwelijks uit kon houden. Intussen begonnen mensen het podium te beklimmen. Het publiek stond zo opeengepakt dat je vanaf het podium gemakkelijk over de hoofden helemaal tot achter in de zaal had kunnen lopen. Een paar man sprongen van het podium tussen het publiek en zetten zeker een stap of tien, voordat de menigte dunner werd en ze tussen de mensen naar de grond zakten. Ik kreeg een trap tegen mijn oor.

Een tijd later kreeg ik het zo benauwd en warm dat ik me weer terugwerkte naar achteren. Daar begon ik te dansen. Ik danste en danste en danste. Ik zag Teer als een gek headbangen. We botsten tegen elkaar aan en dansten een tijd naast elkaar. Toen moest hij iets te drinken halen om af te koelen, maar ik ging door. Door en door en door en door.

Een paar jongens vroegen of ik wilde dansen. Ik danste met ze, maar raakte ze even snel weer kwijt. Een jongen vroeg me of ik iets wilde drinken. Ik zei ja en ging naar de bar. Ik bleef staan wachten, maar die muziek... De groep begon een nieuw nummer, zo gaaf dat ik terugrende naar de vloer en weer begon te dansen. Ik vergat de hele jongen en zijn bier en alles.

Ik zag hem niet meer. Ik bleef wel een half uur dansen, ook met anderen. Opeens kwam Teer zeggen dat hij er genoeg van had, hij wilde naar huis.

'Tot straks dan,' zei ik tegen hem. Ik grinnikte.

Hij bleef aarzelend staan. 'Ik ga niet weg zonder jou,' zei hij met een boos gezicht.

'Wacht dan maar op me,' zei ik en ging er weer vandoor.

Ik wilde niet weg. Waarom zou ik? Hij zag het ook, maar tien minuten later stond hij weer voor mijn neus en zei opnieuw dat hij weg wilde. Sukkel, dacht ik. Maar ik zei niets. Ik zag hem tegen de bar leunen met een treurig gezicht. En dacht: leuk hoor! Ik bedoel, ik had het allemaal voor hem gedaan – me zo uitgedost, naar dit optreden gegaan. Ik had het cadeau nog in mijn tas en hij stond daar maar een beetje te mokken en zag eruit alsof hij net een dreun van zijn vader had gehad. Maar ik was zijn vader niet. Jammer voor je, dacht ik. En ik ging door met dansen. Ik was niet van plan te stoppen, niet voor hem, niet voor jou, voor niemand.

Een poosje later dook die jongen op met zijn bier. Hij stond daar in zo'n smerige, dunne zwarte spijkerbroek en een veiligheidsspeld in zijn neus. Hij zag eruit of hij tien jaar niet geslapen had. Of hij gebleekt was en toen onder de kapstok neergezet.

'Heb je hier al die tijd mee rondgelopen?' lachte ik.

Hij lachte zelf ook en knikte. 'De helft heb ik al gemorst,' zei hij. Slimmerik, dacht ik. Maar hij drong zich niet op, hij liet me lekker gaan. Ik dronk het bier in één teug leeg en we begonnen weer te dansen. Hij danste geweldig. We vlogen door de zaal. Ik werd nu ongeveer dronken van het dansen. Niets kon me meer schelen. Uit mijn ooghoeken zag ik Teer een paar keer en ik dacht: vergeet het maar, nu ben ik aan de beurt. Ik bedoel, ik had twee weken lang niemand anders gezien dan zijn suffe vrienden met hun gebakken aardappelen. Waarom kon hij dan niet één avond met mij uitgaan?

Die andere jongen vond mij een lekker ding, dat was duidelijk. En hij had gelijk. Ik drukte me tegen hem aan en begon hem op te vrijen. We worstelden en glibberden over de dansvloer en we dropen van het zweet. Er kwam weer een langzaam nummer. Hij sloeg zijn armen om me heen. Het kon me niets schelen. Het is gewoon dansen, dacht ik. Leuk. Ik vond het helemaal niet erg. Ik had dat opahemd aan en ik was zo nat van het zweet dat het tegen mijn lijf plakte en hij kon zijn handen niet van me af houden. Waarom ook?

Ik weet niet hoe lang ik heb gedanst. Ik had de hele nacht zo door kunnen gaan. Maar ten slotte legde hij zijn handen op mijn heupen en boog zich naar me toe. 'Ik moet weg,' zei hij. 'Waarom ga je niet met me mee?'

Ik deed een stap achteruit. Stom misschien, maar dat had ik echt niet verwacht. Hij vroeg niet of ik meeging om thee te drinken. Ik had nog nooit meegemaakt dat iemand je zomaar mee naar huis vroeg om met je naar bed te gaan. Thuis waren er altijd ouders en op het strand bleef het bij een beetje voelen.

Ik keek rond en dacht: je kunt toch af en toe wel eens een nachtje met iemand meegaan zonder een slet te zijn? En ik vond die jongen leuk. Ik zou niet mijn leven met hem willen slijten, maar ik had nu ook geen zin om daar diep over na te denken.

Ik keek rond en zag Teer nergens meer.

'Ja, oké,' zei ik. 'Wil je nu weg?'

Hij knikte en dronk zijn glas in een teug leeg. Ik ging mijn tas halen. En daar stond Teer.

Hij zou niet zonder mij naar huis gaan. Ik had het kunnen weten. Hij had niet pal naast ons gestaan, maar hij had alles zien gebeuren en omdat hij Teer was kwam hij niet naar ons toe om te roepen: 'Je hoort bij mij!' of: 'Wat haal jij in je hoofd?' Maar daar stond hij. Wilde me laten zien dat hij er nog steeds was en dat hij op me wachtte. Hij zag groen.

Ik keek naar hem en hij naar mij.

'Iemand vraagt of ik met hem mee naar huis ga,' zei ik tegen hem. Hij keek me alleen maar aan. Ik liep naar mijn tas. Ik rende er bijna heen. Ik groef in mijn tas en vond nog wat kleingeld. Ik kon het er niet snel genoeg naar mijn zin uit krijgen. 'Hier heb je geld voor de bus,' zei ik. Ik wilde weg bij hem. Ik stopte het geld in zijn hand. Hij keek me aan. Opeens ergerde hij me. Ik weet niet waarom. Ik keek hem aan en schreeuwde: 'En jij bent ook mijn moeder niet, als je dat soms dacht.'

Weg was ik. Die jongen – ik wist zijn naam niet eens – stond met een paar vrienden op me te wachten. Zij waren het hélemaal. Wat ze aan hadden kostte alles bij elkaar waarschijnlijk nog geen tien pond. Ze waren met zijn tienen, jongens en meisjes. Ik zag dat ze naar mij keken en ook naar Teer. 't Waren echte punkers. Ze zagen eruit of ze zo je keel zouden doorsnijden. Maar ik wist al dat ze zo niet waren. Het was alleen maar show. Het was een stijl.

Een van de meisjes gaf me een knipoog.

Ik liep naar hen toe en ze vormden een kring om me heen. Ik liep de deur uit, de nacht in. Ze begonnen allemaal tegelijk te praten en te lachen. Iemand zei iets tegen me en ik gaf antwoord. Ik voelde me weer goed. Ik propte mijn tas onder mijn arm. Teers cadeau zat er nog steeds in.

'Wacht even,' zei ik.

Ik rende weer naar binnen. Teer stond nog steeds aan de bar. Ik liep vlug naar hem toe en greep hem beet.

'Alsjeblieft,' zei ik. Ik duwde het cadeau in zijn handen en toen schoof ik hem de hele zaal door en via de achterdeur naar buiten. Ik weet niet waarom ik het deed. Ik wilde eigenlijk met die andere groep mee. Dat waren mijn mensen. Ik wist het gewoon. Alsof ze op me hadden gewacht...

We renden de straat uit. Toen ik zeker wist dat we niet gevolgd werden, hield ik hem staande en toen keken we elkaar aan.

'Je had je gezicht moeten zien,' zei ik tegen hem. Toen barstten we in schaterlachen uit. Alsof het leuk was. Alsof het allemaal een grap was geweest. Als ik het cadeau niet gevonden had, was ik met die anderen meegegaan.

Naderhand had ik er spijt van. Dat ik niet was meegegaan,

bedoel ik. Ik had graag gewild. Maar dat kon ik tegenover Teer niet maken. Niet tegenover hem. Nee toch?

***

We praatten er nooit meer over, maar we wisten allebei dat ik bijna was meegegaan en we wisten ook dat ik het morgen weer kon doen. Hij was heel zacht en lief voor me. Ik denk dat hij dacht dat hij me op die manier voor zich kon winnen, maar ik was natuurlijk niet bijna weggegaan omdat hij niet lief genoeg was.

Thuis stopte ik mijn kapotte panty, het rokje en de rest weg. Het waren feestkleren. Misschien zou ik het bij de housewarming aantrekken, misschien dat het dan wel kon, misschien was het wel zo'n soort feest. Maar dat ik het nog een keer zou aantrekken wist ik zeker, en ik wist ook zeker dat dat heel vlug zou zijn.

9

VONNY

We moesten haar weer naar huis zien te krijgen, vond ik, voor ze echt de smaak te pakken kreeg. Je zag het zo: niets was haar te gek. Als ze over straat liep, keek ze voortdurend uit naar iemand die ze spannend vond en ze vocht haar weg naar elke winkel die er voor haar interessant uitzag. Arme Teer. Hij kreeg nauwelijks de kans zichzelf een beetje te leren kennen. Terwijl *hij* het juist zo nodig had.

Dat irriteerde me. Zij had alle tijd van de wereld. Zij had geen problemen, geen echte tenminste. Teer had zo lang in dat vreselijke gezin gewoond. Hij was zo open en deed zo vreselijk zijn best. Nu hij eindelijk thuis weg was, had hij ruimte nodig. Maar met Gemma in de buurt was er geen ruimte meer. Die nam zij helemaal in.

Toch mocht ik haar wel. Maar ik had haar liever tien jaar later leren kennen.

Ik was woedend op haar toen ze die avond thuiskwam, helemaal in het leer en zo. We hadden haar te eten gegeven, alles voor haar betaald. Ze had steeds van ons gerookt.

Ze zei: 'Dit zijn mijn feestkleren,' en ging als een fotomodel voor me staan draaien. Ze wilde natuurlijk dat ik haar van alle kanten bewonderde, maar dat deed ik niet. Ik had een uitkering. Ik betaalde van mijn armetierige dertig pond per week ook nog voor haar. Ze had op mijn kosten gegeten, gedronken en gerookt, terwijl ze al die tijd geld had gehad.

'Dit is geen feest,' zei ik, 'en ik ben je moeder niet.'

Ze trok een gezicht.

Het probleem is dat ze er blijkbaar eentje nodig had. Een moeder, bedoel ik.

Aan Jerry had ik natuurlijk niks. Hij vond het wel leuk een jong kind om zich heen te hebben om stoned mee te worden, meer was het niet. In feite dreef ze de zaak tussen Jerry en mij op de spits. Hij wilde zich alleen maar amuseren, voor de rest betekende het allemaal niets voor hem. Zelfs ik betekende niets voor hem, als het erop aan kwam. Ik hou ook heus wel van een feestje en zo, maar het leven is meer dan dat.

Richard wist dat ze niet veel toevoegde aan ons bestaan, zeker niet aan dat van die arme Teer. Het probleem met Richard is dat hij niet graag zijn handen vuil maakt. Hij was verantwoordelijk, maar voor hem moest het op de een of andere manier allemaal alleen maar leuk zijn. Zodra er moeilijke beslissingen genomen moesten worden, trok hij een sip gezicht en was hij niet thuis. 'Politiek.'

Teer was belangrijk. Hij zat in de problemen. Je kon maar op twee manieren op hem reageren: je wilde hem bemoederen of je kon hem wel villen, meestal beide – net als zijn echte moeder had gedaan. Gemma deed het ook. Ze manipuleerde hem niet direct, zo'n soort meisje was het niet. Maar ze was zo van zichzelf vervuld dat ze het net zo goed wél had kunnen doen.

Ze was punk geworden en voor haar was dat De Enige Manier Van Leven. Natuurlijk zat ze er meteen tot aan haar kruin in – zo was ze nu eenmaal. Ze kwam die avond thuis met ringen in haar oren en twee ringen in haar neus. Twee dagen daarna had ze er nog drie bij. Ze had Teer zover gekregen dat hij haar met een gesteriliseerde naald had gepierced. De naald had ze van mij geleend.

'Zo kan ik nooit meer naar huis, zo kan ik niet thuiskomen,' kraaide ze steeds. Ze wilde een piercing in haar tong zodra ze het kon betalen. Smerig! Nu ik erover nadenk, zei ze het misschien alleen maar om mij te shockeren.

Toen kwam Teer aan de beurt. Ze schoor zijn hoofd, maar liet een lange smalle hanenkam staan in het midden. Toen verfde ze die rood en groen en gebruikte ladingen gel om het haar mooi rechtop te laten staan. Prachtig! We moesten er allemaal om lachen, maar dat was gemeen omdat het hem helemaal niet stond. Hij wilde alles wel een keer, misschien wel twéé keer proberen. Teer was zo'n jongen. Hij wilde alles wel proberen, wat het ook was. Maar die hanenkam paste echt niet bij hem. Hij is zo'n lange slungel met een lange magere hals en dan dat zorgelijk kijkende, puisterige gezicht erboven met een mond vol grote tanden en die verblindende rood met groene hanenkam op zijn hoofd. Hij leek wel een papegaai.

'Zo laat je hem toch zeker niet rondlopen?' riep ik, terwijl ik de tranen van het lachen uit mijn ogen veegde.

'Ik vind het prachtig,' zei Gemma. Tandenknarsend probeerde Teer zichzelf ervan te overtuigen dat hij er zo altijd al uit had willen zien. Hij leek op een van die types die je op ansichtkaarten ziet voor de toeristen. Natuurlijk plaagde Gemma alleen maar. Ze knipte zijn kam af en waste de schreeuwerige verf uit zijn haar. Maar hij zag er nog steeds belachelijk uit.

Ik zag tegen het feest op. Tot nu toe was Gemma vrijwel altijd thuis geweest, maar toen ze de Albert Chapel ontdekt had, was ze niet meer te houden. Gelukkig had ze geen geld meer, maar een week later ging ze op zoek naar een baantje als serveerster of zoiets. Zonder succes, goddank.

Intussen probeerde ik Richard te bewerken. Hij was nogal terughoudend om iets te ondernemen, dat was duidelijk. Ik bedoel, dat Teer er was, oké. Eigenlijk zou *hij* ook naar huis moeten, want daar hóórde hij tenslotte. Maar hij had het daar zo afgrijselijk dat dat niet kon. Maar Gemma... Ik wilde de verantwoordelijkheid voor haar niet op me nemen en ik kon het niet aanzien wat ze Teer aandeed. En eerlijk is eerlijk, ik was van begin af aan niet enthousiast over haar komst.

De avond voor het feest zeiden we het tegen haar. Ik draaide er min of meer alleen voor op. Met Jerry had ik het er nauwelijks over gehad. En met Richard kreeg ik er ruzie over. Als het om anti-autoriteit gaat staat hij vooraan, maar als hij verantwoordelijkheid moet nemen, gaat hij met een lang gezicht in een hoek zitten.

Ze wist precies wat er komen ging.

We waren heel redelijk. We gaven haar nog een week. Tijd genoeg om aan het idee te wennen. Ze had genoten, ze kon blijven tot na het feest. Maar daarna...

Wij vonden het niet terecht dat ze bleef. Zij was pas veertien en zij werd niet voortdurend in elkaar geslagen, zoals Teer. Goed, haar ouders maakten het leven blijkbaar onnodig moeilijk voor haar, maar verder...

'Onnodig moeilijk! Ik mag niets...' jammerde ze.

Maar ze kon haar problemen niet oplossen door er voor weg te lopen, vonden we. Na het feest moest ze haar spullen pakken en naar huis gaan.

Ik verwachtte natuurlijk een scène. En die kwam er ook. Teer zat er met een zielig gezicht bij. Gemma was woedend. Ik kreeg medelijden met haar ouders. Als het niet ging zoals zij het wilde, hier, nu, morgen en overmorgen, was ze niet te genieten. We probeerden aardig te blijven. Ze was al twee weken bij ons. Ik bood zelfs aan met haar ouders te praten, maar ze wilde me het telefoonnummer niet geven.

'Ik vertrouw je nog niet met een rol toiletpapier,' snauwde ze. En dat was onredelijk. We hadden voor haar gedaan wat we konden, maar – Jezus, dit was volkomen illegaal. We hadden haar te eten gegeven, onderdak, alles. Maar dat gaf ons niet het recht om haar leven te regelen. Vond Gemma.

Naderhand probeerde ik met Teer te praten. Ik wilde vragen of hij haar niet kon overtuigen. Hij begreep wat ik bedoelde. Hij voelde zich ongemakkelijk, want hij had tenslotte aan haar gevraagd of ze kwam. En bovendien wilde hij helemaal niet dat ze weer zou vertrekken. Ik probeerde hem het telefoonnummer van haar ouders te ontfutselen, maar daar was hij te loyaal voor.

'Dat moet je niet vragen,' zei hij. Ik drong niet verder aan.

Wat moesten we nu?

Ik denk dat Richard zich schuldig voelde omdat hij tegen

haar gezegd had dat ze moest ophoepelen. Hij wilde dat ze zich zou amuseren op het feest, maar hij maakte in mijn ogen een grote vergissing. Eerder die week was hij rond etenstijd binnengekomen en had met een stralend gezicht gezegd dat hij wat mensen van Teer en Gemma's leeftijd had uitgenodigd.

'Wie?' vroeg ik.

'O, je weet wel,' zei hij grijnzend als een kat, 'die groep van de City Road.'

Terwijl hij het zei zag ik in gedachten een meisje in een gaatjeshemd voor me en een jongen zonder voortanden.

'Die twee die je een keer aan me voorgesteld hebt?'

'Klopt.'

'Richard!'

'Wat?'

Ik keek hem boos aan. Niet te geloven! Bij die vent ging blijkbaar nooit een rood lampje branden.

'Heb je die twee ooit goed áángekeken?'

'Hoezo?'

Nee, Richard keek nooit iemand goed aan.

Ik wist niet wat die twee gebruikten, maar dat ze het deden was zeker. Ik vond het helemaal geen goed idee om hen met Gemma in contact te brengen.

10

GEMMA

Typisch Vonny om me het slechte nieuws net voor het feest te vertellen. En ik had me er nog wel zo op verheugd. Ik had mijn kleren voor de dag gehaald en mijn haar geverfd. Ik zou er helemaal uitzien zoals het moest. En toen begonnen ze. Het was vreselijk. Ze had Richard omgepraat, dat was al erg genoeg. Maar zelfs Teer begon het met haar eens te zijn.

'Ik wil niet dat je gaat, je wéét dat ik dat niet wil,' zei hij maar steeds.

'Waar hébben we het dan over?' siste ik tegen hem.

Hij boog zijn hoofd en mompelde. 'Maar ze hebben wel gelijk...'

Ik knapte helemaal op hem af. Hij riep steeds maar: 'Ik hou van je!' Maar hij trok wél hun partij en wilde me naar huis sturen.

Bedankt, Teer!

En ik had het alleen maar voor *hem* gedaan. Als hij er niet geweest was, was ik nooit weggelopen. Ik had er misschien over gedacht, maar ik had het niet gedaan. Maar nu had ik het wél gedaan en begon *hij* me een beetje te vertellen dat ik terug moest naar huis. Fantastisch!

Daarna deed ik of hij lucht was. Ik bedoel, hij had me toch wel een beetje kunnen bijstaan? Ik begon trouwens toch al genoeg van hem te krijgen. Als hij opeens zo nodig de volwassene moest uithangen, dan moest hij maar iemand anders zoeken om 's nachts tegenaan te kruipen.

***

Dat was vrijdag. Zaterdags maakten we alles klaar voor het feest. Ik was van plan me hoe dan ook te amuseren. Wellicht was het mijn laatste dag in vrijheid. Ze waren de hele dag bezig eten klaar te maken, kamers leeg te ruimen en extra speakers op te hangen. Jerry sloot zich boven op met Richards geluidsinstallatie om een tape te maken voor het feest. Vonny, Teer en ik maakten salades en zo, en Richard was overal tegelijk en bakte brood in alle soorten: olijvenbrood, olijfoliebrood, kaasbrood, noem maar op. Toen hij wegging om een uurtje in de fietsenwinkel te werken, kreeg ik er genoeg van. Ik ging naar boven en hielp Jerry, terwijl Teer en Vonny beneden vadertje en moedertje bleven spelen.

Ik denk dat ik daarboven met Jerry te stoned werd want hoewel ik heel veel zin had in het feest, was ik uiteindelijk niet zo in de stemming. Ik weet niet. Voor mijn gevoel kwam het doordat tante Von een spaak in het wiel had gestoken. Het bleef maar door mijn hoofd zeuren dat ze me allemaal nog een kind vonden en dat niemand me mocht.

De andere drie gingen naar de kroeg, maar Teer en ik hadden natuurlijk geen geld. We bleven thuis rondhangen en keken alleen maar boos naar elkaar. Of liever gezegd, ik keek boos naar hem terwijl hij om me heen hing en leuk probeerde te doen. Was hij maar zo leuk geweest toen het om mijn verblijf in het kraakpand ging!

We proefden de wijn die ze gekocht hadden. We aten wat. Voordat Richard was weggegaan had hij ons een paar koekjes gegeven. Hij had ze zelf gebakken. Hasjkoekjes. Ik verwachtte dat de lampen opeens vreselijk zouden gaan schitteren of zo, maar er gebeurde niets, dus at ik er nog een paar, maar er gebeurde nog steeds niets. Ik dacht dat hij er niet genoeg in had gedaan. We zaten nog steeds te wachten tot het leuker werd, toen ze alweer terugkwamen.

Richard zei dat hij een paar mensen van onze leeftijd had uitgenodigd, maar voor zover ik het kon zien, kwamen er alleen wat krakers binnen met een paar vrienden. Ze stonden in groepjes bij elkaar en hadden het over – weet ik veel, misschien over hoe je je auto op pastasalade kon laten lopen of zoiets. Ik bedoel, jarenlang ben je een braaf ventje, je gaat van school af, je staat op eigen benen en wat doe je? Je wordt een grote brave vent...

Als dat stel wat langer haar had gehad en een pak had aangetrokken, had het ook een feestje bij mijn ouders thuis kunnen zijn. Hier ging het over de rechten van het dier en over anarchisme, thuis ging het over de liefdadigheidsbazaar voor de kerk of de plaatselijke Conservatieve Sociëteit, maar dat was ongeveer het enige verschil. Ze droegen de kleren en ze hadden het juiste haar, maar... laten we zeggen dat hun ouders trots op hen konden zijn. Meer niet.

Er kwamen meer mensen en het werd gezelliger. Ik blowde een beetje. Teer kwam en ging. Op een gegeven moment dook hij opeens weer naast me op, helemaal opgewonden. Ik stond me net vol te proppen met een of andere salade. Hij zei dat ze weer een pand gingen kraken.

Ik zei: 'Waarom? We hebben dit toch?'

'Nee, je snapt het niet. We willen zoveel eigendom vrijmaken als we maar kunnen vinden.'

Het bleek dat een van Richards vrienden het huis had ontdekt. Het was een groot oud huis, gewoon perfect. Zoals altijd ging Richard helemaal uit zijn bol en zoals altijd had Teer zich opgeworpen als zijn helper. Ze waren van plan het huis diezelfde avond nog te kraken.

'Maar we hebben een feest!' riep ik. Ik bedoel, waarom waren we dan de hele dag druk in de weer geweest met salades maken en hasjkoekjes bakken? En wat moesten we met al de wijn en het bier? Het was het enige feestje dat ik nog zou meemaken in het huis en zij moesten opeens zo nodig een pand kraken.

Aan Teer had ik niks meer. Hij straalde en glimlachte en ik dacht opeens: er gebeurt iets met hem. Het leek of zijn gezicht heel lang werd en al zijn tanden uit zijn mond verdwenen. Hij rolde met zijn ogen.

'Je ziet er heel raar uit, Teer. Alles goed? Gaat alles echt goed met je?' vroeg ik, maar hij was al weg om een kraakcomité te organiseren of zoiets.

Ik nam nog een flinke portie salade en dacht: dit kan toch niet. We zitten in een kraakpand en zij rennen weg van hun eigen feest!

Opeens was Teer weer terug. Hij bleef maar achter me aan lopen en riep steeds: 'Is er iets mis? Wat is er aan de hand, Gemma?'

En ik zei: 'Hou je kop! Waarom laat je me niet met rust?'

Ik ging veel te hard. Ik bleef maar blowen en drank naar binnen gieten, iets anders wist ik niet te bedenken. Ik kon er niet mee stoppen. Later kwamen er nog meer mensen en het werd steeds drukker. Ik begon me iets beter te voelen. Iemand maakte een punch. Nou, wat ze daarin gestopt hadden mag Joost weten, maar wow!! Alles ging opeens heel snel en... ik wist dat ik doodziek zou worden als ik zo doorging.

Opeens was het zo druk dat je je nauwelijks meer kon bewegen. Iedereen schreeuwde en gilde en danste. Ik voelde me heel raar. Ik danste, maar het leek wel of mijn hoofd begon rond te draaien, sneller, steeds sneller. Toen nam ik nog een paar joints en... en... Dus moest ik naar boven en zat een tijd op het toilet. Iemand bonsde op de deur, dus ging ik maar naar een slaapkamer. Ik wilde even liggen tot alles weer een beetje normaal werd.

Het was vreselijk – alsof iemand met een elektrische lepel in mijn maag stond te roeren... sneller, steeds sneller...

Ik lag daar uren te wachten tot het op zou houden. Toen ik weer rechtop kon zitten, dreunde de muziek beneden nog steeds door. Ik had geen flauw idee hoe laat het was. Ik voelde me nog steeds rot, nou... rotter dan rot. Ik was niet dronken, had geen kater, maar ik had een dikke, dikke prop in mijn maag die met de minuut groter werd en dadelijk zou ontploffen.

Ik stond op en keek uit het raam. Wat ik me kan herinneren is dat alles oranje was en het leek of er katten en andere rare, onduidelijke dieren rondkropen tussen de vuilnisbakken en rond de lantaarnpalen. Ik bedoel niet dat ik ze kon zien, maar ik voelde hun aanwezigheid. Ik keek de kamer rond en het leek net of alle dingen – de kast en het ladekastje, zelfs de sponning van het raam – terugkeken, of ze leefden. Ik dacht: wat is dit allemaal? En opeens begreep ik het – ik was stoned, zo stoned als een garnaal...

De hasjkoekjes. Natuurlijk. Richard had nog gezegd dat ik er niet te veel van moest eten, maar ik vond hem een watje – zo ziet hij er ook uit – en ik dacht dat het wel mee zou vallen. Nou, het viel *niet* mee. Ik had er tien keer te veel van gegeten en nu leek het alsof ik vloog.

Wow! dacht ik. Dit is fantastisch! Maar ik voelde me helemaal niet zo fantastisch.

Ik ging naar beneden.

Daar was het intussen wat minder druk. De gasten zaten in groepjes op de grond te praten. Een paar mensen lagen uitgevloerd op de bank. Ik keek om me heen, maar Teer was nergens te zien. Ik liep de keuken in, omdat ik dorst had. Ik nam een handvol rijst. Dat smaakte zo goed dat ik begon te eten en ik at dóór. Ik hield niet meer op. Toen ik de hele kom rijst had leeggegeten, nam ik nog een glas punch. Daarna liep ik de kamer weer in.

Er waren een paar nieuwe mensen binnengekomen. Een van hen stond te praten met een paar mensen van de kraakbeweging. Hij zag er anders uit dan de anderen. En er was een meisje.

Ze danste. Ik bedoel, ze deed allerlei dingen en danste intussen. Ze stopte dansend een nieuwe cassette in het cassettedeck, of zocht naar een beter nummer op het oude bandje of keek wat er nog meer aan bandjes was. Dan danste ze naar iemand toe, pikte onderweg een sigaret of een joint. Of ze begon opeens dansend peuken te verzamelen, of plastic bekers of zo, maar wat ze ook deed, ze bleef op de muziek bewegen. Ze bewoog haar hoofd op de maat mee. Ze kon niet stilstaan. Ze glimlachte steeds, tegen niemand in het bijzonder, tegen zichzelf? Maar ze voelde zich goed, dat was te zien. Haar mond was nog groter dan de mijne en zodra ze glimlachte waren haar ogen twee zwarte stralende openingen in haar gezicht. Ze was mooi. Ze danste naar haar vriend en begon hem te kussen en op te vrijen. Hij was apetrots op haar, dat zag je zo. Ik kon mijn ogen niet van haar afhouden. Het leek of ze op een heel ander feest was dat in dezelfde kamer gegeven werd. Ze was anders dan iedereen.

Een poosje later zag ik pas wat ze aanhad en... boink! Ik kon mijn ogen niet geloven. Ik keek om me heen en zag dat alle jongens naar haar keken en ik proestte het bijna uit omdat het zo gewaagd was en tegelijk...

Ze had een zwart *gaatjeshemd* aan. Dat was het. Het duurde even voor je het door had. Als je naar haar keek zag je gewoon dat hemd. Kleren, dacht je. En opeens gingen – kloink – je ogen erdoorheen en dan zag je dat ze onder dat netje zo bloot was als een baby. Nou ja, baby... Ik bedoel je kon alles zien. Het was nogal lang voor een hemd, maar toen ze zich vooroverboog om een nieuwe cassette in de recorder te stoppen, zag je zo haar blote kont.

Iedereen keek naar haar, maar dat was niet omdat ze min of meer naakt was. Zij had ze in haar macht. De mensen stonden druk te praten, maar ze deden maar alsof. Het draaide allemaal om haar. Sommigen durfden niet naar haar te kijken zoals ik dat deed. Ze praatten door, maar keken af en toe stiekem uit hun ooghoeken. Een paar anderen gaapten haar aan, mond wijd open als een koelkastdeur. Maar iedereen keek. En ze smulde ervan, danste rond, ruimde hier en daar wat op, maakte opmerkingen tegen mensen, lachte om grappen.

Haar vriend – groezelig en stoppelig met een vieze hanenkam – miste zeker twee voortanden. Hij vond het even prachtig als zij. Ze pakte iemand een joint af en bracht die naar hem, gaf hem een hijs en danste weer terug. Hij gedroeg zich alsof ze gewoon in spijkerbroek en T-shirt liep, maar kneep wel een paar keer in haar billen. Niemand vond het erg dat ze drankjes pikte of joints. Als het iemand anders was geweest, waren ze misschien boos geworden, maar nu zij het deed leek het bijna een voorrecht als ze je uitkoos. Of misschien durfden ze er gewoon niets over te zeggen.

Heb je ooit naar iemand gekeken en meteen gedacht: zo wil ik ook zijn? Ik wil eruitzien zoals zij en denken zoals zij en hetzelfde effect op mensen hebben als zij? Dat meisje... het kon haar allemaal niks schelen. Regels, dingen die je doet en niet doet, manieren, dat zei haar allemaal niks. Als ze iets niet prettig vond, deed ze het niet. Deed ze het wel, dan was het goed. Ze hoefde niet alsjeblieft of dankjewel te zeggen. Je hoefde haar niets aan te bieden, want het was toch al van haar. Ze was meer zichzelf dan wie ook en zodra ik haar zag wist ik dat ik mezelf wilde zijn, zoals ook zij zichzelf was.

Ik durfde niet tegen haar te praten, maar ik vond het te gek om naar haar te kijken. Zo kon je dus zijn. Zij wist hoe je zo kon worden. Ik stond een tijd bij de deur. Ik vond het zo spannend. Een poos later kreeg ik zin om met iemand te praten, dus ging ik op zoek naar Teer, maar die zag ik niet. Ik plofte neer naast een andere jongen, een van de krakers, en ik vroeg: 'Waar is Teer?'

'Weet ik niet.'

Ik nam een slok en dacht: shit! Hij heeft me hier achtergelaten. Hij heeft me hier achtergelaten om anarchist te worden. Ik moest lachen. Ik stond op, nam nog maar een glas punch en klokte het naar binnen, gewoon omdat ik niets anders te doen had, met niemand kon praten, nergens heen kon.

En opeens zag ik het meisje weer ronddansen en met haar hoofd bewegen, vlak voor me.

'Hoi, vermaak je je een beetje?' vroeg ze op een toon alsof ze zich niet kon voorstellen dat iemand zich niet zou vermaken.

'Ja hoor,' zei ik en nam weer een slok, maar op hetzelfde moment begon ik te giechelen. Ik probeerde mijn gezicht weer in de plooi te krijgen, want ik had het gevoel dat ik me belachelijk maakte.

Ze zei: 'Ik zie het!' Ik glimlachte tegen haar en trok een

gezicht alsof ik me waanzinnig amuseerde. Ze strekte haar hand uit.

'Mag ik een slok?'

'Natuurlijk.' Ik dacht: wow... ze vindt mijn punch de moeite waard. Ze pakte mijn glas en danste weg. Ik voelde me een beetje bloot, zonder mijn glas. Wat zielig, dacht ik. *Zij* voelde zich niet eens bloot al had ze nauwelijks kleren aan. Ik keek haar zenuwachtig na terwijl ze met mijn glas ronddanste. Ze rook eraan, maar nam geen slok. Ze zette het op de schoorsteen en begon bekers van de vloer te rapen. Ze zette ze in elkaar tot er een hoge toren ontstond.

'Macht,' zei ze. Ze zwaaide met haar toren naar een groep mensen op de grond alsof het een laserzwaard was of zoiets. *'Pow-pow-power!!'* Lachend gooide ze de bekers in de prullenbak en danste verder. De mensen op de grond glimlachten verlegen, onzeker. Je wist niet of ze hen plaagde omdat ze dacht dat die gasten op macht uit waren of omdat zij alle macht al had.

Ik stond op en liep naar de keuken om nog een glas punch te halen. Ik stond mezelf in te schenken en opeens stond ze achter me.

'Dat spul heb jij niet nodig. Waarom denk je dat je dat nodig hebt?' vroeg ze met een ernstig, bijna boos gezicht.

Ik keek haar verbaasd aan.

Ze nam het glas uit mijn hand. 'Waarom denk je dat ik je dat andere glas afpakte?'

Ik legde een hand op mijn voorhoofd en kreunde: 'Je hebt gelijk. Ik snap niet waar ik mee bezig ben.'

'Je bent prima bezig, dat weet je toch zeker wel?' zei ze.

Alsof ze alles allang over me wist. Als een debiel greep ik mijn hoofd met beide handen beet en riep: 'Ik weet 't, ik weet 't, ik wéét 't!' Maar ik wist natuurlijk niets.

Opeens sloeg ze haar armen om me heen en begon me te knuffelen. Ik knuffelde haar ook en ik voelde dat de tranen in mijn ogen sprongen. Ik had steeds gedacht dat ik het een leuk feest vond, maar ze had me nauwelijks aangeraakt of ik was in tranen.

Een paar mensen kwamen de keuken binnen. Ze zagen ons staan en liepen weer weg. Ze zei niets. Even later begon ze een beetje te bewegen op de muziek en ze bleef me vasthouden en ik besefte ineens dat ze gestopt was met dansen om me tegen zich aan te drukken. Ik was het enige geweest dat haar tot stáán had gebracht! Ik begon ook te bewegen en zo bleven we een poosje staan, wiegend op de muziek.

'*Yes,*' zei ze zachtjes. 'Is dit niet fantastisch? Vind je het niet zalig? Muziek is de enige drug...' Ik legde mijn hoofd op haar schouder en probeerde niet te denken.

Ik weet niet wat ze had. Ze deelde haar betovering met mij en ik voelde dat de dikke prop in mijn maag kleiner en kleiner werd, steeds kleiner.

'Ga je weer mee naar binnen?' Ze maakte zich los en liep – nu weer dansend – naar de deur.

Ik liep achter haar aan.

Binnen ging ik op de bank zitten. Het meisje, het tovermeisje, danste nog steeds door de kamer, kuste haar vriend op zijn oor, zette iemands beker boven op de hoge toren van plastic bekers die ze weer had verzameld, danste terwijl ze er nog een boven op zette en... oeps! De drank spatte alle kanten uit, ook over haar heen. Iedereen lachte – zelfs het meisje van wie ze de beker had afgepakt. Het tovermeisje likte de drank van haar armen en keek me aan alsof ze wilde zeggen: zie je nou wel? Je hoeft je niet te gedragen zoals zij, je hoeft niemand na te doen. Ze plukte een joint tussen iemands vingers uit en kwam naast me zitten.

We begonnen te praten – ik weet niet meer waarover. Ik nam een hijs, maar toen keek ze me aan en pakte me de joint af.

'Die heb je ook niet nodig,' lachte ze. Zittend op de bank leek ze zelfs nog te dansen. Ze vroeg niet wie ik was of waar ik vandaan kwam. Ze praatte over muziek en bands en ze vertelde over zichzelf en haar vriend. Hij was geweldig, fantastisch.

'Ja, hij staat aan de goede kant,' zei ze. Ze knikte goedkeurend en blies de rook uit.

'Ik weet niet eens wat de goede kant is,' zei ik tegen haar. Ik begon weer te giechelen.

'De goede kant? Jouw kant. Mijn kant. Je weet wel.' Het was niet duidelijk of ze het had over de wereld, of deze kamer of alleen maar over ons. Ik vroeg haar of ze de mensen om ons heen goed kende.

'Nee.' Het bleek dat Richard hen een half jaar daarvoor had geholpen bij het kraken van hun pand. 'Hij is wel aardig, een beetje vreemd,' zei ze. 'Maar de rest... ze spelen het verkeerde spel. Hetzelfde spel als de banken en de zakenmensen...'

Ik zei dat dat niet zo was. Ik vertelde trots dat ze superlijm in de sloten van de banken hadden gespoten. Ze lachte alleen maar.

'Wat een idéé, geweldig! Wat kan het die banken nou schelen? Nee...' Ze schudde haar hoofd. 'Die bankmensen gaan gewoon door de achterdeur naar binnen, laten een smid komen en berekenen de kosten door aan hun klanten. Geen probleem. En ik kan het weten, want ik zit zelf in zaken.' Ze lachte even. 'Luister, ze wonen in een kraakpand en denken dat ze het allemaal voor elkaar hebben, maar ze weten niet eens waarover ze het hebben. Op maandag lopen ze door de stad met hun gevaarlijke lijmtubes en op dinsdag zitten ze weer in de collegebanken om goede punten te halen voor hun tentamens, zodat ze over een paar jaar zelf grote dikke banen hebben bij de bank. Over vijf jaar werken ze voor diezelfde bank en klagen en jammeren ze omdat hun salaris niet hoog genoeg is. Misschien doen ze de truc met de superlijm nog een keer. Maar dan gaat het om hun eigen geld. Superlijm voor een supersalaris!' Ze lachte en zat te dansen op de bank. 'Dat is het grote zakenspel. Dank je hartelijk. Ik doe mijn eigen zaken wel.'

Toen hield de muziek op. 'Zijn ze nou helemaal gek geworden? Ze stond op en liep naar de versterker om een nieuwe tape in de recorder te stoppen.

We bleven praten... ik weet niet meer hoe lang. Ik begon me steeds beter te voelen. Haar vriend Rob kwam bij ons zitten en hij was precies zoals ze al had verteld – heel zacht en traag, maar hij *was* er wel. Hij zag eruit alsof hij voor een kwartje je keel zou doorsnijden, maar hij was hartelijk, warm. Hij was fantastisch, maar het draaide om haar, Lily. Zij bepaalde het. Haar verhaal leek op het mijne. Ze was ook weggelopen, maar al op haar twaalfde! Kun je je zoiets voorstellen? Ik dacht: wow, hoe kun je zo zeker zijn van jezelf dat je op je twaalfde wegloopt? En ik maar denken dat ik er vroeg bij was op mijn veertiende. Ze stelde zich niet aan. Ze was echt, echter dan wie ook die ik tot nu toe was tegengekomen.

Ik was de laatste tijd niet echt blij met mezelf. Misschien hadden ze wel gelijk, mijn ouders en Vonny en Richard en Teer – en was ik alleen maar een stom kind met grote ideeën. Maar dat fantastische meisje zat tegen me te praten en ik voelde opeens – wow, dit ben ik, Gemma Brogan en ik kom er wel.

Een tijd later dook Teer opeens op. Ik had moeten weten dat hij me niet zomaar zou laten vallen.

'Ha, zit je hier,' zei hij. Hij lachte zijn brede lach, maar ik zat op een andere planeet. 'We zijn gaan kijken naar een nieuw kraakpand. Jij lag te slapen,' voegde hij eraan toe. 'Alles goed met je?' Zijn gezicht stond opeens ernstig. Toen zag ik dat zijn oog op Lily viel, die naast me zat. Het gaatjeshemd was aan één kant van haar schouder gezakt, haar tepels staken door de gaatjes heen. Ik kon zien dat hij schrok en dat hij zijn best moest doen *mij* aan te blijven kijken.

'Dit is Lily,' zei ik.

Teer knikte. 'Ja, hoi,' zei hij met schorre stem. Ik zag dat hij zenuwachtig in Robs richting keek. Rob is heel voorkomend, meer dan wie ook, een en al glimlach en alsjeblieft en dankjewel. Maar je zag aan hem dat hij er al een paar lelijke vechtpartijen op had zitten. Ik denk dat die goeie Teer maar al te graag Lily's tieten wat beter had bekeken, maar hij wilde Rob niet irriteren. Ik denk dat Rob met plezier het gaatjeshemd voor hem had opgetild, als Teer het had gevraagd.

Rob glimlachte en stond op om Teer een hand te geven. Daardoor werd de arme jongen nog zenuwachtiger.

'Leuk je te ontmoeten,' zei Teer.

'Mooie kisten,' zei Lily. Ze knikte naar zijn voeten.

Teer keek aarzelend naar zijn laarzen. Ze waren niet bijzonder. Hij had ze goed gepoetst. Hij kon uren zijn laarzen poetsen.

'Ja,' zei hij, niet wetend of ze het meende of niet.

'Ja, heel mooi,' zei Lily.

'Dank je.'

Hij stond er wat ongemakkelijk en ongelukkig bij, terwijl Lily met haar ogen dicht meedeinde op de muziek. Ik had medelijden met Teer. Ze zaten hem een beetje te pesten. Ik stond op en pakte hem bij zijn arm.

'Met hem ben ik weggelopen,' zei ik.

'O, te gek!' zei Lily stralend. 'Geweldig. Iedereen moet van huis weglopen. Prachtig. Goed van je dat je Gemma hebt meegenomen.'

Teer glimlachte onzeker. Hij had al zo vaak horen zeggen dat ik thuis bij mams hoorde te zitten. En nu vertelde dit te gekke naakte meisje hem dat hij het allemaal zo goed deed.

Ik zei: 'Ja, als Teer er niet geweest was, zat ik nu nog thuis gek te worden.'

Lily bleef maar naar Teer kijken. Ik was bang dat ze alsnog zou besluiten dat ze hem niks vond. Ik wist helemaal niet aan welke kant hij stond, maar ik wilde dat hij ook aan de goede kant stond.

'Teer heeft het thuis heel moeilijk gehad. Hij is vaak door zijn vader geslagen.'

'Wat een schoft! Geen wonder dat je weg bent gelopen,' zei Rob.

Ik zag dat Lily naar Teer keek. Toen gaf ze mij een knipoog en zei: 'Ik ga hem pakken!'

Ze sprong op, sloeg haar armen om zijn hals en klom zowat in hem. 'Goed gedaan, man, je hebt je losgescheurd... briljant, briljant, echt.'

Teer stond daar. Zijn handen fladderden zenuwachtig rond haar blote kont. Hij keek angstig naar Rob, die opstond en hem op zijn schouder en rug begon te kloppen. 'Schitterend! Ik hou van je, man, ik hou van je,' riep hij.

Ik zei: 'Het komt goed, Teer, 't komt allemaal goed,' omdat hij zo bezorgd keek.

Lily liet hem los en keek de kamer rond. Iedereen staarde ons aan. Ze keek kwaad om zich heen: 'Kom op, we gaan er vandoor. Hier is iedereen overleden.' Ze zei het nogal hard zodat ze allemaal wisten hoe ze over hen dacht.

'Maar... al onze spullen zijn hier,' begon Teer.

'Die liggen er morgen ook nog. Of we kopen alles nieuw.'

'Zo is dat! Je bestelt maar,' lachte Rob. Achter elkaar liepen we naar de deur. Uit mijn ooghoek zag ik dat Vonny boos naar me keek. Verrek maar, dacht ik. Ik heb 't voor elkaar, verdomme. Ik ga hier weg. Als een wassen beeld stond ze ons na te kijken, terwijl wij met zijn vieren als artiesten in een circus de piste verlieten.

11

TEER

Het ging allemaal zo vlug. Hoe ik ook mijn best deed – ik haalde hen niet meer in, figuurlijk bedoeld dan. Ik graaide en grabbelde, maar ik kon geen houvast vinden.

Gemma vond het allemaal even spannend. Lily en zij sloegen hun armen om elkaar heen en praatten honderduit. De dingen die ik belangrijk vond – het kraakpand, mijn nieuwe vrienden – betekenden niets voor Gemma. Ze liet me ver achter zich. Ze zaten op een andere golflengte dan ik. Gemma straalde, leek gelukkiger dan ze ooit met mij was. Maar ze was tegelijkertijd een beetje hysterisch en daarom dacht ik dat ze de volgende ochtend misschien wel terug zou willen.

Met zijn vieren liepen we door de straten van Bristol, zo vreemd! Lily had niets anders aan dan een gaatjeshemd dat zwart geverfd was. Ik had de zenuwen. Ik was ervan overtuigd dat we een of andere scène zouden krijgen, of ruzie met anderen. Een paar dronken jongens begonnen meteen al tegen ons te schreeuwen, maar we liepen gewoon door. Dat viel mee. Ik werd blijkbaar een beetje paranoïde, want ik was de enige die zich ergens zorgen over maakte.

Gemma zag me nauwelijks staan. Ze had het veel te druk met haar Nieuwe Leven! Maar Lily keek steeds om naar mij en ik dacht: ze vraagt zich vast af wat er mis is met mij?' Toen begonnen ze over me te praten. Dat wist ik omdat ze af en toe naar me omkeken. Dat ging zo een poosje door. Toen kwam Lily terug en pakte me bij mijn arm.

'Vertel eens iets over je moeder,' zei ze.

Ik schrok vreselijk. Ik keek Gemma aan. Dit was zó persoonlijk. Maar Gemma zei: 'Toe dan, vertel 't haar maar, zeg 't dan, zeg 't dan.'

Dus probeerde ik het.

Het viel niet mee. Ik kende hen niet. Gemma zei af en toe ook iets. Ze wilde alles met Lily delen, en het deed er niet toe of het nu van haar was of van iemand anders, van mij bijvoorbeeld. Ze praatte over mijn ouders alsof het een stel monsters waren en dat vond ik niet fijn. Mijn moeder kan er ook niets aan doen. Ze zit niet zo in elkaar omdat ze dat zo graag *wil*. Dat geldt zelfs voor mijn vader. Ze kunnen het gewoon niet aan. Ze zitten in de knoop en kunnen het niet aan. Ze hadden beter geen kinderen kunnen krijgen, dat is alles.

Lily zei steeds zachtjes tegen Gemma dat ze haar mond moest houden. Zelf zei ze niet veel, ze luisterde alleen maar. Ik weet niet wat ze ervan vond.

Ze zitten in een groot oud hoekhuis op City Road. Richard had het voor hen gekraakt. Minstens de helft van de leegstaande panden in Bristol is door hem gekraakt. Ze woonden op de begane grond, met een grote tuin. Binnen was het een bende, overal lagen spullen, boeken, kleren, gereedschap, een motor lag in onderdelen op de grond. Dat was Rob. Hij was altijd druk bezig machines te slopen of weer in elkaar te zetten.

Lily zette water op en stopte een bandje in het cassettedeck. Ik begon tegen Rob te praten. Dat viel mee. Het was zelfs leuk. Hij miste twee tanden voor in zijn mond, waardoor hij er als een vechtersbaas uitzag, maar hij was heel vriendelijk, bijna vormelijk. Maar door dat gat in zijn mond dacht je steeds: hij kan ook heel link zijn als hij dat wil.

Gemma en Lily begonnen kaarsen aan te steken. Dat was in het begin best leuk, maar al gauw werden het er zoveel dat ik ze niet meer kon tellen. Het hield niet op. Ze haalden er steeds meer uit de kast. Kaarsen, eindeloos veel kaarsen. Het werd steeds gekker. Zelfs Rob was verbaasd. Hij had geen idee waar Lily ze vandaan had en hij woonde met haar samen! Op het laatst lagen we dubbel van het lachen, zodra ze weer een nieuwe doos voor de dag toverde.

'Dit is een heel bijzondere gelegenheid,' zei Rob. Hij begon te vertellen over de motor. Hij had hem uit een afvalcontainer gevist. Het was de motor van een brommer. Hij wilde hem repareren en dan verkopen. Hij had als kleine jongen veel over motoren geleerd. Hij had een rare jeugd gehad. Zijn moeder woonde in een verbouwd busje. 's Winters bleven ze altijd op één plek, maar zomers reisden ze alle muziekfestivals in het hele land af. Dus wist hij vanaf zijn achtste hoe hij een motor moest repareren, omdat iedereen altijd zijn eigen bus onderhield en repareerde.

'Knap, hè?' zei Lily. 'Grote Honda 1000 cc broem, broem, Opperhoofd Op Reis,' voegde ze er plagend aan toe. Rob lachte. Het kon hem niets schelen.

De hele kamer stond vol brandende kaarsen. Ik was bang dat er eentje om zou vallen en dat er iets vlam zou vatten. Op tafel stonden kaarsen te flakkeren met grote vlammen. Tussen de pannen en de vuile afwas in de hoek stonden er zeker een stuk of dertig. Op de schoorsteenmantel stonden kaarsen, op de grond, op de stapels boeken, op planken, op tafeltjes – zelfs op een plankje boven een van de deuren. Het werd er behoorlijk warm.

'Ze verzamelt kaarsen,' zei Rob.

'Kaarsen hebben toverkracht. Ik verzamel toverkracht,' zei Lily.

Ten slotte hadden Lily en Gemma alle kaarsen aangestoken die ze maar hadden kunnen vinden en toen... Ik weet niet hoe ik dit moet beschrijven. Lily kwam naar me toe en trok me overeind. Gemma glimlachte tegen me.

'Je hebt het gedaan,' zei Lily.

'O ja? Wat heb ik gedaan?'

'Ze wilden een beest van je maken, maar je bent losgebroken. Je bent vrij.'

'Ja,' zei ik. Ik voelde me belachelijk. Ik stond daar maar naar al die kaarsen te staren en vroeg me af wat er ging gebeuren.

'Je bent verdomme van titanium gemaakt, man!' riep Lily. '*Yes!* Teer, de Titanium Man!' Ze greep mijn arm beet en stak hem de lucht in. Ik wilde hem naar beneden halen, maar ze duwde hem weer omhoog en begon om me heen te dansen.

'Ja, ze heeft gelijk! Je bent ontsnapt!' zei Rob. Hij knikte grijnzend.

'Ze meent het, Teer! Je hebt iets geweldigs voor elkaar gekregen!' riep Gemma. 'Je bent thuis weg. Het is je gelukt!'

'Ik weet niet waar je de kracht vandaan hebt, maar het is je gelukt, man. Zo is het! En de rest van je leven wordt fantastisch!' zei Lily. 'Je bent ontzettend sexy en ik hou van je, man, ik hou van je. Mmmm ja. Ik snap niet hoe iemand van jou af kan blijven. Je bent te gek!' Ze trok mijn hoofd naar beneden en begon me te zoenen en ze drukte zich tegen me aan alsof ik een of andere popster was. Ik wist niet wat ik moest doen... Ik bedoel, ze was vrijwel naakt en Rob stond ernaast. Maar hij stond mee te schreeuwen en Gemma ook. Dus kuste ik haar terug en bleef haar maar strelen, over haar hele lijf.

'Mmm, je bent zo sexy, je bent zo sterk, je bent de Titanium Man,' riep Lily.

Yes! dacht ik. Ik héb het ook gedaan, of niet soms? Ik had nooit gedacht dat ik de kracht zou hebben. Ik voelde me altijd schuldig. Ik vond het slap van mezelf dat ik weg wilde, maar...

Weglopen was moeilijk, ik had het bijna niet gered, maar het was me gelukt. Ik was weggelopen.

'IK HEB HET GEDAAN!' riep ik. 'Ik heb het gewoon gedáán. Ik was verbaasd. Het was nog nooit zo goed tot me doorgedrongen. 'Ik heb het gedaan, ik ben thuis weg.'

'*YES!*'

12

ROB

Het was weekend. Niet dat het mij iets uitmaakt welke dag het is. Een dag is een dag. We kwamen rond een uur of één uit bed. Ik moest die middag nog wat scoren, maar tot die tijd konden we rondhangen, naar muziek luisteren, mensen kijken, gewoon wat we de halve tijd deden.

Gemma stond op en bleef een hele poos onrustig rondscharrelen, tot ze zich een beetje thuis begon te voelen. Toen kroop ze op de bank en glimlachte tegen me. Lily zette muziek op. Ik liep naar Gemma toe en gaf haar een dikke kus. Ik zei: 'Heb je het tegen hem gezegd?'

Ze zei: 'Nee, nee, dat kon ik niet, nog niet. Ik vertel het hem straks wel.'

De avond daarvoor was Teer veel eerder naar bed gegaan dan wij. Gems had ons alles verteld over hem en haar. Dat hij van haar hield, dat zij niet van hem hield, maar dat ze hem niet wilde kwetsen, omdat ze hem graag mocht, al dat gedoe.

Het kwam erop neer dat hij haar een beetje in de weg zat. Ze kon geen kant uit, vond ze. Ik begreep wel wat ze bedoelde. Teer had het heel moeilijk gehad. *Hij* had voorlopig genoeg avonturen beleefd, hij wilde een poosje bijkomen. Maar Gems... zij wilde de wereld stormenderhand veroveren. Maar ze was tegelijkertijd dol op hem en ze wilde hem niet in de steek laten. Ze wist nog niet hoe ze hem zou gaan missen.

We bleven de halve nacht op en hadden discussies over de vraag of ze niet beter gelijk met hem kon kappen.

Op een of ander moment zei Lily: 'Kom bij ons wonen.'

Gemma keek mij aan.

Ik zei: 'Ja, waarom niet?'

'Menen jullie dat? Menen jullie dat echt? Ik zou het te gek vinden. Ik wil dolgraag bij jullie komen wonen.' Het gaf ons een goed gevoel. Zodra het idee gelanceerd was, wisten we allemaal dat het goed was. We begonnen rond te dansen en sprongen op de bank en knuffelden elkaar.

'Welkom thuis, Gems,' zei ik. En ik rolde een gigantische joint om het te vieren.

Dat was geregeld. Teer zou teruggaan naar Richard, Vonny en de rest, en Gems zou hier blijven.

'We kunnen elkaar toch blijven zien?' zei ze. Maar ik kreeg toen al het gevoel dat het afgelopen was.

Nadat Teer was opgestaan die ochtend, was hij naast Gems op de bank gaan zitten. Hij hield een beker thee met twee handen vast en blies erin. Hij keek ons een voor een aan. Ik moest er opeens weer aan denken dat Lily de vorige avond steeds Titanium Man tegen hem had geroepen en ik zag weer zijn gezicht voor me. Hij had gestraald. Hoe moet het nu verder, dacht ik.

Ik mocht hem wel, zie je. Het leek me geen gemakkelijke jongen. Hij voelde zich niet zo thuis als Gems, maar ik mocht hem. Je moet hem gewoon een beetje voorzichtig benaderen. Het ging allemaal vrij lullig. Tussen Lil en Gems klikte het geweldig. Ze kletsten ons de oren van het hoofd. Ze waren van het begin af aan *soul sisters* geweest. Die arme Teer zat daar maar en wist niet wat er aan de hand was. Hij voelde zich buitengesloten, dat was duidelijk aan zijn gezicht te zien. Maar hij werd natuurlijk ook buitengesloten. Ik ben zelf ook niet zo'n prater. Terwijl ik naar hen keek, dacht ik: Jezus zelf zou zich bij die twee nog buitengesloten voelen, verdomme. Ik zag dat Gems zich aan hem ergerde, alsof hij haar in de weg zat. Dus pakte ik mijn jas.

'Ga je mee?' vroeg ik.

Teer zei: 'Waarheen?' Hij keek Gems aan.

Gemma zei snibbig: 'Ga gerust je gang. Ik ben heus nog wel hier als je terugkomt.'

Lily keek me even aan en ik knikte. Ik moest er nog op uit. Scoren. Je weet wel. Hij pakte ook zijn jas en we liepen de straat op.

Hij was net een klein kind. Ik bedoel, die indruk maakte hij. Het verschil tussen ons was dat hij was grootgebracht aan de oever van een rivier en ik in de jungle.

Hij begon over Lily te praten. Hij zei: 'Ze is...' en toen zweeg hij. Logisch. Hoe beschrijf je Lily?

'Nog niemand heeft Lily in een paar woorden kunnen beschrijven,' zei ik. Hij schudde lachend zijn hoofd.

'En Gemma dan?' vroeg ik. 'Je zou denken dat ze al duizend jaar vriendinnen zijn.' En ik glimlachte omdat dat misschien ook wel zo was.

'Ja...' Zijn stem klonk somber en dat verbaasde me niets. Gems had hem niet meer bekeken sinds ze Lily ontmoet had. Ik zei: 'Bijzonder stelletje, die twee meiden, hè?' Ik bleef staan en grijnsde tegen hem, want tenslotte waren het onze vriendinnen en dus zei het ook wel iets over ons. Ik gaf hem een klap op zijn schouder. Het maakte ons een soort bloedbroeders. Hij glimlachte terug, verlegen. Maar hij werd wat vrolijker.

Ik had de tijd. Ik wilde hem een beetje wegwijs maken. We kwamen langs een grote afvalcontainer en ik begon erin te graven, op zoek naar hout. De zomer kwam eraan. Het was warm genoeg, maar misschien konden we 's avonds toch een vuur maken in de tuin als het niet regende. We vonden hout en trokken de stukken tussen het vuilnis uit. Toen vond ik een paar tekeningen. Plaatjes uit een oud boek. Over elke tekening lag vloeipapier. Ze moesten afkomstig zijn uit een of ander prachtig boek over schilderkunst of zo. Hij keek ernaar, dus hield ik ze omhoog.

'Mooi? Je mag ze hebben.'

Hij begon ze een voor een te bekijken. Het waren er een stuk of tien. Kleine tekeningen van bloemen op een alpenwei, meren, zeegezichten. Het hadden foto's kunnen zijn, zo echt leken ze. Hij was enthousiast. Hij begon te vertellen over tekenen en schilderen, zijn hobby, en over bloemen. Toen keek hij weer naar de tekeningen. 'Misschien heeft iemand ze per ongeluk weggegooid,' zei hij. 'Wie weet zijn ze geld waard. Laten we maar even aanbellen...'

Ik lachte. Hij wist niets over afvalcontainers. Hij wist niets van de dingen die mensen weggooiden. Je vindt van alles in zo'n container: matten, kleren, boeken, radio's, van alles. Je weet hoe dat gaat – oma gaat dood en alles wordt weggegooid, omdat het oud is, of omdat oma een oud mens was en iedereen vond dat alles wat zij had even nutteloos was als oma zelf.

Teer keek zijn ogen uit. Hij kon zich niet voorstellen dat iemand zoiets als die tekeningen weggooide.

Ik zei dat het hele boek misschien wel ergens in de container lag. Hij keek naar het ding alsof het een schatkist was. En dat is zo'n container natuurlijk ook. Ik heb een zieltje gewonnen, dacht ik. Dus doken we er samen pas goed in. Hij was snel. Hij kroop onder een oude deur door en zocht zijn weg tussen de rommel. Zijn voeten klemde hij over de rand van de bak, terwijl ik op de uitkijk bleef. Het was fantastisch.

We vonden de rest van het boek niet, maar wel een paar andere boeken, een met illustraties – een paar maar – tekeningen van heuvels en zo. Hij bleef verontwaardigd! 'Belachelijk dat iemand zoiets weggooit,' riep hij steeds. Ik grijnsde maar. Die dingen zeiden me niets. Ik zou ze zelf ook weggegooid hebben. Ik had liever een mooie moersleutel gevonden of een stuk kabel. Maar hij ging helemaal uit zijn bol.

Nadat we alle boeken eruit gehaald hadden, trokken we nog een lading hout uit de bak en namen alles mee naar het huis. Het hout gooiden we in de tuin. Gratis brandhout. 's Winters verwarmden we het hele huis uit containers en het kostte ons niets.

Teer begon het te begrijpen. Hij vertelde dat zijn vader altijd maar zat te klagen over de kosten van de verwarming, terwijl hij het ook op die manier bij elkaar had kunnen sprokkelen. Maar dat zou zijn vader nooit doen. Mensen schamen zich om dingen voor niets te krijgen. Als de varkens gebraden door de straat liepen, zouden ze ze rustig laten lopen, bang voor wat de buren ervan zouden zeggen.

Zo slecht was het ook met zijn vader gesteld. 'Maar jij zou ze wel vangen, denk ik, hè?' zei ik. Hij lachte.

Teer ging even naar binnen om de boeken aan Gemma te laten zien. Ik hakte het hout klein.

Hout is niet het enige dat je uit containers haalt, maar weet je wat het gekke is: het blijft stelen. Iemand blijft dus eigenaar van zijn eigen vuilnis! Ik stond een keer te scharrelen in een container. Ik zocht niet naar hout, maar iemand had er een lading moeren, bouten en plaatijzer in gegooid. Mijn hele gereedschap komt uit afvalcontainers. Ik draai me om en daar komt een politieman op me af. Hij kijkt alsof hij iemand betrapt heeft die net een oud vrouwtje in elkaar staat te slaan.

Hij knikt naar de spullen die ik eruit heb gehaald. 'Dat is iemands eigendom,' zegt hij en hij haalt zijn boekje voor de dag.

'Het is toch weggegooid?'

'Dat moet de eigenaar zelf weten.' Hij zwaait met het boekje voor mijn neus heen en weer. 'Naam?'

Ik kon mijn oren niet geloven. 'Ze willen het niet meer,' legde ik uit. 'Daarom gooien ze het weg.'

'In dat geval is het eigendom van de gemeente,' zei hij. 'Naam en adres graag.'

'Het kost de gemeente alleen maar geld als ze er vanaf willen,' zei ik.

'Geen discussies, alsjeblieft.' Hij houdt zijn pen in de lucht en wacht.

Wat moet je met zulke mensen? Ik vertelde het later tegen Lily en die werd woedend. Ze begon dingen door de kamer te schoppen. Ze kon de gedachte niet verdragen dat er zulke mensen rondliepen, mensen die onnodig problemen veroorzaakten.

'Allemaal klootzakken, de politie,' mopperde ze en trapte een gat in de deur.

Er viel niet te praten met die vent. Hij wachtte.

Dus gaf ik hem mijn naam:

'Mouse. Je schrijft het: M O U S E.' Ik sprak het uit als Moows.

'Ik kan spellen, rustig maar,' mopperde de agent.

'Michael,' zei ik, terwijl ik uit de container klom. De agent was zo stom dat hij niets in de gaten had, tot ik halverwege mijn adres kwam: 'Muizengatstraat 6, Disneyland.'

Het laatste wat die vent wilde, was terugkomen op het bureau met een kind dat hij beschuldigd had van stelen uit een afvalcontainer. Hij had alleen maar zin om een beetje gewichtig te doen. Dat vond hij leuk.

'Luister eens even goed, ventje,' zegt hij.

Ik roep: 'Laten we maar naar het bureau gaan, dan kun je me een bekeuring geven waar al je collega's bij zijn, oké? Waar beschuldig je me van? Van het onrechtmatig in bezit hebben van vuilnis?'

Er viel een stilte. De agent keek me ontzettend vuil aan, eerlijk waar. Alsof ik een stuk hondenpoep was. Ze vinden het niet leuk als iemand hen door heeft. Gearresteerd worden stelt niets voor. Onthoud dat. Dan hebben ze er ook geen lol van.

'Zo, worden we opeens slim!' riep de agent.

'Slimmer dan jij in elk geval,' zei ik. Dat was waar, maar het was nog geen compliment voor me. Ik ging ervandoor. Hij kwam me achterna, maar gaf het al gauw op.

'Jammer dat je hersenen niet even groot zijn als je bek!' schreeuwde ik. Hij keek de andere kant uit en deed of er niets gebeurd was. Hij was bang dat hij zich belachelijk had gemaakt door mij achterna te zitten. Wat ook zo was.

Naderhand gingen we naar mijn vriend Dev. We rookten een paar joints. Ik glipte met Dev de keuken in. Ik scoorde en chineesde. Toen we terugkwamen, zat Teer met Sal te praten over de rare, bijzondere dingen die mensen weggooiden en zo. Hij was zo vol van zichzelf dat ik dacht: oké, tijd voor les twee.

Eigenlijk hadden we terug moeten gaan naar Lil. Zij zou zich onderhand wel een beetje krakkemikkig beginnen te voelen. Maar ik amuseerde me. Ik vond de jongen aardig en… nou ja, Lil kan wel een stootje hebben. Ik nam hem mee voor een kijkje in het winkelcentrum.

Ik was van plan regelrecht maar Marks en Spencer te gaan en hem te laten zien hoe je proletarisch kunt winkelen, maar we kwamen onderweg langs een grote boekwinkel, Allen's.

Binnen stond een absurd groot boek uitgestald. Het was bijna een halve meter hoog – een kunstboek was het – met zwartwitfoto's. Naakte vrouwen, maar niet platvloers. Nou ja, een paar foto's waren eigenlijk best wel grof, maar kunstzinnig grof, snap je? Het soort spul waar je naar *mag* kijken.

Teer vond het prachtig. Hij bleef erin bladeren en vond de ene prent nog mooier dan de andere. 'Moet je dit zien… Wow, kijk even!' Hij ging uit zijn dak. Van dit soort dingen word ik niet koud of warm. Ik vond die naakte vrouwen best aardig, maar hij vindt ze om andere redenen móói. Wat ik mooi vond aan het boek was de prijs. Zestig pond. Voor één boek! Jezus. Dat was pas kunst! Wie zoiets bedenkt moet in aanmerking komen voor een studiebeurs. Ik geloof niet dat het de bedoeling was dat iemand het boek kocht. Het stond er gewoon uitgestald. Zoiets van: 'Kijk eens wat voor een bijzondere boekwinkel wij zijn, we hebben zulke dure boeken dat niemand ze kan betalen.'

Teer zei: 'Iemand zal het echt wel kopen en dan is het van hem.'

'Dat klopt,' zei ik.

'Alsof je de hemel bezit, zo'n gevoel,' zei Teer.

Ik begon hem steeds aardiger te vinden.

Ik overwoog een paar boeken mee te nemen, maar we liepen nogal in het zicht, dus vond ik het beter om maar door te lopen.

Marks en Spencer's. Ik voelde me goed. Tijd voor een feestje, dacht ik. Wij hadden hen leren kennen, zij ons... en Gemma kwam bij ons wonen. Maar dat wist hij nog niet.

We stonden bij de vleesafdeling. Ik zei. 'Zijn jullie vegetarisch?'

'Nee.'

Ik legde een paar dikke pakken biefstuk in de mand.

'Wacht even, ik heb geen geld,' zei Teer zenuwachtig.

'Ik ook niet.'

We liepen door. Ik liet hem niet zien dat ik de pakken onder mijn jas stopte. Hij zag wel dat de mand opeens leeg was. Hij draaide zich om en keek of het vlees misschien gevallen was.

Toen viel het kwartje.

Arme Teer! Zijn ogen werden groot. Ik pakte een paar blikken bonen die ik wél wilde betalen en we sloten aan bij de rij voor de kassa. Ik werd intussen zelf zenuwachtig, hoewel ik bij Dev gechineesd had. Teer was zo bang en schichtig. Hij keek steeds maar rond of iemand ons in de gaten had. Ik kneep 'm dat we daardoor zouden opvallen, maar die vrouwen achter de kassa zijn zo ongeïnteresseerd dat je met gemak een olifant naar buiten had kunnen rijden, dan hadden ze het nog niet gezien.

Buiten ging hij helemaal uit zijn bol. Hij danste stralend om me heen. Hij laat zich helemaal meeslepen, Teer! Het ene moment was hij heel kalm en rustig, en dan opeens kon hij als een gek rondspringen.

'We gaan terug en proberen het nog eens,' zei hij.

Ik schudde mijn hoofd. 'Volgende keer,' riep ik. Hij wist nog niet goed hoe hij moest kijken. Je moet kijken als iemand die met een verveeld gezicht iets koopt voor een vervelende maaltijd. Teer keek als een desperado. Maar op weg naar huis stopten we bij de slijter voor bier en toen we buitenkwamen liet hij me zien wat hij onder zijn jas had: een fles wijn. Ik had het niet gemerkt.

Ik sloeg hem grijnzend op zijn schouder en hij keek me aan

alsof ik hem net honderdduizend pond had gegeven. Had ik ook. Want hierna kon hij jatten wat hij wilde. Snap je?

***

Op de terugweg was hij helemaal door het dolle. Toen we thuiskwamen keek Gemma hem aan en zei: 'Wat is er met jou gebeurd?' Lil wilde al boos worden omdat ik zolang was weggebleven, maar toen ze zag hoe we onze tijd besteed hadden, vond ze het best. Lil en ik gingen naar de keuken en chineesden. We namen eigenlijk te veel, maar we hadden het dat weekend behoorlijk bont gemaakt en dan is het belangrijk dat je dat langzaam afbouwt.

Teer zat op de grond en liet Gems het boek uit de container zien en hij vertelde haar over het boek bij Allen's. Gems gedroeg zich alsof het nog dik aan was en ze alles samen deelden. Ze was overdreven geïnteresseerd vond ik, en dat irriteerde me. Ze deed het waarschijnlijk uit schuldgevoel omdat ze hem liet zitten. Ik had haar wel eens willen zien als ze in zijn schoenen had gestaan.

Ik keek naar Lily. Ze hing over Gemma's schouder en keek ook in het boek. Teer vertelde haar dat hij wilde gaan schilderen. Ze had écht belangstelling, Lily. Misschien, dacht ik opeens, hoeft hij helemaal niet weg, hoeven we hem niet te kwetsen door hem eruit te gooien. Misschien kunnen we er iets op verzinnen dat hij toch bij ons kan wonen.

Het eten was geweldig. Biefstuk, wijn, alles. Lily smulde van het vlees. We hadden al een paar weken geen vlees meer gegeten. Toen het donker werd, maakten we een vuur in de tuin.

We hebben een prachtige tuin. Jij zou hem ook geweldig vinden. Achterin staat een hoge boom. Hij hangt half over de straat. Er is een border met bloemen en wat groenten. Alles in de lente geplant, maar nooit meer iets aan gedaan. Overal onkruid. Ik kreeg die avond de geest en begon als een krankzinnige te schoffelen, maar de schoffel brak in tweeën.

Er stonden paardebloemen in het gras. Teer zat te vertellen dat hij een tekening van een paardebloem voor Gemma had gemaakt en dat hij er graag nog een keer een wilde maken, maar dan een hele grote, met het pastelkrijt dat hij van Gemma had gekregen.

Het was een prachtige avond. Gems lag daar met Teer in haar armen. Ze zagen er samen zo gelukkig uit. Ik wilde haar ompraten. We waren van plan onze slaapzakken te halen en buiten te slapen, maar het begon te regenen, dus sliepen we binnen.

's Morgens keek ik uit het raam. Het was benauwd. Het vuur was natgeregend, maar lag nog een beetje na te smeulen. Het beeld staat in mijn hersenen gegrift, want het is niet iets dat je elke dag ziet. Teer zat op een krat erbij. Hij staarde naar de boom en hij huilde. Ik dacht eerst dat het regen op zijn gezicht was, maar het waren tranen. *Shit,* dacht ik.

Ik streelde Lily over haar rug om haar wakker te maken. Ik wilde dat ze het ook zag. We leunden tegen het raam, stilletjes, half achter de gordijnen, zodat hij ons niet kon zien. Het was nog vroeg.

'Ach...' Lil lag met haar armen op de vensterbank en keek naar hem terwijl hij zat te huilen bij het smeulende vuur.

'Is hij niet prachtig?' zei ze. Ik sloeg mijn arm om haar heen. 'Is hij niet prachtig?' zei ze weer.

13

TEER

Ik ging naar mijn kamer en haalde het krijt voor de dag dat ik van Gemma had gekregen. Ik begon aan de paardebloem. Ik had een groot vel papier van Vonny gekregen en het met punaises op een stuk hardboard geprikt. Het bord lag op mijn knieën. De kleuren van het krijt waren heel helder, precies wat ik wilde.

Maar het lukte niet.

Vonny kwam binnen en vroeg hoe het ging. Ik zei: 'Gaat wel.'

Ze vroeg waar Gemma was en toen moest ik tegen haar zeggen dat ze niet terugkwam. Jerry kwam binnen en vroeg wat er aan de hand was. Daarna Richard. Ik zat daar maar en wilde dat ze weggingen.

Soms heb ik het gevoel dat ik een of ander orgaan ben dat uit een levend beest is gehaald. Elke pijnscheut is zichtbaar. En je denkt dat je alles moet opbiechten. Ik probeer mijn gezicht zo gewoon mogelijk te houden, maar dan vergeet ik het weer en krijg ik last van zenuwtrekken. Iedereen weet elke seconde van de dag hoe ik me voel.

Ik was het liefst honderd meter onder de grond begraven geweest.

Ze liepen in en uit en praatten erover, keken naar me en knikten naar elkaar. Toen begonnen ze over Lily en Rob.

'Tuig,' zei Jerry. Ik schrok vreselijk. Ze zagen er misschien uit als tuig, maar ze waren het toch niet?

'Ik zou geen van tweeën 's morgens in mijn schoen willen vinden,' zei Vonny. Ik moest lachen.

Ik keek naar Richard, omdat ik hem het meest vertrouw. Hij keek nogal geschrokken, maar hij zei niets. Ze dromden om me heen en knuffelden me en probeerden me op te vrolijken, maar ze konden me geen van allen zo goed laten voelen als Lily, toen ze me de Titanium Man genoemd had.

'Ik vond ze aardig,' zei ik.

'Jeetje!' zei Richard.

Vonny was woedend op Gemma. Ze vond het onverantwoord wat ze gedaan had. Jerry zat maar te roepen dat ik moest proberen me eroverheen te zetten en dat het zo misschien maar het beste was. Het gekke was dat ik ergens in mijn hoofd steeds een klein beeld van mijn moeder zag. Ze was woedend. Mijn vader stond achter haar en torende als een berg boven haar uit. Zijn gezicht werd steeds bozer.

'Ze wil vliegen,' zei ik.

'Ze moet eerst kunnen lopen voor ze kan rennen, laat stáán vliegen,' zei Vonny.

Maar ik wil ook vliegen.

De volgende dag of de dag daarna kwam Rob langs. Het ging niet goed met me. Ik had min of meer besloten bij Gemma uit de buurt te blijven. Ik hoopte dat ze me zou gaan missen als ik wegbleef en dat ze dan zou willen dat ik terugkwam. Maar eerlijk gezegd was die kans klein, zolang Lily en Rob in de buurt waren.

'Ze wil nog steeds vrienden zijn. Het is niet zo dat ze je niet meer wil zien,' zei hij.

'Ik laat haar een tijdje met rust,' zei ik tegen hem.

'En Lil en ik dan?' riep hij. 'Wij willen je ook zien.'

We gingen een eind lopen. Ik vertelde hem niet wat de anderen over hem hadden gezegd. We rommelden wat rond in afvalcontainers, liepen een schilderswinkel binnen, een kunsthandel en een paar boekhandels, maar... ik had mijn hoofd er niet bij. Ik was blij toen we weer naar huis gingen. Ik vroeg of hij tegen Gemma wilde zeggen dat ik haar een poosje niet wilde zien.

Rob zei: 'Dat zal ze niet leuk vinden.'

'Dat zal wel meevallen,' zei ik. Hij zei niets meer. Het was de waarheid. Voor haar was ik al verleden tijd.

Het duurde een week voordat ik weer iets hoorde.

'Bezoek voor je!' riep Vonny. Ik wist meteen wie het was, door de manier waarop ze het zei. Kortaf, alsof de WC net was overgelopen of zo. Ik keek over de trapleuning naar beneden. En daar stond Lily. Ze zwaaide naar me en wiegde met haar hoofd. Ze keek naar boven, grijnzend als een kat of een slang... als Lily.

Ik vond het heel raar om haar te zien. Zo ging het altijd met haar. Als je Lily buiten haar huis zag, leek ze niet op haar plaats. Alsof je uit je raam keek en een python onder de ligusterhaag zag wegglijden. Alsof over straat lopen voor haar al een levensgevaarlijk avontuur was. Dat *was* het ook, denk ik.

'Ga je mee?' vroeg ze. Ik was van plan geweest nog een paar dagen langer weg te blijven, maar...

Ik pakte mijn jas en liep achter haar aan naar buiten.

Het was een regenachtige dag. Ik had haar alleen maar 's avonds gezien, of in huis, half bloot. Nu had ze een lange rok aan die door de plassen sleepte. Ze liep naast me met een grote glimlach op haar gezicht, zoals altijd. Het lijkt of ze voortdurend een of ander geheim met zich meedraagt.

'Hoe gaat het met Gemma?' vroeg ik.

'Te gek. Je kent onze Gems,' zei Lily en toen lachte ze tegen me. Ik moet teleurgesteld hebben gekeken, omdat zij niet treurig was, zoals ik. 'Verzuip niet in dat romantische liefdesgedoe,' zei ze. Ze greep met haar hand naar haar borst en haar keel en kreunde: 'Voor mij is het afgelopen, ik kan niet zonder haar, snik, snik...' Ze was blijven staan en liet zich tegen een muur vallen met haar hand op haar keel en haar tong uit haar mond.

Misschien had ze wel een beetje gelijk. Ik was verslingerd aan Gemma. Sinds ik niet meer thuis was, had ik blijkbaar een steunpilaar nodig waaraan ik me vast kon klampen. Misschien was dat het gewoon en niet meer dan dat.

Lily kwam weer naast me lopen en stak haar arm door de mijne.

'Ze heeft je gemist,' zei ze. 'Wij allemaal trouwens. Ik ook.' Ze ging op haar tenen staan en kuste me op mijn lippen. Een hele lange kus. Ze stak haar arm opnieuw door de mijne en we liepen weer verder. Ik voelde haar warme lijf dicht tegen me aan en ik dacht: allejezus!

We gingen het huis binnen. Ze riep: 'We zijn er!' Ik moest in de gang blijven.

'Wacht even...' Dat was Rob.

Toen ging de deur open. Gemma kwam de gang in stormen, sloeg haar armen om mijn hals en kuste me over mijn hele gezicht, zoals die keer dat ze in Bristol uit de bus stapte.

'Ik heb je zo gemist, echt gemist. Ik was stomverbaasd dat ik je zo miste,' zei ze. En voor ik verder nog ergens over kon nadenken, duwden ze me de kamer in en daar zat Rob met een blikje bier in zijn hand. Hij grijnsde tegen me. En naast hem...

Het boek! Niet te geloven! Dat boek van zestig pond, waarvoor je God moest zijn om het te kunnen bezitten. Ze hadden het op een oude schildersezel gezet en die was weer versierd met linten. En met bloemen die ze geplukt hadden – bossen paardebloemen. Naast het boek zag ik een kaart, waarop stond 'Voor Teer. Veel liefs van...' en daaronder stonden hun namen.

'Voor *wie*?' vroeg ik. Ik begreep er niets van.

En ze riepen in koor: 'Voor jou! Voor jou!'

Ik kon het niet geloven. Ze hadden het boek opengezet bij een van de reproducties die ik zo mooi vond. Achter het boek hadden ze een lap rode zijde gedrapeerd. Het was net een soort stilleven.

'Maar... hoe komen jullie eraan?' Ik bedoel dat boek stond pal naast de kassa, duidelijk zichtbaar voor iedereen.

'Jij bent de enige die het zich kan permitteren zo'n boek in huis te hebben,' zei Rob.

'Ja, en nu heb je drie mensen om van te houden in plaats van één,' zei Lily en ze gaf me een dikke kus – een echte, die wel twee minuten duurde, zo leek het tenminste. Ik hoorde

Gemma joelen en schreeuwen en in haar handen klappen en Rob riep: *'Yes! Yes!'* Ze begonnen te tellen om te zien hoe lang we het volhielden.

Toen begon ik te huilen, onder het zoenen. Tranen druppelden uit mijn ogen. Ik hoefde niet te snikken of zo, maar ze rolden geluidloos over mijn wangen. Ze dachten dat ik blij was en ik wás ook blij, maar dat was het niet alleen. Ik was nog steeds bedroefd omdat ik Gemma verloren had en om wat Lily gezegd had en ik werd ook treurig van die kus. Toen ging Lily op haar tenen staan – ik ben een stuk langer dan zij – en ze likte alle tranen van mijn gezicht.

'Nu zal ik eeuwig leven,' zei ze.

Ze hadden er een hele week over gedaan om het boek te pakken te krijgen. Ze waren elke dag naar de boekwinkel gegaan, om precies uit te zoeken wanneer er even niemand was. Elke dag hadden ze andere kleren aangetrokken, zodat niemand hen zou herkennen. Ik moest lachen. Gemma en Lily was dat natuurlijk wel gelukt, maar Rob met zijn grote warrige hanenkam en dat zwarte gat in zijn mond was natuurlijk op kilometers afstand al herkenbaar...

Na ongeveer een week wisten ze nog steeds niet precies hoe ze het zouden aanpakken en toen hoorde Rob een van de mannen in de winkel zeggen dat iemand die had moeten komen niet was komen opdagen en dat hij zelf graag met lunchpauze wilde gaan. Een of andere chef kwam erbij en stuurde de jongen weg. De telefoon ging en de man moest opnemen.

Rob was van plan geweest op De Grote Dag een grote tekenmap mee te nemen om het boek in te verstoppen. Maar die had hij niet bij zich. Hij was de boel nog steeds aan het onderzoeken. Opeens staat hij dus naast het boek en geen mens in de buurt. Hij pakt het, stopt het onder zijn arm en loopt er zo mee naar buiten langs iedereen, langs het personeel op de afdeling romans, die zich tussen hem en de deur uitstrekt, langs het meisje bij de kassa, langs de nodige klanten die heen en weer lopen en langs een grote tafel waaraan twee meisjes stapels boeken staan te prijzen.

Hij was gewoon naar buiten gelopen, langs iedereen, met dat te gekke, prachtige boek onder zijn arm. Iedereen kon hem zien... Hij kwam buiten en Gemma zag hem en ze liepen snel de hoek om en toen gingen ze er als een speer vandoor.

Voor mij. Ze deden het voor mij.

Gemma kwam naast me zitten en begon met me door het boek te bladeren. We wezen elkaar welke plaatjes we de mooiste vonden en keken elkaar lachend aan. En ik dacht voortdurend: Wat nu? Wat gaat er nu gebeuren?

Lily en Rob zaten aan tafel. Rob schudde een beetje poeder op een stukje aluminiumfolie.

'Yes!' zei Gemma.

Rob gaf het stuk folie aan Lily. Ze stak een lucifer aan en hield die eronder. Opeens rook ik een zware, zoete lucht en ik zag een kringeltje witte rook opstijgen. Door een kokertje zoog Lily de witte rook op. Ze perste haar lippen op elkaar en hield toen lang haar adem in. Daarna blies ze de rook langzaam weer uit. Ze glimlachte als een slang.

'Ik voel me goed,' zei ze.

'Wat is het?' vroeg ik.

Lily zwaaide met haar vingers door de lucht als een spookachtige tovenares en zei: 'Heroïne!'

'Echt waar? Is het echt heroïne?' vroeg ik. Ik schrok vreselijk. Rob maakte weer een stukje folie klaar. Ik dacht: ze is een junk, ze is een junk, ze is een junk...

Je kent die verhalen wel. Je gebruikt het één keer en je zit er je leven lang aan vast. Je eindigt op straat, berooft oude vrouwen en steekt je hand in broeken van oude mannen om wat geld op te strijken voor de volgende shot. Rob gaf het stuk folie aan Gemma. Ze grijnsde tegen me, streek een lucifer af en deed hetzelfde als Lily.

Jezus Christus, dacht ik.

Rob strooide opnieuw wat van dat witte poeder op een stuk folie, maar ik schudde mijn hoofd. Rob lachte en zoog de rook even later zelf op.

'Hé,' riep Lily boos. 'Dat is voor Teer. Wat doe je nou?' Hij glimlachte alleen maar en deed zijn mond open om de rook naar buiten te laten. Hij zag er bijna spookachtig uit. Lily werd nu echt boos, maar toen hield hij het pakje in de lucht en schudde het heen en weer voor haar neus.

'We hebben nog meer dan genoeg,' zei hij en toen lachte Lily weer.

'Schiet op, probeer het maar, het doet geen pijn,' zei Gemma tegen mij. 'Het kan geen kwaad, het is alleen een goed gevoel.'

'Ik wil niet,' zei ik.

Lily lachte. 'Wil je dan geen junk worden, net als wij?' riep ze plagend. 'Ben jij een junkie, Teer?'

'Nee.'

'Van een klein beetje heroïne word je heus geen junk, jongen. Je bent pas een junk als je *denkt* als een junk.'

'Precies! En daar heb je geen heroïne voor nodig.'

Gemma zuchtte diep en zakte onderuit in haar stoel. Ik keek naar haar gezicht, wilde zien of ik verschil zag. Ze zag er... gelukkig uit. 'Het kan geen kwaad, Teer. Probeer het toch. Je hoeft het nooit meer te doen als je niet wilt. Maar probeer het een keer. Probeer alles een keer. Al die verhalen over één keer proberen en je zit er voor je leven aan vast? Kletskoek, echt waar.'

'Alleen maar verhalen om je af te schrikken, verhalen om je klein te houden,' zei Lily.

Rob had weer een stuk folie klaargemaakt. Hij hield het me voor. 'Heroïne is het allerbeste. Daarom houden dokters het graag voor zichzelf.' Hij knipoogde traag tegen me.

'Ik weet zelf wat ik nodig heb,' zei Lily. 'Beter dan welke dokter ook.' Ik keek naar het stuk folie en ik dacht: Jezus, wat moet ik doen...

'Straks laat hij de kans aan zijn neus voorbijgaan,' zei Lily, 'en dan weet hij niet hoe het is om je lekkerder te voelen dan wie ook in de hele wereld.'

'Dan blijft er voor ons meer over,' zei Rob. Toen dacht ik:

wat heb ik te verliezen. Rob gaf me zijn aansteker. Ik hield de vlam onder de folie en zag het witte poeder veranderen in een klein bruin bolletje dat heen en weer schoof in de vouw van de folie. Toen zoog ik de rook op...

Soms heb je misschien een keer een ervaring nodig. Die ervaring kan een mens zijn, of het kan een drug zijn. De ervaring opent een deur die er steeds al was, maar die je nooit gezien had. Of misschien word je het heelal in geblazen. Deze keer waren het Lily en Rob en Gemma, die zo graag wilden dat ik bij hen hoorde, maar het was ook de heroïne. Al die ellende – Gemma die me in de steek liet, mijn ouders, het van huis weglopen, al dat negatieve gedoe, alle pijn – weg. Alles was opeens weg, alles werd van mijn schouders getild, ik zweefde omhoog, weg van de problemen... weg...

Ik zakte onderuit en keek naar het boek en ik keek naar hen en Gemma lachte tegen me, een grote zachte glimlach. Haar ogen zagen eruit als grote knikkers.

'Beter?' zei ze.

Ik knikte alleen maar. Ik voelde me niet helemaal te gek of zo, maar het was verdwenen. De pijn was verdwenen. Ze kwam naast me zitten en schoof met haar schouder onder mijn oksel.

'Teer,' zei ze. 'Wordt het weer wat tussen ons?'

'Ja,' zei ik. 'Ja.'

'Ik had het bijna verknald, hè?' fluisterde ze.

'Jullie blijven hier wonen!' zei Lily. 'Bij ons. Jullie allebei, oké?'

Wat kon ik zeggen? Ik had het gevoel dat ik net een beetje begon te leren hoe ik moest leven.

'Ja!'

14

LILY

YOU GET UNDER MY SKIN BUT I DON'T FIND IT IRR-I-TATING
YOU ALWAYS PLAY TO WIN BUT I WON'T NEED REHA-BIL-I-TATING
OH NO
I THINK I'M ON ANOTHER WORLD WITH YOU… WITH YOU
I'M ON ANOTHER PLANET WITH YOU… WITH YOU-OO
ANOTHER GIRL
ANOTHER PLANET
ANOTHER GIRL ANOTHER PLANET

The Only Ones

Alles is vrij. Dat is een geheim.

De enige die niet vrij is, ben jij. Je doet wat je opgedragen wordt. Je blijft zitten tot iemand zegt: 'Sta op.' Je blijft staan tot iemand zegt: 'Lopen maar!'

Misschien vind je dat prettig. Het is gemakkelijk. Je hoeft er niet over na te denken. Je hoeft het niet eens te voelen.

Ik vraag me soms af hoe deze planeet aan mijn voeten blijft plakken. Ze hebben alles gedaan om me vast te houden, mijn moeder, mijn vader, school. Ik heb in tehuizen gezeten met vriendelijke mensen en ik heb in tehuizen gezeten met schoften. Ze hebben dingen met me gedaan waar je niet eens over kunt praten. Met mij gaat het goed.

En met jou?

Zij bepalen je gedachten, je manier van denken. Je moet

naar school, je moet je examens halen, je moet gaan studeren, middelbare school, universiteit, je moet een baan zoeken, trouwen, je mag de boot niet missen. Doe het nu of je leven ligt in puin. Ja ja. Ze pakken je zodra je maar geboren bent. Ze nemen geen enkel risico. Als je kinderen krijgt, zullen ze tegen hen zeggen dat ze een plastic masker moeten dragen en als ze willen ademen moeten ze eerst een munt in de gleuf boven hun neus schuiven.

Luister goed: tante Lily weet hoe het werkelijk is.

Lucht is gratis. Wat zeg je? Wist je dat al? Heel goed! Oké, eten is gratis. Ha, die kende je nog niet. Luister, hoe je het moet doen: Je gaat op zoek naar de Gratis-Eten-Winkel in jouw buurt. Kan een grote supermarkt zijn, maar de kleinere buurtsupermarktjes komen ook in aanmerking. Het eten ligt overal opgestapeld – op planken, in vakken, in dozen, zakken en bakken. Zoek maar uit! Allemaal voor jou!

Je gaat naar binnen. Je kijkt rond en zoekt uit wat je wilt hebben. Je stopt het eten van je keuze onder je jas of in je tas en dan neem je het mee naar huis en eet het op.

Ja. Jij dacht natuurlijk dat je naar school moest, je examen halen, een vak leren, een baan zoeken en geld verdienen. En dat je vervolgens met dat geld naar de winkel moet gaan, om het uit te geven in ruil voor eten, waar of niet?

Je luistert te veel naar andere mensen.

Als je eenmaal weet hoe je het moet doen, zie je steeds meer van die Gratis-Eten-Winkels. Let op: er loopt altijd wel iemand in die winkels rond die denkt dat het eten van hem is. Zorg er dus voor dat je onzichtbaar bent. Fluitje van een cent. Je kunt zijn wát je maar wilt! Je kunt alles en iedereen naar je hand zetten. Je kunt toveren! Je bent geweldig!!

Leve het proletarisch winkelen!

Als je gesnapt wordt door een van die winkeltypes die denkt dat het eten van hem is, maak dan geen ruzie. Dat heeft geen zin. Ze zijn al te ver heen. Ga gewoon weg. En af en toe – op zo'n dag dat er een lelijk gat in je aura zit – ben je erbij. Politie! Je komt voor de rechter. Als je geld hebt, krijg je een boete. Heb je geen geld, krijg je dienstverlening. Dat valt best mee. Zo vaak komt het niet voor dat je gesnapt wordt. Ik ken mensen die al jaren gratis eten zonder ooit gepakt te zijn. En dat gezeur over een strafblad, al dan niet naar de gevangenis moeten... gewoon weer een truc om je onder de duim te houden. Ook al zou je gepakt worden, dan krijg je misschien veertig uur dienstverlening, misschien honderd. Oké. Wat is het alternatief? Je leven lang elke dag naar je werk gaan? Ik bedoel, wat voor soort straf is dat dan?

Soms kijk ik uit het raam en zie ik al die keurige figuren langsploeteren. Ze zijn op weg naar hun werk, komen terug van hun werk, moeten nog leren hoe ze moeten werken, wat dan ook. En dan wil ik schreeuwen: 'Hé, luister eens even. Zo hoeft het niet. Zo hoeft het helemaal niet...' Maar dat doe ik nooit. Heeft geen zin. Ze moeten wel zesduizend kilo wegen. Ik sta zo'n eind van zulke mensen af dat ze me niet eens kunnen zien.

Wil je meer weten? Luister, ik zal je alles vertellen.

Je kunt *doen* wat je maar wilt.

Je gelooft me niet. Je denkt: ze kletst maar wat, ze is helemaal gek. Ja, ik ben ook helemaal gek... op mezelf! Ik ben *ik*! En jij? Ga jij uit je dak omdat je bij *hen* hoort? Je weet het niet eens. Ik wil wedden dat je zelfs nooit de kans hebt gekregen dat uit te zoeken.

Toen je klein was zeiden ze altijd: 'Stout meisje, stoute jongen,' tegen je, omdat je bijvoorbeeld iets had laten vallen of omdat je een grote mond had gehad. Ze bedoelden: 'Je bent *slecht*.'

Maar dat was niet zo. Jij was niet slecht, wat je dééd was hoogstens slecht. Je bent mooi. Je bent geweldig en alles wat je doet is te gek, omdat jij het doet. Zo sterk ben je. Je kunt iets slechts doen, en weten dat je iets slechts doet, of je doet iets goed en je weet dat het goed is, maar dat *verandert* jou niet. Jij bent nog steeds jij.

Luister. Je kunt *alles* zijn wat je maar wilt. Voorzichtig, want het is een soort toverkracht. Luister naar de woorden. Je kunt *zijn* wat je wilt, je kunt *doen* wat je wilt. Toverwoorden. Je kunt *zijn* wat je wilt, je kunt *doen* wat je wilt.

Je *bent* wie je maar wilt, je bent ze allemaal, je bent iedereen, wie dan ook... wat je ook maar wilt. Kijk maar naar mij. Zo lang je vanbinnen jezelf blijft, kun je zelfs een hap stront eten en het zal je goed smaken, want *jij* eet het. Je kunt zelfs hun kont likken als dat moet. Je luistert naar hen, leraren, ouders, politici. Ze zeggen altijd: 'Als je steelt ben je een dief. Als je met verschillende mensen naar bed gaat, ben je een slet. Als je drugs gebruikt, ben je een junk.' Ze willen binnendringen in je hoofd en jou in hun macht krijgen met hun angst.

Misschien denk je dat je ouders van je houden, maar als je de verkeerde dingen doet, zullen ze je als oud vuil behandelen, zoals de mijne. Dat is de straf die je krijgt als je jezelf wilt zijn. Speel hun spelletje niet mee. Niets kan je raken. Je blijft mooi.

Ik heb alles gedaan. Alles. Bedenk maar iets, ik heb het gedaan. Al de dingen die jij nooit gedurfd hebt, alle dingen waar jij over droomt, alles waarnaar jij nieuwsgierig was en dan weer vergat omdat je wist dat je ze toch nooit zou meemaken. Ik heb ze gedaan, gisteren nog, toen jij in je bedje lag.

En nou jij! Wanneer ben *jij* aan de beurt?

15

GEMMA

JUST LURKYING ABOUT, LURKYING ABOUT
LURKYING ABOUT, LURKYING ABOUT
WE'RE JUST
LUUUUURRK-LURKYING ABOUT

Lurky

Ik loop met mijn kop in de wolken, maar een heleboel mensen gaan uiteindelijk dood vanbinnen. Je kunt het niet aan ze zien, maar zodra ze hun mond opendoen, weet je dat het voor hen voorbij is. Ze zijn door het leven zelf vermoord.

Als ik eraan denk hoe het bij mij thuis ging. Wat een puinhoop maken sommige mensen van hun leven. Mijn vader, bijvoorbeeld. Te bang om te leven, te bang om te sterven. Hij werkt dag in dag uit voor dat bedrijf, regelt zus, regelt zo. Afgezien van het feit dat andere mensen het werk opknappen – ik bedoel het *werkelijke* werk, het maken van dingen – brandt hij zichzelf op door zichzelf belangrijk te maken. Eigenlijk doet hij niets. En hij haat het. En waarom? Hij verdient geld en geeft het uit aan een nieuwe tv terwijl de oude het nog doet. Of aan een nieuwe auto omdat de auto die hij heeft oud is, of hij geeft het uit aan een vakantie, omdat hij eruit wil en moet uitrusten van die vreselijke baan die hij moet hebben, omdat hij het geld nodig heeft...

Ik heb geen geld nodig. Mensen die dingen willen hebben, *die* moeten werken.

Je zou eens bij ons langs moeten komen. Je zou het prachtig vinden. Iedereen vindt het prachtig. Je komt binnen. Er is altijd wel iemand en je hoeft niets. Je kunt in een hoek gaan zitten kijken of je kunt wat praten of iets doen wat je graag doet. Er is muziek, er is drank, misschien zelfs iets te eten, als iemand tenminste iets heeft meegenomen. We doen meestal de openslaande deuren open en iedereen zit in de tuin. Het wordt gewoon een feestje. We hoeven het niet te plannen. Col brengt bijvoorbeeld wat drank mee en Sal heeft iets te roken bij zich en dan komt iemand met nog meer drank en we worden allemaal een beetje dronken en dan willen we nog meer... We gooien het geld bij elkaar dat we nog hebben en ik zet de muziek harder.

Feest!!

's Avonds maken we een vuur. Iedereen gaat op zoek naar hout in de afvalcontainers en het vuur blijft de hele nacht branden. Er gebeurt van alles, er wordt gedeald, er wordt muziek gedraaid, allerlei mensen lopen binnen. Dev, de dealer, bijvoorbeeld. Hij gaat niet veel uit, maar soms komt hij bij ons bij het vuur zitten en rolt de ene joint na de andere. Je hebt Col en Sal. Zij was vroeger met Dev, maar ze zijn uit elkaar. Ik kan heel goed opschieten met Sal. Ze zit helemaal op mijn golflengte. We zijn bijna even goed bevriend als Lily en ik. Bijna. Col is aardig, maar een beetje saai. Hij gebruikt te veel, denk ik. Met Col... ik weet het niet, met Col zou het nog wel eens verkeerd kunnen gaan. Nou ja, dat gebeurt nou eenmaal. Het leven is gevaarlijk. Ik denk dat Col en Sal binnenkort wel uit elkaar zullen gaan. En dan heb je Wendy en Jackson en Doll en Pete-Pete. We zitten nooit om mensen verlegen.

Maar Teer en ik en Lily en Rob zijn toch wel het middelpunt.

Met Teer gaat het nu veel beter. Je zou hem niet meer herkennen. Hij was altijd angstig en bezorgd. Nu is hij heel relaxed. Je hoeft hem maar aan te kijken, dan zie je het al. Hij heeft de zaak met zijn ouders nu ook op een rij. Hij móest ze wel in de steek laten. Ik bedoel, lijfelijk was hij natuurlijk al een tijd weg, maar ze zaten nog steeds in zijn hoofd. Lily zei steeds maar weer: 'Waarom sjouw je hun shit met je mee? Het is hun probleem. *Zij* hebben een puinhoop van hun leven gemaakt. Maar daarom hoef *jij* er toch nog geen puinhoop van te maken?'

Ik hou echt van hem. Als ik er nu aan denk dat ik bijna met hem gekapt had! Het had weinig gescheeld. Krankzinnig. Maar ik vond alles ook zo spannend toen ik Lily en Rob pas had leren kennen. Ik vond dat alles moest veranderen. Zij hebben me weer omgepraat. Ik zat maar te roepen dat hij me een soort claustrofobie bezorgde en dat hij me altijd aan zat te staren alsof ik een vis in een aquarium was. En zij zeiden: 'Nee, nee, hij is echt goed, hij is heel bijzonder. Waarom ben je niet wat aardiger tegen hem? Je moet aardig zijn tegen je vrienden...'

'Maar ik hou niet van hem,' antwoordde ik.

Lily lachte me uit en zei: 'Je moet voor hem zorgen. Hij hoort bij je, zie je dat niet?'

Ja. Hij hoort bij me. We hebben elkaar. Ik hoor bij hem.

Af en toe bel ik mijn ouders om te zeggen dat het goed met me gaat. Ik wil graag dat alles goed is tussen ons. Ik wou dat ik ze gewoon kon bellen om een beetje te kletsen of hen uit te nodigen om een keer te komen kijken hoe ik nu woon, maar dat durf ik niet. Zij zitten nog steeds in die 'ze-is-ons-eigendom-trip'. Ze zouden de politie waarschuwen en me naar huis laten brengen, of anders naar een gekkenhuis of een observatiekliniek of zo.

Ik zei tegen mijn moeder: 'Als ik zestien ben, kom ik je opzoeken en dan zijn we weer vrienden.' Ze zei niets. Ik weet wat ze denkt. Ze probeert haar mond te houden, maar af en toe lukt haar dat toch niet.

Ze kan het me nog steeds niet vergeven. Ze denkt dat ik haar iets ergs heb aangedaan. Begrijp je wat ik bedoel? Ik leef gewoon mijn eigen leven en zij vindt dat ik haar een hak zet. Geen wonder dat ik thuis nauwelijks kon ademhalen.

De eerste keer dat ik naar huis belde nadat ik bij Lily en

Rob was gaan wonen, was ik doodsbang. Ik bleef het maar voor me uit schuiven. Wat moest ik ook zeggen? Ik was zo veranderd. Ze zouden het nooit kunnen begrijpen. Maar de anderen bleven er maar over zeuren.

Teer belde geregeld naar zijn moeder, hoewel zijn ouders erger zijn dan de mijne. Hij is zo'n lieve jongen dat ik er soms misselijk van word. Hij en Rob en Lily bleven maar zeuren tegen me.

Rob heeft een zwak voor moeders. Van hem kan ik dat begrijpen. Zijn moeder is echt fantastisch! Helemaal te gek. Ze kwam een keer op bezoek en toen ze zag waar we mee bezig waren, lachte ze alleen maar.

'Zorg dat je niet gesnapt wordt,' zei ze. Meer niet. Stel je voor! Het is toch prachtig dat er zulke mensen bestaan? Als je kapt met die hele hersenspoeling van de maatschappij, kun je je kinderen en je kleinkinderen bevrijden en alle generaties daarna. Rob rookte zijn eerste joint toen hij acht was. Hij rookte geen tabak en zijn moeder dacht dat dat kwam door haar manier van opvoeden. Ze was er heel blij om dat hij geen tabak rookte, want de meeste mensen die hasj roken, roken ook tabak. Rob groeide met hasj op, dus hij wist wel beter. Maar goed, hij rolt zijn eerste joint zodra hij uit bed is.

Zelfs hij zegt niet alles tegen zijn moeder. We moesten allemaal beloven dat we niets tegen haar zouden zeggen over de heroïne. Ze zou laaiend zijn geworden. Een heleboel mensen weten niet hoe ze met heroïne moeten omgaan. Je moet er natuurlijk wel tegen kunnen, als je het gebruikt.

Rob bleef dus roepen dat ik mijn moeder moest bellen en Lily en Teer waren het met hem eens. Ik zei: 'Ik weet dat het afgrijselijk zal zijn. Ik ga ze haten, ik voel het gewoon.' Maar ze bleven maar zeuren. Ten slotte deed ik het. Voor de morele steun gingen ze mee naar de cel.

Ik kreeg papa.

'Gemma, ben jij het?'

Ik moet erbij vertellen dat ik onder de dope zat. 'Moet je niet vragen hoe het met me is?' riep ik. Ik grijnsde tegen Rob.

Hij knikte. Dit was ongeveer een week of twee, drie nadat ik hen voor het eerst had ontmoet.

Mijn vader zei weer: 'Ben jij het?' Zijn stem klonk als die van een oud, grijs mannetje.

Ik antwoordde: 'Ja, pap, dat klopt. Hoe gaat het met je?'

'Gemma, Gemma,' zei hij. Hij deed raar. Hij klonk...

Lily boog zich naar me toe en fluisterde: 'Hij is bang voor je.'

Wow! dacht ik en ik wist dat het waar was. Hij klonk als een twaalfjarige jongen die op school voor de deur van de rectorskamer stond. Ik had het wel uit kunnen schreeuwen. De macht die hij over me had gehad was voorgoed gebroken. Maar ik wilde niet gemeen tegen hem zijn. Ik keek voor me uit en likte langs mijn lippen. Toen zei ik: 'Alles is goed, pap. Leuk je stem te horen.' Pauze. 'Hoe gaat het met mam?'

'Ze is zo ongerust, Gemma. Wij allebei. Waarom heb je niet gebeld? Je had ons kunnen bellen.'

'Niet boos zijn, pap, ik doe mijn best,' zei ik. 'Is mam thuis?' Ik wilde het niet hebben over dingen die ik volgens hem had moeten doen.

'We houden van je, Gemma.'

'Papa...'

'Ik weet dat we fouten hebben gemaakt, maar we houden allebei van je. Dat weet je toch, hè?'

Dat was een schok. Ik voelde me opgelaten omdat... Ik kon me niet herinneren dat hij ooit eerder tegen me had gezegd dat hij van me hield. Nu hij het zei klonk zijn stem gebroken, verslagen. Maar ik werd ook boos, want dit was een soort eh... truc, snap je! Eerst behandelden ze me als oud vuil, en nu ze niets meer over me te zeggen hadden, was het opeens: we houden van je...

Hij had het op elk eerder moment ook kunnen zeggen.

'Luister pap, doe dat asjeblieft niet. Begin niet zo. Ik kom niet terug. Ik heb het hier heel erg naar mijn zin.'

'Gemma, je bent pas veertien...' Toen hoorde ik allerlei geluiden en even later dacht ik mams stem te herkennen.

'Is dat mam? Kan ik haar even hebben?'

Ik hoorde haar stem in de verte. Ze zei: 'Grel? Grel? Is zij het, Grel?' Ze noemde hem altijd Grel, waarom weet ik niet. Hij heet Andrew.

Hij zei: 'Wacht even.' Toen tegen mij: 'Gemma, waarom doe je dit? Wil je ons straffen? Vind je niet dat je dat al genoeg hebt gedaan?'

Ik moest bijna lachen. Hij had geen benul. Hem straffen! Zo dacht hij. Ik wilde helemaal niets met hem. Dat hoefde niet meer.

'Ik heb het goed hier, het heeft niets met jullie te maken,' zei ik.

'Het heeft wel degelijk met ons te maken, Gemma,' zei hij. 'En ik vind dat je ermee moet stoppen. Realiseer je je wel wat je je arme moeder hiermee aandoet?'

Toen had *ik* het even niet meer. Eerst hielden ze van me. Toen ging het over wat ik hem aandeed, nu ging het over wat ik mijn moeder aandeed. Ik legde mijn hand over de hoorn. 'Hier kan ik niet tegen,' zei ik.

'Hou je kalm,' zei Rob. 'Blijf kalm.'

'Je doet het goed, Gemma,' zei Lily. 'Je doet het fantastisch.'

Ik hoorde mijn moeder zeggen: 'Wat zegt ze, Grel? Wat zegt ze?'

'Papa, mag ik mam even?' vroeg ik.

Hij zei: 'Wat is dat allemaal? Staat er iemand naast je?'

'Dat doet er niet toe. Mag ik mam?'

'Ze is zo ongerust geweest. Ze heeft de politie gebeld, de kranten, en geen woord van jou, Gemma. Vier weken lang geen woord.'

Hij begon op dreef te raken. Ik hoorde dat mam probeerde hem de hoorn uit de hand te pakken, maar dat mocht niet van hem.

'Ze doet alles voor je, denk dan in elk geval aan háár.' Ik begon heel boos te worden omdat hij me niet met mijn moeder liet praten. Hij raasde alleen maar door, omdat ze daar naast hem stond. Hij had altijd het gevoel dat hij namens haar lastig tegen me moest zijn.

Toen griste Rob mij de hoorn uit mijn hand.

'Hallo, meneer Brogan?' zei hij.

'Wie is dat? Met wie spreek ik?' blafte mijn vader.

'Ik ben een vriend van Gemma, meneer Brogan,' antwoordde Rob. 'Ik wil alleen maar tegen u zeggen dat u een mooie dochter hebt. U zou trots op haar moeten zijn, meneer Brogan!'

Mijn vader zei: 'Ah, ze heeft zeker weer een of andere vent, hè? Ik neem aan dat je weet dat ze minderjarig is, wie je ook bent...'

Ik probeerde de hoorn weer uit Robs hand te grissen. Ik was zo boos. Ik schaamde me voor mijn vader.

Pap riep: 'Gemma? Gemma? Mag ik mijn dochter spreken, alsjeblieft?'

Toen pakte Lily de hoorn. 'Ik vind haar ook mooi,' zei ze. 'En als u het wilt weten, ik ben ook minderjarig. En probeer mij niet te vertellen dat *mijn* vent rotzooit met mijn beste vriendin, hè, meneer De Man?'

Toen werd het een beetje ruzie. Iedereen schreeuwde en wilde de telefoon pakken om mijn vader de waarheid te zeggen. Teer riep opeens: 'Ik ben! Mijn beurt!' Hij maakte zo'n kabaal dat iemand hem de hoorn gaf. Hij drukte het ding tegen zijn oor en stond daar maar. Ik hoorde mijn vaders stem nog steeds, maar nu als een klein druk stemmetje. Teer stond alleen maar te luisteren. Dat was het enige wat hij wilde, denk ik achteraf. Hij had niets te zeggen. We stonden allemaal zwijgend naar hem te kijken. Toen veranderde het stemmetje in de hoorn en ik hoorde mijn moeder.

'Dag, mevrouw Brogan,' zei Teer.

'Hallo, David! Is mijn dochter daar? Mag ik haar alsjeblieft even?' vroeg mijn moeder, en met een vreemde blik in zijn ogen gaf Teer me de hoorn. Iedereen dromde om me heen en probeerde mee te luisteren.

Mijn moeder zei: 'Gemma... Gemma, ben jij het? Ben je

het echt?' Ik vond het zo lekker om haar stem te horen. Ik vergat op slag alles wat ze me had aangedaan.

'Mam, hoi, mama, ik hou van je, mam, ik hou van je,' zei ik steeds. En Rob stond te knikken en Lily zei: '*Yes! Yes!*'

'Is alles goed met je?' vroeg ze. 'Eet je wel goed? Heb je niets nodig. Kan ik iets...'

'Alles gaat goed, mam. Hoe gaat het met jou?'

'Kom alsjeblieft naar huis, Gemma,' zei ze. 'Alsjeblieft...' en toen begon ze te huilen.

Ik wilde haar omhelzen en knuffelen. Ik pakte de hoorn extra stevig beet, dichter kon ik niet bij haar komen. Papa maakte me alleen maar boos, maar mam... ik moest wel van haar houden.

'Ik kan niet terugkomen, mam, nog niet. Maar alles is goed, echt waar, en ik mis je, mam, en ik kom terug zo gauw ik kan,' ratelde ik. Ik stond zelf zowat te janken.

'O, Gem,' zei ze. 'O, Gemma...' Ze kon geen woord meer uitbrengen, zo erg moest ze huilen.

Ik wou dat ze niet huilde.

Ik hoorde dat pap haar de hoorn uit de hand wilde pakken, maar ze hield voet bij stuk. Hij riep op de achtergrond van alles, schreeuwde tegen haar. Ik werd boos.

'Wat zegt hij allemaal?' riep ik.

Ze zei: 'Niet boos zijn op je vader, Gemma. We zijn zo ongerust geweest. Hij kon niet meer slapen. De dokter heeft hem pillen gegeven.'

Toen voelde ik me heel rot, maar Teer legde zijn hand op de hoorn, zodat zij het niet kon horen en zei: 'De klote-junk!'

Dat was *zo* gaaf. Maar tegelijk was het vreselijk. Er viel even een stilte en toen begon iedereen te proesten van het lachen. Lily sloeg haar hand voor haar mond en zakte op de grond van de cel. Ze verborg haar gezicht in haar handen. Ik beet mijn wangen bijna stuk van het ingehouden lachen.

Met mijn tanden op elkaar vroeg ik: 'Wat voor pillen?'

'Slaappillen. Hele sterke.'

Rob en Teer grepen elkaar vast.

'Hij is er heel beroerd aan toe,' zei mam.

Ik hield mijn hand voor mijn mond en gilde bijna van het lachen, maar ik slaagde erin geen geluid te maken. Verschrikkelijk. Hij was zo ongerust geweest over mij en opeens werd hij zelf tot aan zijn oogballen volgepropt met kalmeringspillen en hij róókte ook nog steeds. Lily krabbelde weer overeind en siste: 'Vraag of hij een zootje pillen opstuurt. We betalen er een fijne prijs voor...'

Ik lag dubbel! Mam zei: 'Wat is er aan de hand, Gemma? En toen hoorde ik pap zeggen: 'Ze heeft vast drugs gebruikt of zo...'

Ik huilde van het lachen. Ik kon nauwelijks meer op mijn benen staan. Iedereen had intussen de slappe lach.

Toen begon mijn moeder weer te huilen en ik voelde me weer vreselijk. Ik zei: 'Luister, mam, we hebben een probleempje hier. Ik bel je nog.' Ik smeet de hoorn op de haak en we brulden allemaal van het lachen. Hysterisch gewoon. Het was rot, ik voelde me vreselijk, maar tegelijkertijd was het zo grappig... niemand kon het helpen. Rob keek Teer aan en zei: 'Lul!' Maar hij bleef lachen. En Teer zei: 'Sorry, sorry...' We konden niet meer ophouden.

Naderhand belde ik haar terug, alleen, en dat ging wel. Ze begreep het een beetje, geloof ik. Zo klonk het althans. Maar elke keer als ik die dag weer aan dat eerste gesprek dacht, schoot ik opnieuw in de lach...

Toen ze eenmaal geaccepteerd had dat ik niet terugkwam, werden onze gesprekken beter. Af en toe barst ze nog wel eens in huilen uit, en dat is jammer. Ik zou vaker bellen als ze dat niet deed. Ik haat dat. Het heeft geen zin.

Met mijn vader gaat het ook wel aardig. Ik probeer een normaal gesprek te voeren, maar veel verder dan 'Hoe is het met je, hoe is 't wéér bij jullie?' gaat het niet. Soms zegt hij dat hij van me houdt, maar dat klinkt nooit erg overtuigend. Ik kan uiteindelijk beter met mijn moeder opschieten.

Vonny en Richard komen af en toe langs. Ik weet niet of

ze dat doen omdat ze ons aardig vinden of omdat ze een oogje in het zeil willen houden. Maar het is leuk. Ik mag hen graag. Zelfs Vonny. Nu ze niet meer de schooljuf kan uithangen is ze best te hebben. Maar dat komt omdat ze de helft niet weet. Ik vertel haar lang niet alles. Over de heroïne hou ik bijvoorbeeld mijn mond. Ze zouden het niet begrijpen. Ze hebben hun eigen drugs – hasj, een beetje speed, drank. Maar heroïne? Ik weet het niet. Misschien zeg ik het op een dag toch wel tegen ze en dan wil ik graag hun gezichten zien.

Er wordt hier veel gebruikt. Drugs zijn gewoon een deel van het leven – plezier, handel. Ze peppen je op of kalmeren je, ze geven je een lekker gevoel. Soms nemen ze je mee naar een andere planeet. En soms moet je je eigen weg terug zoeken.

Ik weet wat je denkt. Je denkt: uh-oh, ze is een junk. Ze is een half jaar van huis en nu al aan de drugs verslaafd. Jammer, je bent gehersenspoeld. Drugs zijn leuk! Je voelt je er goed van. Dat is alles. Natuurlijk, ze zijn heel sterk en daarom zijn ze ook gevaarlijk. Zo is het leven. Als je ermee om kunt gaan is het oké.

Dat durven ze je natuurlijk nooit te zeggen. Niet omdat ze je ervan af willen houden. Nee, nee, ze willen juist graag dat je gebruikt. Ze willen alleen graag dat je gebruikt wat zij willen dat je gebruikt. Allemaal onderdeel van hun macht. *Zij* hebben gelijk, vinden ze. Tabak, drank, medicijnen zijn goed; hasj, LSD, heroïne zijn slecht.

Denk eens even aan die rijen flesjes in je moeders medicijnkastje. Hoeveel neemt ze daarvan elke dag? Hoe vaak denk je dat ze clean is – één keer per drie maanden als ze naar de dokter gaat om het recept te laten vernieuwen? Medicijnen noemen ze het. Ik schrijf mijn eigen recept wel, dank je. Ik heb geen deskundigen nodig die me vertellen wat goed voor me is.

En wat denk je van neef John, die een pakje sigaretten per dag wegpaft, de lucht vervuilt, rook uitblaast over zijn kind van acht maanden, en nog lacht ook als het jongetje begint te hoesten? En je vader, die elke avond drie, vier, vijf glazen van het een of ander drinkt? Als ze over dertig jaar een scan zouden maken van zijn lijf, zou je daar nog veel van kunnen leren. Je weet niet half wat er allemaal gebeurt als ze jou onder de wol hebben gestopt. Ga maar kijken in de drankkast, dan weet je het wel.

En dan snappen ze je op een dag met een joint in je hand en is het: 'Grote God, ze is aan de drugs...' Dan krijg je te maken met politie, met sociaal werkers, het wordt op school verteld. Leraren controleren 's morgens je ogen, je wordt onder toezicht gesteld en voor je het weet ben je krankzinnig en komen al hun verschrikkelijke dromen uit.

Allemaal een kwestie van macht. De tabaksfabrieken, de medicijnenindustrie, de drankbedrijven – ze hebben het helemaal voor elkaar. Het spul dat zij produceren mag je gerust nemen. Sigaretten zijn cool. Je zult er ook heel cool uitzien in een zuurstoftent met geamputeerde benen. Ga naar de dokter! Slik dit, slik dat, als je dit slikt voel je je een heel stuk beter. Intussen dumpen ze alles wat niet werkt in de derde wereld en op een ochtend word je wakker en heeft je kind geen armen en een oog midden in zijn hals.

Hartelijk bedankt.

Goed, ik rook graag een beetje hasj. Af en toe gebruik ik heroïne. Ik voel me er goed bij.

Ik moet zeggen heroïne is het beste. Ik bedoel HET ALLERBESTE. De rest, eh... Van LSD komen je gedachten tot leven en beginnen ze een heel eigen leven te leiden. Hasj maakt je zintuigen wakker. Maar heroïne, ahhh. Al zit je de hele dag in het riool, je voelt je zóóó gaaf, zóóó fantastisch.

Chinezen... Chinese betovering. Die rook is je Chinese draak en als je die draak inhaleert en hij kronkelt rond in je aderen – Lily's woorden – dan voel je je beter dan wie ook ter wereld. Beter dan Churchill toen hij de oorlog gewonnen had, beter dan de holenmens toen hij het vuur ontdekte. Je voelt je als Romeo toen hij eindelijk naar bed ging met Julia.

Daarom is het gevaarlijk. Je moet sterk zijn om je zo goed

te voelen, want na een poosje moet je toch weer naar buiten, gaan werken, of je moeder bellen, of wat dan ook. Je durft het bijna niet te gebruiken omdat je je dan zó geweldig, gigantisch, grandioos goed voelt, omdat je een beetje vlucht en als je dan terugkomt, vind je er niks meer aan hier. Om heroïne te kunnen gebruiken, moet je het voor elkaar hebben in je leven.

Nee, het is *echt* gevaarlijk. Dat weet ík zelfs. Rob en Lily gebruikten vaak toen ze nog in Manchester woonden. Dat was voordat ze naar Bristol verhuisden. Rob had het een tijd heel moeilijk, maar het lukte hem om af te kicken. Toen we bij hen introkken was hij een maand clean.

Lily – tja, dat is een ander verhaal. Rob zegt dat ze heel veel gebruikte in Manchester. Maar toen ze zag hoe hij eraan toe was, verhuisden ze naar Bristol en ze stopte van de ene dag op de andere, geen probleem. En toen hij eenmaal clean was, begon ze gewoon weer. Nu gebruikt ze ook weer veel, heel veel. Soms vind ik het gewoon eng. Ze zegt dat ze ertegen kan omdat ze sterker is dan wie ook. Nou, dat klopt.

Rob is nooit verslaafd geweest aan de heroïne. Hij was verslaafd aan het spuiten. Daar kreeg hij een kick van. Hij vond het leuk de naald in zijn arm te steken en de zuiger naar beneden te drukken. Hij spoot met gin en wodka. Hij spoot zelfs met water, als hij niets anders had. Maar dat was vóór onze tijd. Nu is alles anders. Natuurlijk is heroïne sterk. Maar wij zijn sterker. Je moet kunnen stoppen en weer beginnen wanneer je wilt. We gebruiken bijvoorbeeld een beetje, maar soms gaan we er echt tegenaan. Dan stoppen we weer een paar dagen, of een week. We zijn een keer allemaal een week gestopt, Lily, Teer, Rob en ik. We stopten gewoon. Een paar weken geen drugs meer. En dat lukte natuurlijk. Ik zou het morgen weer kunnen.

We hebben toen de tuin omgespit. Teer ging verder met de tekening van een gigantische paardebloem voor aan de muur in onze slaapkamer. Toen we bij Lily en Rob gingen wonen, was hij er al aan begonnen. Als de tekening klaar is, beslaat hij de hele muur. Je moet hem zien – de achtergrond is diepzwart en daarop komen die prachtige pijlen van geel en oranje extra scherp uit.

'Dat ben jij,' zegt hij. Hij kleurt weer een blad. Hij zegt dat soms nog wel eens tegen me – paardebloem. Hij fluistert het 's nachts tegen me als we lekker tegen elkaar aan liggen in bed. Maar ik zeg nooit meer lieveheersbeestje tegen hem. Ik zeg paardebloem. Paardebloem, paardebloem. Ik hou van je.

Een tijd lang had hij er niets aan gedaan, maar in die week dat we stopten met de heroïne heeft hij hem bijna afgemaakt. En Rob ging verder aan zijn brommer. Al vanaf de dag dat wij erbij gekomen waren, lag de motor in onderdelen op de vloer. Hij had er niets meer aan gedaan. Opeens kreeg hij de geest. Hij zette de motor weer in elkaar, monteerde de wielen... Binnenkort stoppen we weer een poosje en dan maakt hij hem helemaal af, denk ik.

Het viel best mee, dat stoppen. Ik zou het zo weer kunnen. En zo lang ik me zo voel, weet ik dat het geen kwaad kan.

16

TEER

Het is een mooie winterdag.

Hier in Bristol vriest het niet vaak. De zee stroomt via het Bristolkanaal landinwaarts en houdt alles vochtig en koel. Maar de afgelopen dagen is het echt koud geweest. Gisteren lag er een dikke laag rijp op de bomen en de struiken. Er zijn veel bomen in Bristol. Vandaag vriest het weer. Op de oude laag rijp is een nieuwe gekomen. Sprookjesachtig. IJsbloemen op de ruiten. Ik ben meteen naar buiten gegaan. Uren rondgelopen en mijn ogen uitgekeken.

Rob, Sal en ik hebben vanmorgen een glijbaan gemaakt op Richmond Road. Die straat loopt behoorlijk af en eindigt op een plein beneden. Op een stuk karton gleden we elke keer helemaal omlaag en klommen dan met moeite – zo glad was het – weer naar boven. Dat deden we de hele morgen. We gingen Gemma halen en Col. Zelfs Lily kwam uiteindelijk. We vergaten alles. Een oude zwarte man kwam langs en begon te mopperen over de gladde glijbaan. Lily werd woedend zoals altijd. 'Sodemieter op, ga terug naar je graf!' schreeuwde ze tegen die vent. Ik vond het zielig. Lily kan echt de vreselijkste beledigingen bedenken.

Lily komt niet zo vaak meer buiten. 'Te veel niet-gebruikers,' zegt ze. In de zomer deed ze altijd de winkels met ons, maar dat is niet meer zo vaak nodig. Rob en ik dealen nogal wat de laatste tijd. Niet om veel geld te verdienen. We hebben nooit veel, maar net genoeg om wat sigaretten te kunnen kopen, wat hasj, en af en toe wat heroïne. Het is niet slim om drugs te jatten. Bovendien zijn ze meestal van je vrienden.

Dealen is oké, zaken zijn zaken. Je gaat je vrienden langs,

koopt wat, verkoopt wat, gebruikt wat. We hebben meestal genoeg geld over om eten van te kopen, dus hoeven we het niet meer zo vaak te jatten. Dat is prettig, want al is het wel spannend, je wordt er ook behoorlijk moe van als je het elke dag moet doen. Rob is zestien. Hij krijgt een uitkering. Lily wordt over een paar maanden zestien en dan geldt voor haar hetzelfde, maar intussen hebben we alleen maar wat we zelf bij elkaar sprokkelen.

Ik ben een poos heel goed geweest in eten jatten. Gemma had grote zakken in mijn jas genaaid, waar ik een hoop in kon stoppen. Ik kwam altijd dun de supermarkt binnen en liep weer naar buiten als een Michelin-mannetje. Ik probeerde zelfs Rob bij te benen, maar dat was gevaarlijk, want hij is echt veel beter dan ik.

Rob doet het al van kinds af aan. Hij heeft er zelfs echt voor geoefend. Hij is opgegroeid in tenten, trailers, caravans en vrachtwagens. Vroeger stond hij 's nachts vaak op, vertelde hij, en sloop dan iemands tent binnen. Daar scharrelde hij een poosje rond, kroop weg achter de kampeertafel of achter de stoelen. Niemand merkte iets. Dan sloop hij weer naar buiten en stak het open stuk tussen de tenten over, terug naar zijn eigen tent, zonder gezien te worden. Zie je het voor je?

'Training,' zei hij. Voor in de winkels, snap je? Hij is nog nooit gepakt.

Ja, de zomer was mooi. Nu is het winter en het is koud. Maar het is nog steeds leuk, vreemd genoeg.

Ik weet nog die avonden in de tuin bij het vuur. Dat was echt zomer voor me. Grote vuren die we de hele nacht lieten branden. Zodra het vuur dreigde uit te gaan, sjouwde iemand de straat op en ging op zoek naar hout in een of andere afvalcontainer. En we hadden de schommel. In de grote esdoorn achter in de tuin. Die boom was gigantisch. De wortels duwden de hele fundering van de tuinmuur omhoog. Had ik nog niets verteld over die schommel? Rob en ik klommen op een dag in die boom en zaagden een paar takken af zodat we de schommel beter konden ophangen. We kregen ruzie met Lily. Ze vond dat we haar boom mishandelden. Ze bleef maar doorzeuren, maar toen de schommel eenmaal hing vond ze hem prachtig. Het was een lang, dik stuk touw van een meter of vijf. Onderaan zat een kruis van hout. Met het touw in je hand liep je helemaal naar de andere kant van de tuin. Daar klom je op het dak van de schuur en dan sprong je...

Wow!!!! Je maakte een reuzenzwaai, over de hele tuin en ook nog een eind boven de straat. Mensen liepen of reden langs en hoorden boven zich zo'n whoesjjj-geluid alsof een reuzenadelaar of zo overvloog. En dan zagen ze een mens overvliegen. We deden het meestal helemaal bloot. Iedereen op straat *moest* kijken, natuurlijk. Dat er nooit twee auto's op elkaar zijn geknald... Het was prachtig. Stel je voor – je rijdt in je auto door een straat en opeens zie je een spiernaakt meisje gillend door de lucht vliegen.

Iedereen was op iedereen verliefd. We waren verliefd op onszelf. Nog steeds. En Gemma en ik natuurlijk op elkaar.

Ik was zo blij toen het weer iets werd tussen ons. Ik had het gevoel dat ik er eindelijk bij hoorde. We waren echt smoorverliefd op elkaar. De eerste paar dagen was ik bang dat ze wat meer vrijheid zou willen, maar dat was helemaal niet zo. Ze had me echt gemist. En dat had ze pas gemerkt toen ze bij me weg was. Ze was knetter op me. En ik op haar. Het was een wonder. In die zomer zaten we uren lang hand in hand bij het vuur en ik was zo blij, zo gelukkig dat het allemaal goed was.

Ik hou nog steeds van haar, maar nu is het anders. Ik heb haar niet meer zo nodig. Als ze me nu zou dumpen, zou ik het wel erg vinden, maar dan zou het niet meer zijn alsof mijn hele wereld instortte.

Misschien is dat het verschil. Ik had altijd het gevoel dat het leven zich langs me heen haastte en dat ik het moest grijpen, omdat ik anders alles zou verliezen. Maar toen ik hierheen verhuisde, kreeg ik het gevoel dat ik alles onder controle had. Voor het eerst had ik het gevoel dat ik mijn leven in mijn eigen hand had. Vroeger haalde ik de gekste toeren uit om de boel een beetje op een rij te houden. Nu laat ik alles los. En ik val niet. Het lijkt of de hele wereld zich terugtrekt, naar boven of naar beneden, ik weet het niet. Alles lijkt ver weg.

Het probleem met dealen is dat er altijd drugs zijn en dus heb je de neiging te gebruiken. Ik ben overigens blij dat we niet zoveel hoeven te stelen. Het scheelde af en toe maar een haar of we waren gepakt. Een keer hadden we geen drank meer. Rob en Col besloten bij een drankhandel in te breken. Ik mee, ik weet niet waarom. Ze hadden het eerder gedaan, maar voor mij was het nieuw.

We kwamen bij de winkel. Rob gooide een steen door de ruit. Het alarm ging tekeer, verschrikkelijk! Ik had het gevoel dat de hele wereld op onze nek zou springen. We doken naar binnen. Ik was traag, ik ben altijd een beetje traag. Ik keek naar links en naar rechts de straat in, terwijl de andere twee al binnen waren en flessen grepen, zoveel ze maar konden dragen. Deze keer was het goed dat ik niet zo snel was geweest als de anderen, want ik zag een agent komen. Hij kwam eraan gestormd. Het leek wel of hij om de hoek had staan wachten. Ik schreeuwde: 'Politie!' Rob en Col sprongen weer naar buiten. Blikjes bier rolden over straat en flessen wijn vielen in scherven.

We renden de straat uit, sloegen een steeg in en klommen daar in een hoge boom. De agent had ons gezien. Nog geen twee minuten later hoorden we de politieauto's met gillende sirenes aankomen. Met piepende remmen stopten ze. De steeg werd aan twee kanten geblokkeerd. Ik weet niet hoeveel agenten uit die auto's kwamen. Ik bedoel, wij hadden voor vijftig pond aan drank gestolen, maar deze actie kostte minstens vijfhonderd. Als ze me de helft van dat geld hadden gegeven, had ik tijden lang geen misdaad meer begaan.

Ze hadden zelfs een megafoon.

'We weten waar jullie zitten, kom te voorschijn, dan zullen we zien wat we voor jullie kunnen doen.'

Ja, vast.

We zaten verscholen tussen de bladeren van de boom en stikten van het lachen. Maar opeens raakte ik in paniek en vond dat we ons moesten laten zien. Je weet hoe ze kunnen kletsen: 'Het is beter als je te voorschijn komt. Ook voor de rechter maakt dat een betere indruk. We gaan nu de honden halen...'

Maar Col en Rob wisten wel beter. Ze hadden dit hun hele leven al meegemaakt en we bleven dus zitten waar we zaten. Een poosje later kregen de agenten er genoeg van, of ze dachten misschien dat wij er via allerlei tuinen toch nog vandoor waren gegaan. Ze reden in elk geval weer weg. Even later konden wij ook naar huis.

Ik scheet zowat in mijn broek van angst, maar achteraf vond ik het toch ook heel spannend. Dit soort dingen doen we niet meer. Te link. Stel dat ze naar ons huis komen... Behalve dat ik een beetje deal, zou dat een ramp zijn voor Lily. Met haar gaat het helemaal niet goed, als je het mij vraagt, maar niemand zegt er iets over. Misschien weet ze wél waar ze mee bezig is. Soms denk ik dat ze over bijzondere krachten beschikt. Dat denkt ze zelf ook. Weet je nog dat boek dat ze voor me geregeld hadden? We hebben het nog steeds. Ik heb het in een la gelegd. In die la ligt ook een bestekdoos die we in een afvalcontainer hebben gevonden. Een heel oude houten doos, met zijde gevoerd. In die doos vonden we een sjaal, ook van zijde en echt oud, misschien wel zeventig of zelfs honderd jaar. Prachtig. Een vrouw heeft hem gedragen toen ze jong en mooi was, rond 1920 of langer geleden. Ze is oud geworden en heeft de sjaal altijd bewaard voor de herinnering. Ze is doodgegaan en anderen hebben hem in de bestekdoos gestopt en die weggegooid. Maar wij hebben hem gevonden, dus zijn doos en sjaal uiteindelijk niet verloren gegaan. We hebben het boek ingepakt in de zijden sjaal. Lily noemt het de hemelbijbel om wat ik gezegd had toen ik het boek voor het eerst zag. Rob herhaalde het steeds: 'Het is een gevoel of je de hemel bezit.'

Lily brandt wierookstokjes en kaarsen. Ze vult de kamer

met rook en kaarslicht. Dan haalt ze het boek heel langzaam en heel voorzichtig uit zijn zijden verpakking.

'Hemelbijbel, wat gaan we vandaag doen?'

En dan laat ze het boek openvallen. Laatst viel het open bij een afbeelding van een naakte vrouw. Niet jong, ze was tamelijk oud en uitgezakt. Ze zat op de leuning van een fauteuil. Ze rookte een sigaret en keek uit het raam. De rook kringelde om haar heen. Ze was niet mooi of zo, maar de foto was prachtig. Dat vond ik tenminste.

'Wat betekent het Lily?' vroeg Gemma.

Rob zei: 'Seks hebben in een fauteuil?' Hij doet een beetje oneerbiedig over het boek en dat ergert Lily.

Lily knijpt haar ogen dicht en denkt na. Dan zegt ze: 'Nee, het betekent dat we vandaag wat heroïne moeten gebruiken.'

Iedereen lag dubbel. Maar ze meende het echt. Ze werd boos.

'Dat zei het boek de vorige keer ook!' riep ik. 'Toevallig, hè?'

Lily klopte op het boek. 'De hemelbijbel weet wat je moet doen om je te amuseren,' dreunde ze, alsof ze een gebed opzei.

Ik kom er nooit achter of ze een spelletje speelt of niet, maar als er iemand iets magisch om zich heen heeft, is zij het wel. Zo raar – de ene keer is ze helemaal tegen elke soort hokuspokus en de andere keer doet ze of ze de koningin van alle heksen is. Je weet nooit waar je met haar aan toe bent. Soms maak ik me zorgen om haar. Ze denkt dat alles wat ze toevallig bedenkt even fantastisch is. En het probleem met Gemma is dat *zij* alles fantastisch vindt wat Lily ook maar bedenkt.

Ik heb pas nog geprobeerd er met Gemma over te praten, maar ze werd alleen maar boos. Ze dacht dat ik bang begon te worden. Zei dat ik van de heroïne af moest blijven. Ikzelf maak me daar niet druk over. Ik gebruik nooit twee dagen achter elkaar om mezelf te bewijzen dat ik erbuiten kan. Ik maak me eerder zorgen om Gemma. Ik kan gebruiken, maar ik kan het ook laten. Maar zij zegt nooit nee.

We doen allemaal hetzelfde. Dat is het probleem. Er is altijd wel iemand die wil chinezen. Natuurlijk gebruiken we nooit spuiten, zo verstandig zijn we wel. Soms wil ik even stoppen, maar dan wil Gemma juist weer. Of we besluiten samen even te stoppen, en dan duikt Lily op, of Rob, of Sally...

Je steekt elkaar een beetje aan.

Het komt wel goed. Ik hoef alleen maar af en toe te bedenken dat ik weg ben van huis. Nou, als ik uit die situatie heb kunnen ontsnappen, dan kan ik uit elke situatie ontsnappen, zelfs van de drugs.

17

GEMMA

Later wil ik graag kinderen. Dan ga ik buiten wonen en bloemen en groenten zaaien in mijn tuin. Misschien begin ik wel een bloemenwinkeltje, of ik ga de groenten uit de tuin verkopen. En in de zomer – als ik zin heb om uit mijn bol te gaan – reis ik alle muziekfestivals af en zie mijn vrienden.

Later.

Maar nu hou ik van de stad. Alles is er, binnen deze halve vierkante kilometer. Je kunt je ermee volproppen. Alles ligt voor het oprapen, wat je ook maar wilt.

In de stad heb je geld nodig. Het eerste half jaar leefden we van niks, maar daarna... Je hebt geld nodig om dingen te kunnen doen. Geld voor de bus, voor muziek, om dingen te kopen voor jezelf. Je moet een gemakkelijke manier zien te vinden om eraan te komen. Veertig uur per week in een fabriek werken? Dank je hartelijk, dan zat ik liever blut thuis.

Geld is gemakkelijk. Dat is nog iets dat ik van Lily geleerd heb. Het was – ik weet het niet meer – afgelopen voorjaar misschien. We hadden geen rooie rotcent meer. We hadden die hele week veel gebruikt. Iets te veel, eerlijk gezegd, maar af en toe moet je dat een keer doen. Dat is lekker.

In het begin van de week hadden we een paar gram. Toen kwam Sal langs. Ze had het uitgemaakt met Col en dat werd tijd ook. Ze miste hem wel, maar wilde hem niet terug. Ze had een week bij haar broer gelogeerd in Manchester, dus was ze een week clean geweest en nu zat ze te snakken. Ze kocht een paar gram. We delen altijd alles, dus werkten we ons er samen doorheen.

Dat was allemaal niet zo erg, maar toen kwam Dev terug uit Amsterdam.

Die week ging het achter elkaar door. Hij had ik weet niet hoeveel. Hij heeft altijd een hele zak vol bij zich als hij langskomt. Ik weet niet eens meer hoe lang we daarover deden.

Als je zo tekeer bent gegaan, voel je dat extra zodra je stopt. Vreselijk. Als het de mazelen waren of de griep of zo, dan zou je denken: ik ben ziek. Dat duurt niet zo lang. Ontwenningsverschijnselen zijn niet veel erger, maar het verschil is dat je maar een klein beetje hoeft te gebruiken en je voelt je geen dweil meer die in de goot ligt, nee, je voelt je weer een koning.

Dat maakt het zo moeilijk. Je denkt alleen nog maar aan dope, dope, dope.

Als Dev gebleven was, had hij wel voor ons gezorgd, maar hij ging er die ochtend vandoor. We hadden moeten vragen of hij iets achterliet, omdat we niet ziek wilden worden, maar hij ging heel vroeg weg en de avond ervoor vergaten we het te vragen. De dealer die we altijd hadden was dat weekend weg, anders hadden we bij hem iets op krediet kunnen krijgen. Het was verschrikkelijk. Voor het eerst. Tot dan toe was het altijd wel meegevallen, maar deze keer... Ik weet het niet. Het leek wel of het steeds erger werd. Ik slikte allerlei pillen, maar dat hielp ook niet. Er is maar één ding waar je je beter van gaat voelen: meer dope.

Lily was er het slechtst aan toe. 'Ik ben kapot. Dit kan mijn hoofd niet aan,' jammerde ze maar steeds. Lily moet zich niet rot voelen, daar kan ze absoluut niet tegen. Het gaat tegen haar overtuiging in. Ze was rusteloos, ging zitten, sprong weer op, ging naar bed, kwam weer terug. 's Middags zaten Teer en ik een film te kijken op tv, maar Lily had de rust niet. Ze zat een hele tijd te fluisteren met Sal. Dat irriteerde me. Ze vertelden me niet wat er aan de hand was en ik vind het vreselijk om me buitengesloten te voelen. Ten slotte sleurde Lily Rob mee naar de slaapkamer. Ik dacht dat ze er voor je weet wel heen waren, maar vijf minuten later kwamen ze terug en pakten hun jassen. Lily had haar gaatjeshemd aan. Het was de eerste keer in weken dat ze dat weer droeg.

'Waar ga je heen?' vroeg ik.

'Als ik terugkom,' zei Lily, 'zorg ik ervoor dat jullie je allemaal weer hééél goed gaan voelen!' Ze draaide met haar kont en gaf me een knipoog. Rob grinnikte een beetje beverig. Toen waren ze weg.

Ze bleven twee uur weg. Teer en ik bleven maar tegen Sal aan zeuren: 'Zeg nou, waar zijn ze heen? Wat doen ze?' Maar Sally hield haar mond stijf dicht. Op het laatst werd ik er pissig om. Zij ook. Ze begon tegen me te snauwen en dus hield ik mijn mond, maar ik stierf van nieuwsgierigheid. Opeens hoorden we hun stemmen in de gang. Wat ze ook gedaan hadden, het had gewerkt, want ze klonken allebei helemaal gelukkig.

Lily stommelde naar binnen. Ze gooide geld de lucht in en schreeuwde: 'Kijk! Gratis geld! Gratis geld!' Een handvol briefjes van tien pond regende naar beneden. Ze begon door de kamer te dansen. Sal greep haar beet en zoende haar. Rob graaide het papiergeld bij elkaar en liep weer naar buiten om te scoren.

Ik riep maar: 'Hoe kom je eraan? Hoe komen jullie eraan?' Ik dacht dat ze iemand beroofd hadden. Maar ze zei niets. Ze bleef ronddansen. Ze zette muziek op, stak wierookstokjes aan en maakte de kamer een beetje klaar voor als Rob terugkwam. En dat was vlug. Meestal is hij niet zo vlug. Hij hangt er vaak wat langer rond, vooral als het dealers zijn die we niet zo goed kennen. Lily kreeg het eerst haar shotje. Toen lachte ze haar brede Lily-glimlach en zei: 'Zestig pond, niet verkeerd voor tien minuten werk, hè Gemma?'

'Nou vertel op,' zei ik. 'Ik werd zowat gek hier.'

'Ik heb een klant gepakt,' zei ze.

'Wat bedoelt ze, klant gepakt?' vroeg ik aan Sal. 'Heeft ze iemand beroofd in een winkel of zo...?'

Sal schudde giechelend haar hoofd. Rob stak de naald in zijn arm en Sal keek ernaar alsof ze haar hele leven nog nooit zoiets spannends had gezien. Ik kon ook maar nauwelijks wachten, maar ik was tegelijkertijd heel nieuwsgierig.

Lily zei: 'Ik heb getippeld, een half uurtje maar.'

Ik was alleen maar verbaasd. Ik bleef maar vragen – hoe ze het deed, wat ze moest doen, waar ze het had gedaan, of er nog meer rondliepen, hoe vaak ze dat al eerder had gedaan, wat ze vroeg. Ze werd boos toen ik vroeg of ze het lekker had gevonden.

'Het is werk, Gem, niemand houdt van werken,' zei ze met een blik naar Rob.

Later, toen ze wat kalmer was, zei ze dat ze er wel een soort kick van kreeg, maar het niet lekker vond op de manier die ik bedoelde. Het gevoel was te vergelijken met de kick die ze als klein kind altijd kreeg als ze de rivier overstak langs het randje van de spoorbrug. Het was durven.

Het gaat zo: Zij staat op de hoek van de straat. Hij wacht een eindje verderop. Dan komt de klant langs in een auto, stopt en maakt een praatje. Hij laat zich zien, zodat de klant weet dat ze niet alleen is. Dan besluiten ze zaken te doen. Ze spreken af wat voor service er verleend wordt en wat het kost.

'Wat hij kreeg voor dat geld kon hij door het gaatjeshemd zien,' zei Lily grinnikend.

Ze stapt in de auto. Die rijdt weg. Hij begint nagelbijtend en piekerend heen en weer te lopen. Een kwartier later zet de auto haar weer af. Ze stapt uit, loopt naar hem toe en geeft hem het geld. Dan gaat ze terug naar haar plekje en wacht op de volgende klant.

Twee klanten. Een half uur werk! Zestig pond.

Geld is geen probleem. Je verdient het in een portiek of op je rug of op de achterbank van iemands auto. Je gebruikt je lijf net zoals andere mensen dat doen – timmermannen, loodgieters, glazenwassers. Je kunt geld verdienen door in een winkel te werken of je werkt voor jezelf op de hoek van een straat of thuis. Geld is geen probleem, niets is een probleem – als je maar weet wat je moet doen.

Ik weet wat je denkt. Je denkt: wat vreselijk, wat vernederend, wat afschuwelijk, mijn god, o o o...

Ja, even vernederend als vijf dagen per week naar je werk

te moeten. Even vernederend als het geploeter aan de lopende band. Even vernederend als je hele leven op een kantoor te moeten zitten terwijl iemand anders buiten in de zon loopt. Even vernederend als trouwen en kinderen krijgen en dan erachter komen dat hij een klootzak is die je alle hoeken van de kamer laat zien en het vijf keer per week met je wil doen en je kunt niet nee zeggen, hoewel je hem haat. En met dat alles verdien je minder in een hele *week* dan Lily in een paar *uur*.

Wie is nou de sukkel?

Ik was verbaasd. Zelfs toen ik tot mijn oogballen vol zat, was ik nog verbaasd. Ik bleef maar roepen: 'Je hebt het niet gedaan, hè? Je houdt me voor de gek, of niet?'

'Een half uur ben ik een hoertje geweest, nu ben ik weer Lily. En ik voel me héél goed.'

Een paar dagen geleden kwamen Vonny en Richard langs. En weer kon ik het niet laten, ik moest het gewoon zeggen. Ik had al eens verteld dat ik een paar klanten had gehad. Die verwarring op hun gezichten! Fantastisch! Ze doen zo goed hun best om vooral niet te laten merken dat ze het afkeuren! Ze vinden zichzelf meneer en mevrouw Alternatief, ze vinden zichzelf revolutionair, subversief, anti-autoritair. Ze lijmen sloten van banken dicht, roken een paar joints. Ik ben pas vijftien en ik heb dingen gedaan die zij geen van tweeën zouden durven. Toen ik hun vertelde dat ik het voor geld met mannen deed, wist Vonny zich even helemaal geen houding te geven. Toen zei ze: 'Maar dat is verschrikkelijk, Gemma.'

'Misschien moet je alles een keer proberen,' zei Richard, 'maar ik vind het niet écht een stap vooruit op de carrièreladder.' En daar had hij eigenlijk gelijk in. Hij verbaast me soms. Nu waren ze er weer en ze vroegen wat ik de laatste tijd uitgevoerd had. Opnieuw kon ik het niet laten: 'Ik moet jullie iets laten zien,' zei ik. Ik rolde mijn mouwen op en liet de sporen zien. Van het spuiten.

Ik zal je niet vervelen met details. Ik kreeg bijna spijt dat ik het gedaan had, zo gingen ze tekeer. Ik zeg dat nu wel van die spijt, maar eigenlijk kon het me niets schelen. Ik vind het lekker om erover te praten. Ik zou de hele dag over dope kunnen praten. Het boeit me wat het met je doet en de manier waarop mensen erop reageren. Maar zij werden helemaal gek. Veel erger dan toen ik zei dat ik wel eens een klant had. Het ging uren door.

'Hier komen tranen van,' zei Richard.

Ik lachte. Hij kent me niet.

'Ze denken allemaal dat ze sterker zijn dan heroïne,' zei Vonny. 'Dat gevoel geeft het spul je ook. Maar mensen gaan eraan dood.' Ze schoot helemaal in de stress. Ze sprong op en begon als een Engel des Doods in het rond te wijzen. 'Sommigen van jullie zullen eraan kapot gaan.' Er zaten een paar jonge meisjes bij, grietjes die een beetje bedelden en dealden met sukkels die er nog slechter aan toe waren. Ze weken geschrokken naar achteren en staarden haar aan alsof ze Magere Hein zelf was. Het was om te gillen.

'Jij weet er alles van, je hebt het allemaal zelf meegemaakt, toch?' riep Teer. En natuurlijk moest Vonny toegeven dat ze het zelfs niet één keer geprobeerd had. Iedereen lachte haar uit, zelfs de jonge meisjes. Vonny stond wat beteuterd te kijken.

'Jullie gaan eraan kapot,' herhaalde ze.

'Inderdaad. Dood gaan we allemaal!' Lily was prachtig. Ze danste als een spook door de kamer. Ze was die dag goed in vorm, net als op het feest, toen ik haar voor het eerst zag. Ze danste naar Vonny toe. *'Live fast, die young, babe,'* zong ze, *'before you get any older.'* Vonny keek haar aan alsof ze moest kotsen, alsof Lily het recht niet had zo te denken.

Lachen! Overigens komen ze te vaak langs, soms met zijn tweeën, en soms ook apart. En ze willen het alleen maar dáárover hebben. Ik geloof dat ze erger verslaafd zijn dan ik.

Soms komen er hele jonge kinderen heroïne kopen. Ik bedoel, ik was veertien toen ik begon en nu ben ik vijftien-eneen-half, maar sommigen van die gasten zijn dertien en ik heb er zelfs een paar aan de deur gehad die twaalf waren. Als ik aan hen iets verkoop, voel ik me schuldig, maar dan denk ik: wat hebben ze verder ook? Die kinderen zijn niet van huis weggelopen om iets van het leven mee te maken, zoals ik. Ze zijn van huis weggelopen omdat ze moesten vluchten.

Ze konden hun leven thuis niet meer aan. Het probleem is dat ze het leven op straat ook niet aankunnen. Ze gebruiken niet om het leuk te hebben, het is wéér een vlucht. Ze tippelen niet om geld te verdienen; ze doen het om te overleven. Ze zouden in een cafetaria moeten werken of op school moeten zitten of hulpje zijn in de peuterspeelzaal.

Het is een ander verhaal.

Ze zouden helemaal niet moeten tippelen. Trouwens, mannen die zulke jonge meisjes willen, zijn volgens mij niet te vertrouwen. Maar daar heb je het weer... er is geen andere manier voor hen om aan geld te komen. En dat geldt voor ons ook.

Je hebt toch niets anders te verkopen?

Meer kun je niet als je minderjarig bent. Je kunt een stom baantje zoeken waar je tweeduizend uur per week moet werken bij een of andere kloterige uitzuiger, óf je brengt een paar dagen per week op je rug door...

Op weg naar mijn werk kom ik steeds langs een meisje. Ze tippelt in de buurt van Brook Road. Ze heeft een of andere lange sukkel bij zich die niet ouder kan zijn dan veertien, maar háár zou ik nog niet eens een puber willen noemen. Ze maakt zich zwaar op en draagt hoge hakken. Zij vindt waarschijnlijk dat ze er perfect uitziet, maar eigenlijk doet ze goede zaken omdat ze eruitziet zoals ze is: een klein meisje, een kind dat zich verkleed heeft.

Zij gaat met haar klant mee en daarna geeft ze samen met die lange sukkel haar geld uit aan snoep en heroïne.

Als ze naar ons toe komt, probeer ik met haar te praten. Dan zeg ik: 'Luister, je kunt doen wat je wilt, maar je *hoeft* niet steeds hierheen te komen.' En dan kijkt ze me alleen maar aan en zucht. Ze hangt hier graag rond. Ze zoekt gezelschap, denk ik. Als ik te veel naar haar zin sta te preken, zucht ze en zegt: 'Mag ik nu weg?' alsof ze mij toestemming moet vragen om naar buiten te gaan.

Ik vraag me soms af of we haar niet moeten aangeven voor haar eigen bestwil, maar Lily denkt dat ze om een reden is weggelopen en nu waarschijnlijk beter af is.

Misschien. Ze kan in elk geval doen wat ze wil. Maar ik maak me zorgen om die kinderen. Dit is toch geen leven voor hen? Ik heb zelf hiervoor gekozen en ik ben er gelukkig mee. Ja, echt waar. Ik heb mijn leven onder controle en ik hou van het leven, van mezelf, en ik hou van Teer en van mijn vrienden.

Het punt is dat ik mijn grenzen ken. Ik gebruik mijn verstand. Lily zegt dat ik altijd mijn hoofd erbij houd, al zit ik ónder de dope. Helemaal waar. Ik zorg goed voor mezelf. Ik eet goed. Ik zorg ervoor dat mijn klanten een condoom gebruiken. Ik werk niet op straat. Ik werk via de massagesalon. Ik deel met niemand spuiten, behalve met Teer. Ik ben geen junkie. Ik kan stoppen wanneer ik wil. Dat doe ik soms ook, een week of zo, om mezelf te laten zien dat ik alles in de hand heb. Ik heb geen aids. Ik heb zelfs geen urineweg-ontstekingen.

Lily werkt op straat, hoewel ze met haar uiterlijk zo een baantje zou kunnen krijgen in de massagesalon. Ze zegt dat ze voor niemand wil werken behalve voor zichzelf. Eigenlijk gelooft ze in wonderen. Als je op haar manier in wonderen gelooft, betekent dat dat je nooit iets zult krijgen, wat je ook doet. En als er toch iets naars gebeurt, dan heeft het zo moeten zijn.

Raar dat ze er zo over denkt, maar voor haar werkt het. Het lijkt of ze onkwetsbaar is. Ik bedoel niet dat haar nooit iets overkomt. Natuurlijk wel. Pas geleden is ze door een van haar klanten beroofd. Die vent heeft haar in elkaar geslagen en beroofd. Ze kwam thuis met een blauw oog. Rob had er ook niets aan kunnen doen, want die vent was eerst een heel eind met haar weggereden en daarna was het gebeurd. Later had hij haar zomaar ergens uit de auto gezet. Toch was Lily toen binnen een half uur weer helemaal de oude. Diezelfde avond was ze alweer aan het werk. Ik zou doodsbang zijn geweest om weer de straat op te gaan, maar zij was er, even vrolijk als altijd. Ze was er zelfs trots op. Dat is haar geheim, denk ik. Ze is trots op alles wat haar overkomt. Het wordt bijzonder omdat het *haar* overkomt.

Sally en ik hebben een fantastische baan bij Dido's Gezondheidsinstituut. Het is er gezellig en schoon. En veilig. Je werkt binnen en er zijn meer meisjes en de directie wil niet dat hun iets ergs overkomt, anders kunnen ze de tent sluiten. Je krijgt een beter soort klanten. Lily moet iedereen voor lief nemen, zo van de straat. Sommige vrachtrijders hebben net twaalf uur aan een stuk in hun cabine zitten zweten. Als je bij ons vindt dat een klant niet lekker ruikt, geef je hem een handdoek en je zegt: 'Ik kom je masseren zodra je gedoucht hebt.'

De directie wil geen mensen weigeren, dus kiezen is er niet bij. Je kunt niet zeggen: 'Ik vind hem niet zo leuk, geef me maar een ander.' Dat is niet eerlijk tegenover de andere meisjes. Maar als iemand wil dat je iets engs doet, sturen ze Joe naar binnen en die wijst hun de weg naar de deur. En de baas, Gordon, is echt goed. Als iemand erg lomp is of als iemand je echt tegenstaat, dan vraagt Gordon hem veel te veel of hij probeert hem op de een of andere manier te lozen. Als de klant blijft aandringen, biedt hij hem een van de andere meisjes aan voor meer geld. Meestal Elain, want die geeft nergens om. Smerig.

Als ik daar werk, gebruik ik een beetje. Niet dat ik helemaal uit mijn bol ga, maar net genoeg, zodat ik er niet helemaal bij ben.

Het is eigenlijk een soort openbare dienstverlening. Vooral na de feestdagen krijg je een hele rij mannen in de wachtkamer. Ze mogen thuis niet van hun vrouw of ze zijn te verlegen om zelf een meisje te zoeken. Dan komen ze bij ons. Als wij er niet waren, zouden ze waarschijnlijk achter jonge meisjes aangaan. Sal en ik hebben er een grap over.

'Heb jij vandaag PPD?'

'Ja, Perversie-Preventie-Dienst.'

Als ik er helemaal voor ga, maak ik soms driehonderd pond per week. Wat een vernedering, hè? Vijftien jaar, driehonderd pond per week. Soms zou ik willen dat mijn ouders mij eens zagen. Niet om wat ik doe en ook niet om wat ik verdien, want dan krijgen ze een vermoeden. Ik wil alleen mezelf aan hen laten zien, zodat ze zien dat het goed met me gaat.

Maar nu nog niet. Ik wil wachten tot ik clean ben. Ik ga te hard nu, dat weet ik. Ik ben van plan een paar weken te stoppen. En dan ga ik hen opzoeken. Ik ben steeds van plan te bellen, maar ik doe het niet, want ik word er niet goed van. Ik kan er de laatste tijd niet meer tegen. Zelfs met mijn moeder kan ik niet meer praten. Ik mis haar, maar ik kan niet met haar praten. Het komt wel. Ik heb geduld. Het is natuurlijk niet zo dat ze morgen doodgaat, hè?

18

TEER

SINCE I GOT BETTER
I BIN HAAPPY THIS WAY
AND BETTERBETTERBETTERBETTER'S THE WAY
I'M GONNAGONNAGONNAGONNA STAAAAAY-YA

Lurky

Als ik uit het raam hang en City Road afkijk, zie ik de huizen met de ramen en deuren erin, met kamers en nog eens kamers achter die ramen en deuren. Ik heb dan het gevoel dat ik dwars door een donker bos probeer te kijken, of naar de bodem van een diepe oceaan. Achter de huizen liggen kantoorgebouwen en winkels. Op een heuvel staat een groep torenflats. Van hier af gezien lijken ze op blokken uit een blokkendoos.

Ik hoor bij een stam. We wonen achter de ramen en deuren. Soms gaan we de straat op, even vlug boodschappen doen of iemand opzoeken. In de huizen en flatgebouwen in dit deel van de stad wonen meer stammen, boven elkaar, naast elkaar. Winkelbedienden, bankpersoneel, kantoormensen, dat soort. Dan zijn er de Aziaten met hun winkeltjes en hun huizen. De mensen uit West-Indië, de Ieren, de Polen, mensen die zus niet fijn vinden, maar zo wel – allemaal stammen, door elkaar gehusseld. Ze leven hun leven, slaan armen om elkaars schouders, maken afspraken, sluiten overeenkomsten.

Ik heb niet veel met ze te maken. Ik zie ze alleen maar. Ik heb het druk met mijn eigen leven.

Een paar dagen geleden kwam Richard afscheid nemen. Hij gaat een reis maken naar Zuidoost-Azië, Thailand, Bali, dan door naar Australië. Hij wilde me graag mee hebben. Ha! Ha!

Waarvan moet ik mee? Ik heb geen geld.

'Ik leen het je,' zei hij.

Ik schudde mijn hoofd.

Soms sta ik van mezelf te kijken. Hij vindt mij de moeite waard om duizend pond aan te bieden en ik doe niks. Ik ga door met mijn leven, met mijn eigen zaken. Ik probeer het niet. En hij vindt nog steeds dat ik iemand ben die het waard is om duizend pond aan te geven. Hij zegt 'lenen', maar we weten allebei dat het mij nooit zal lukken hem het geld terug te geven, hoe goed mijn bedoelingen ook zijn.

Ik wist natuurlijk wel wat erachter zat. Hij dacht dat ik van de dope af zou raken als ik met hem meeging. Hij kwam vaak langs en bleef maar zeuren. 'Het wordt je dood, jongen, echt. Je bent vervelend tegenwoordig,' zei hij.

'Jij ook,' zei ik.

Hij schudde zijn hoofd alleen maar.

'Ik hoef niet naar Azië te rennen om het leven interessant te blijven vinden, Richard,' zei ik.

'Ik hoop dat je je dood even interessant zult vinden als je leven,' zei hij.

Dat is het probleem met de meeste mensen. Ze willen eeuwig leven. Als je tegen ze zegt dat je je eigen leven leeft, en dat je het geen punt vindt als dat zou betekenen dat je over drie jaar dood bent, schrikken ze zich een ongeluk. Ze weten niets terug te zeggen. Als je het niet erg vindt dat je geen twintig wordt, is er niets meer in te brengen tegen heroïne, of wel?

Je moet de feiten onder ogen zien. Inderdaad, die toestand met Alan en Helen was echt griezelig. Ik begon hen net wat beter te leren kennen. Ik weet niet meer waar ik ze voor het eerst ontmoet heb, maar ze kwamen geregeld bij ons langs om te scoren. Toen begonnen ze zelf een beetje te dealen. Hij was de knapste jongen die ik ooit gezien heb. Veel haar. Harige borst, zwart haar op zijn armen. Hij moest zich twee keer per dag scheren. Dat deed hij natuurlijk niet, maar hij zou het moeten doen, wilde hij er gladgeschoren uitzien. Hij had mooie ogen, vloeibaar goud, en een mooi regelmatig gezicht.

Hij had fotomodel kunnen zijn, al was hij zelfs daarvoor misschien iets te mooi. Iedereen keek hem altijd na. Ikzelf ook. Als hij zag dat je keek, gooide hij zijn hoofd naar achteren en nam een fotomodellenhouding aan.

Je kon met hem lachen. Hij liep zich altijd aan te stellen, alsof hij een model was en er constant een camera op hem gericht was. Hij had een of ander maf hemd met een afbeelding van een draak op de voorkant die was opgebouwd uit kleine lampjes. Als het donker werd, liet hij al die lampjes branden en dan zat hij daar als Erik de Noorman in dat stomme hemd, terwijl de lampjes steeds aan- en uitsprongen.

Helen was een krullerig blondje, best mooi, met een kleine wipneus. Ze kwam uit Birmingham, geloof ik. Ze was heel druk. Ik snapte niet goed waarom ze met Alan was, want hij was een beetje dommig. Misschien dacht ze dat ze het met hem goed voor elkaar had omdat hij zo'n mooie jongen was en veel geld verdiende met dealen.

Hoe dan ook, Rob had een of andere deal met hem gemaakt voor wat dope. De voorraad dreigde uitgeput te raken. Gem en ik hadden nog wat, maar we wilden het niet delen omdat het alles was wat we hadden. En het was maar zo'n beetje. Ik zal je vertellen hoe het ging: ze waren de stad uit, om de dope te regelen. 's Avonds belden ze Rob om te zeggen dat het allemaal oké was en dat hij zijn deel kon komen halen. Rob ging meteen naar hun huis. Het licht was aan. Hij belde aan, maar ze deden niet open. Hij klopte op de deur en riep hun namen, maar de deur bleef dicht. Ze woonden op Brook Road, bij ons om de hoek. Hij wilde niet te veel lawaai maken. Dat doe je niet, weet je, lawaai maken bij het huis van een dealer. Dus kwam hij weer terug en ging zitten wachten.

'Ze belden me nog geen half uur geleden op,' mopperde hij tegen me, 'en ze zeiden niet dat ze ergens heen moesten of zo. Ik riep dat ik eraan kwam.' Rob zag er vreselijk uit, hij zat te kluiven op het vlees rond zijn nagels.

'Misschien zijn ze opgepakt,' zei Lily. Ze had een dik vest aan en zat op de grond met haar armen om haar opgetrokken benen. Ze waren allebei ziek. Ik had met ze te doen. Gatver. Alles is je dan te veel. Het doet soms zelfs pijn als iemand alleen maar 'hoi' zegt.

Hij bleef nog een half uur en ging weer terug. Zelfde verhaal, er werd niet opengedaan. We begonnen ongerust te worden. Alan en Helen gingen nooit ergens heen. Als ze zeiden dat ze thuis waren, waren ze er ook. Iedereen dacht hetzelfde. Want het was niet erg waarschijnlijk dat ze opgepakt waren. Ze hadden een uur daarvoor nog gebeld. Als er stront aan de knikker was geweest had Rob de politie heus nog wel gezien rond het huis, maar Rob had niemand gezien. Aan de andere kant... eh... we wisten natuurlijk allemaal dat er mensen waren die een overdosis namen. Je hoorde erover, maar...

Rob werd doodnerveus. Hij durfde er niet meer heen. Als ze gepakt waren, werd het huis nu in de gaten gehouden. Ik ging de straat op en liep langs het huis, maar durfde niet aan te bellen. Toen ik terugkwam was Lily woedend, gaf Rob de schuld, begon tegen mij en Gem omdat wij nog iets hadden en zij niet. Ze wilde dat iemand erheen ging. Aan de achterkant stond een raam open, maar dat was op de eerste verdieping. Het zou betekenen dat je langs de regenpijp omhoog moest.

'Dat doe jij wel, Teer, jij kunt dat,' zei Rob.

'Nee, man, het is jouw dope.'

'Maar jij hebt nergens last van. Als je ziek bent, kun je niet bij iemand gaan inbreken, dat weet je best.'

We begonnen te bakkeleien tot Lily opeens ontplofte. 'Gaat er nou godverdomme nog iemand naar toe, of niet?' Ze begon rond te lopen en schopte overal tegenaan. Ze werd helemaal gek. Ze begon met haar vuisten tegen de deur te bonken. Haar handen raakten ontveld. Dus Rob en ik keken elkaar aan en we besloten samen te gaan.

We hoefden uiteindelijk niet door het raam te klimmen. Gemma herinnerde zich opeens dat een andere vriend van ons – hij woonde een paar huizen verder bij Alan en Helen in de straat – een sleutel had voor het geval ze zich zouden buitensluiten. De vriend wilde ons eerst de sleutel niet geven, maar toen we hem uitlegden wat er aan de hand was, kregen we hem ten slotte.

'Je kunt gerust met ons meegaan, als je zeker wilt weten dat we te vertrouwen zijn,' zei Rob. Maar gek genoeg wilde de jongen dat niet.

We maakten de deur open en liepen naar binnen. Eerst leek het heel gewoon. Ze zaten naast elkaar op de bank in de kamer. Helen zat een beetje tegen hem aangeleund en hij staarde recht voor zich uit, alsof hij over iets nadacht. Het rook er raar. Zij zag eruit alsof ze sliep. Zijn ogen waren wijdopen.

Rob zei: 'Alles oké?' Even dacht ik dat Rob het tegen mij had, maar dat was niet zo. We wisten het allebei meteen. Ze zagen blauw. Toen zagen we de spuiten in hun armen.

Rob keek me aan. Daarna keek hij de kamer rond, begon opeens zenuwachtig kasten open te maken en lades open en dicht te schuiven.

Ik liep naar die twee toe en raakte even Alans arm aan. Die was koud. Achter me sloop Rob zenuwachtig rond. Ik geloof dat het hem veel meer aangreep dan mij. Ze zagen er heel gewoon uit, maar ze bewogen zich niet. Alan was nog altijd de mooie jongen. Zij was de laatste tijd heel dun geworden. Dat paste niet bij haar. Hij was ook een paar kilo kwijtgeraakt, maar hem stond het alleen maar nog beter. Ik wilde haar op haar wang kussen, omdat ik wist dat ze niet wakker kon worden. Ze leek op de Schone Slaapster.

Het was griezelig realistisch. Ik bleef wachten, eerst tot hij zich zou bewegen en toen tot zij zich zou bewegen en toen weer tot hij misschien een teken van leven gaf. Maar geen van tweeën bewoog zich. Ik raakte zijn wang aan. Ik dacht aan koud vlees.

'Blijf daar niet zo stom staan, eikel,' fluisterde Rob. 'Help me liever.'

We begonnen lades leeg te halen en zochten alles af. Ten slotte vond Rob twee zakjes. Bij elkaar misschien wel 20 gram.

Dat was een heleboel dope. Meer dan ik ooit had gezien.

'Waarschijnlijk onversneden,' zei Rob. Hij knikte naar Alan en Helen.

'Wat zullen we ermee doen?'

'Nou eh... *zij* hebben het niet meer nodig.'

Ik had het gevoel dat we hen bestalen, hoewel ze allebei dood waren. Het leek net of ze zaten te wachten, of het een valstrik was en ze wilden kijken of we hun dope zouden stelen. Ik keek hen vragend aan en schudde met de zakjes voor hun ogen, alsof ik wilde zeggen: 'Vinden jullie het goed?' Opeens zag ik details die mij eerst niet opgevallen waren, zoals iets kleverigs onder hun neus en in hun ogen. Ik zag een vlieg over zijn gezicht lopen en opeens... werd ik helemaal gek. Ik stormde schreeuwend de kamer uit. Rob achter me aan. Binnen drie seconden stonden we buiten.

We hadden de dope meegenomen, maar we waren doodsbang om ervan te gebruiken. Iemand hoorde dat de politie via de lokale zender waarschuwde dat er extra sterke dope in omloop was en dat er al mensen aan waren gestorven. Je raakt gewend aan een bepaalde samenstelling, weet je, en als het spul dan opeens veel sterker is krijg je een overdosis. We gaven een feest voor Alan en Helen. We deden tijden met die zakjes. Het duurde een week voordat de politie de deur intrapte en hun lichamen vond.

Soms bel ik mijn moeder op.

Dat doe ik als ik alleen ben. Het is privé. Ik weet niet waarom ik het doe. Ik heb eigenlijk niets meer met hen te maken. Ik wil weten of het goed met haar gaat, wat ze doen, of ik bel alleen maar om te horen dat ze er nog zijn. Misschien doe ik het ook wel omdat ik mezelf wil bewijzen dat ik ertegen kan. Ik kan haar de laatste tijd áán, hoewel ik mezelf dat soms wel moet inprenten.

Als ik op straat loop, besluit ik meestal zomaar opeens dat ik haar ga bellen. Ik loop naar de telefooncel en draai het nummer. En daar is ze dan. Zomaar opeens. Alsof ze al die maanden naast me heeft gelopen en ik haar nooit heb gezien.

Ze heeft een speciale manier van opnemen. Ze praat langzaam, een beetje aanstellerig. Misschien is het de drank. Ik denk dat ze zichzelf bekijkt in de grote spiegel die tegenover de bank in de kamer hangt. De telefoon staat naast de bank. Ze kijkt in de spiegel en vindt dat ze er cool uitziet met die sigaret in haar hand, haar uitgelopen make-up en haar afzakkende jurk die een schouder bloot laat. Ze vindt echt dat ze er cool uitziet. Ze is haar hele persoonlijkheid aan dat vergif verloren en denkt dat ze er cool door uitziet.

'Halloohh!' zegt ze zwoel, alsof ze in een film speelt. Mijn hart bonkt in mijn keel.

'Hoi, mam.'

Ze verandert op slag. Ik voel dat ze overeind komt en haar glas neerzet. Dan is er een pauze. Ze wacht op me, laat me bengelen. Vroeger deed ik het dan ongeveer in mijn broek van angst. Nu laat ik haar even hard bengelen. Ik wacht tot zij begint te praten.

Dan steekt ze van wal. Gaat het goed? Wat heb je lang niet gebeld? Hoe durf je! Ze heeft mijn hulp nodig, ze mist me vreselijk. Heb ik wel onderdak? Ze hoort steeds verhalen over kinderen die op straat slapen en ze bidt elke avond dat zoiets mij niet overkomt.

Welke god zou ooit naar haar willen luisteren?

'Nee, mam, het gaat heel goed met me, echt.'

'Heb je niets nodig, lieverd?'

'Ik wilde weten hoe het met jou is. Je bent dus nog steeds bij hem?'

'Hij is je vader, David.' Pauze. 'Vertel eens, lieverd...'

Pauze.

'Waarover moet ik vertellen?'

'Over alles.'

Een tijd blijft het stil. Ik word zenuwachtig. Maar dan hoor ik haar tanden tegen het glas tinkelen en ik denk: zie je wel, ik weet genoeg.

Het is eigenlijk zielig. Ze heeft maar één truc en die haalt ze steeds opnieuw uit. En toch trap ik er keer op keer in. Ze laat me bengelen, steeds weer. Ze stelt je een of andere rare vraag, of maakt opmerkingen die niet kloppen. Dan word je zenuwachtig van de lange stiltes, steeds zenuwachtiger, dus je begint te ratelen en je hoort haar alleen maar aan haar sigaret trekken of een slok nemen, dus je blijft praten om de stilte te vullen, je belooft haar van alles, alleen maar om haar zover te krijgen dat ze op je ingaat.

En net als je haar wilt gaan smeken om in godsnaam *iets* te zeggen, vuurt ze een pijl op je af. Bijvoorbeeld: 'Hij slaat me, lieverd...' Of: 'Ik denk dat ik kanker heb...' Of: 'Ik wil wel weg bij hem, maar iemand moet me helpen.'

Dus als ik haar tanden tegen het glas hoor tinkelen en ik haar aan haar sigaret hoor trekken en voel dat ze wacht tot ik voor haar op mijn knieën val, blijf ik kalm en zeg: 'Ik heb je niets te vertellen.'

Ze zegt: 'David,' met een gewonde stem. En dan vuurt ze alsnog een pijl af: 'Hij heeft me weer geslagen.'

Misschien wel, misschien niet. Ik hou mijn mond en laat haar voelen wat ze mij aandoet. En dat werkt. Een stortvloed van woorden die eindigt in een stortvloed van tranen.

'Ik kan je niet helpen, mam. Je moet het zelf doen. Je moet weggaan bij hem en de drank laten staan. Als je dat niet doet, kan niemand je helpen. Zie je dat niet in, mam? Als je weggaat bij hem en de fles laat staan,' zeg ik, 'kom ik terug.'

Natuurlijk weet ik dat ze het nooit doet.

Soms is mijn vader thuis. Hij neemt op: 'David? David? Alles goed, David?'

Ik heb hem niets te vertellen. Ik adem gewoon door de telefoon. 'Huuuuuurrr.' Zacht, maar net zo dat hij het hoort. Net zoals ik haar altijd hoorde ademen als ze me liet bengelen aan de telefoon en haar sigarettenrook uitblies.

'Is dit een of andere grap, David?'

Ik luister nog even, maar ik heb mijn vader echt niets te zeggen. Dus leg ik de hoorn neer en loop door. Ik denk niet dat ik het nog een keer doe. Dat denk ik altijd, maar ik doe het toch altijd weer.

19

GEMMA

WHEN SOMEONE TEMPTS YOU YOU CAN'T RE-
FUSE
IT'S GETTING COLDER AND YOU KNOW YOU'VE
GOT NOTHING TO LOSE
YOU NEED IT
NO YOU GOT NOTHING TO LOSE
YOU NEED IT

The Only Ones

Lily liep rond in haar pyjama. Ze gaat tegenwoordig bijna nooit meer de straat op, dus ze hoeft zich niet aan te kleden. Ze keek naar zichzelf in de spiegel. Toen draaide ze zich om en keek naar Sally, die de zuiger van de spuit naar beneden drukte. Ze glimlachte haar brede Lily-glimlach.

'Sal?'

'Hè, beter,' zuchtte Sally. Ze trok de spuit uit haar arm. Ze veegde hem voorzichtig af aan een tissue en legde hem neer. Sally is altijd heel secuur in die dingen.

Sinds we werken, zijn we aparte spuiten gaan gebruiken. Je moet je verstand erbij houden. We deden er vroeger samen mee, want het was 'eigen volk'. Nu doe ik alleen nog maar samen met Teer. Als ik iets als aids zou hebben, heb ik hem toch al aangestoken.

Toen zei Lily opeens plompverloren: 'Ik krijg een kind.'

Christus!

'Mijn God! Wat ga je doen, wat ga je doen?'

'O, Lil,' zei Sally treurig.

Het was *echt* vreselijk. Sally is een poosje geleden zwanger geweest. Ze heeft abortus laten plegen en daarna heeft ze zich tijden verschrikkelijk gevoeld. Ik zei: 'Ben je al bij de dokter geweest? Heeft hij een datum genoemd?'

Lily's ogen schoten vuur. Ik schoof onwillekeurig wat naar achteren op het bed. Ze kan echt heel driftig worden, maar mij kijkt ze niet vaak zo boos aan, omdat we *soul sisters* zijn.

Ze leunde naar voren. 'Luister, mevrouw Zuster. Je weet wat dode baby's doen. Ze komen terug en achtervolgen je. Ze zijn overal. Ik zie ze. Ja – dode baby's zweven vlak onder het plafond, op zoek naar hun moeders omdat hun moeders ze hebben laten wegschrapen en ze nooit een leven hebben gehad.' Terwijl ze dat zei bleef ze Sal aankijken. Ik herinnerde me opeens dat Lil heel rustig was, alleen maar glimlachte en geen woord zei toen Sal pas haar abortus had gehad. Sal keek behoorlijk geschrokken en ik dacht, uh-oh...

'Ik ga mijn kind niet vermoorden. Het is mijn kind. Niemand zal mijn kind vermoorden!'

'Ik zei toch niet dat je dat moest doen.'

'Ik zei dat ik een kind kreeg. En jij begint over een datum bij de dokter. Ik *hou* het kind. Er komt een baby. Een baby, Gem!'

Ik keek naar Sally. Ze is altijd heel keurig, die Sal, maar zij kan ook vreselijk driftig zijn. Ze zei: 'Je tippelt, je bent een junkie, Lily. Je moet abortus laten plegen.'

'Probeer jij me te vertellen dat ik mijn kind moet doden? Hoor ik het goed?'

'Doe het voor je kind. Laat abortus plegen!'

'Je wilt mijn baby doodmaken? Echt waar? Wil je dat? Kom op dan, kom maar, vermoord hem maar!'

'Je baby is verslaafd. Hij zit in je buik, onder de dope, net als jij. Wil je een junkie ter wereld brengen? Wil je dat echt? Zoveel hou je dus van dat klote-kind.'

Lily's ogen puilden uit haar hoofd. 'Ik ben zelf ook een klote-junk! Probeer je *mij* te vertellen dat ik beter dood kan zijn omdat ik verslaafd ben? Bedoel je dat?'

'Ik bedoel dat het tegenover je kind niet eerlijk is dat je

zwanger bent terwijl je onder de dope zit. Wat voor soort moeder...'

Ze hoefde niets meer te zeggen. Lily sprong van het bed, liep heen en weer door de kamer, sloeg zichzelf op de borst en probeerde woorden te vinden. Ik hield mijn adem in. Als die twee beginnen, moet je zorgen dat je niet in de weg zit. Ik had zo onder de tafel willen kruipen.

Met moeite bracht Lily ten slotte uit: 'Ik kan ermee stoppen wanneer ik wil.'

Sally lachte alleen maar. Ik bedoel, zo grappig was het niet, maar onder andere omstandigheden was het dat wel geweest. Stoppen! Hoe vaak wij dat al niet geprobeerd hebben. Vroeger was het gemakkelijk. Misschien is het moeilijker wanneer je een tijd lang gebruikt hebt. Eerst begin je te rillen. Dan krijg je pijn, dan krampen, dan begin je onzin uit te kramen en dan duik je elke vijf minuten de wc in. Dan gaan je tanden pijn doen, je botten ook. Je krijgt maagpijn en je begint over te geven.

En het enige wat je hoeft te doen om je weer goed te voelen is een shot. Eén shot en mevrouw Heroïne geeft je een gevoel... mmmm! Stoppen wanneer je maar wilt, zoals Lily zei, die tijd was allang voorbij.

Ik was met stomheid geslagen. Het was nooit bij me opgekomen dat ze misschien een kind wilde. En nog afgezien van de dope, van wie was het kind?

Lily keek Sal aan met een blik... Sal zat nog op het bed, maar ze kwam overeind, omdat ze wel zag dat Lil haar zo naar de strot zou vliegen.

Maar Lily draaide zich om en liep de kamer uit.

Het was vreselijk.

Sal ging weer zitten en stak een sigaret op. Ik stond daar maar. Ik zei: 'Mag ik er ook eentje?' Ze gaf me een sigaret en ik liep rokend door de kamer op en neer en probeerde wat rustiger te worden. Sal nam nog een paar trekken en zei toen: 'Ik ga weg.'

Ik zei: 'Blijf hier. Ga niet weg, het komt wel goed. Het

komt heus wel goed.' Ze was lijkbleek geworden. Zij en Lil waren allebei even driftig. Sal rende weliswaar niet gillend en krijsend rond, maar ze was even erg. In de kamer ernaast zette Lil een bandje op – *'Lurkying About'* – de muziek die we draaien als we ons goed voelen, onze muziek. De muziek vulde het huis. Het goede gevoel kwam nog niet binnen door de deur van de slaapkamer, maar in gedachten zag ik Lily door de voorkamer dansen en zichzelf terugvinden.

Ik zei: 'Zie je wel? Ze draait wel bij.'

Halverwege het nummer ging de deur open. Lily kwam binnen. Ze danste rond, keek naar Sal en naar mij, maar bleef dansen alsof ze in haar eigen ruimte was. Ze zong mee: *'Lurkying, lurkying, lurkying about...'*

Ze rommelde wat in een kastje. Dope. Ze zond ons haar bekende Lily-glimlach... Toen kwam ze naar ons toe, ging op het bed zitten en sloeg haar arm om Sal heen.

'Oké, Sal? Oké?'

'Ja, oké.'

'Oké, Sal, vriendjes... *Soul sisters...*'

'Ja, we zijn *soul sisters*, hè?' Maar Sal klonk niet erg overtuigd.

Lily stond op en begon heen en weer te lopen in de ruimte tussen het bed en de muur. 'Er komt een kind, hè? Dat is een feit. Er komt een kind. Punt uit. Oké, een kind. Goed? Denk na. Ik word moeder. Alles gaat veranderen. Zoals Sal al zei, ik moet van de heroïne af als ik moeder ben. Dat is duidelijk. En jullie kunnen hier ook niet onder de dope rondlopen zodra ik moeder ben.'

'Nee, nee,' zei ik. Ik probeerde de zaak een beetje te sussen.

'Er komt een kind, Sal. Ik krijg een baby. Ik word moeder en jij wordt ook zijn moeder en Gemma ook en we worden allemaal clean en dan begint het echte leven...'

Ze keek ons aan. Ze wilde dat we hetzelfde erover dachten als zij. 'Je kunt mij geen dope geven als ik zwanger ben en jullie moeten er zelf ook vanaf.'

'Klopt,' zei ik. Zelfs Sally zat nu te knikken.

'Voelen jullie wat ik bedoel,' zei Lil met een grijns van oor tot oor. Ik begon het te voelen.

'*Alles* moet veranderen. Met baby's in de buurt gebruik je niet. Het is goed geweest, maar nu gaan we iets anders doen.'

Ze was al meer dan een maand zwanger. Met kerst hebben we een kind.

Een baby.

Dat betekent dat je een ander leven moet gaan leiden.

Dat begrijp je toch, of niet? Lily kan niet aan de drugs zijn als er een kindje in haar buik groeit. Dat zou niet eerlijk zijn. Het zou ook niet eerlijk zijn als ze het helemaal alleen moest doen. Dus stoppen we allemaal, zoals we altijd alles samen hebben gedaan sinds we elkaar hebben leren kennen. Uit solidariteit tegenover Lily. Uit solidariteit tegenover de baby.

Zo gebeurde het. De verandering.

Want alles werd ineens duidelijk. Na een paar dagen kon niemand meer over iets anders praten.

Lily en Rob maakten al volop plannen. Hij zou een baan zoeken en wij zouden met zijn allen gaan verhuizen, weg van de City Road, waar het – laten we eerlijk zijn – behoorlijk smerig is. En Lil zou niet meer met klanten meegaan en ze zou groente gaan verbouwen in de tuin en kippen houden en zo.

Lily is natuurlijk zijn moeder. Lily en Rob zijn de ouders, maar de baby is van ons allemaal. Rob en Teer bouwen een schommel in de tuin, een kleine, alleen maar voor het kind. Het zal natuurlijk even duren voor hij groot genoeg is om te schommelen, maar toch. Lily en Rob zoeken de afvalcontainers af naar een babybedje en een kinderstoel en al dat soort spul. En Sally en ik gaan breien – hou je vast! Ik breien!

En het belangrijkste – het allerbelangrijkste – we stoppen met de dope. Afgelopen. Het was een poosje heel leuk. Nee, ik heb er geen spijt van, waarom? Oké, er zijn ongelukken gebeurd, dat is normaal. Op straat gebeuren ook ongelukken. Maar nu heeft het lang genoeg geduurd. Het wordt tijd... dat weten we allemaal al een hele poos. Er moest iets gebeuren. En nu is het zover. Met dank aan Lils, zoals altijd.

Ik ben een tijd verliefd geweest, maar nu is het over. Zo zie ik het. Het is uit tussen de dope en mij. En weet je wat zo goed is? Dat we ervanaf komen door een klein kindje. Begrijp je? Net als het kindje Jezus.

Een baby maakt alles anders, vind je niet?

Ik verheug me op de dag dat ik clean ben. Het is zo gek met de dope. In het begin voel je je fantastisch. Maar al gauw went je lijf eraan en dan werkt het zo niet meer. Je begint het nodig te hebben om je een beetje normáál te voelen. Snap je? Je wordt wakker en je voelt je afgrijselijk, je voelt je ziek, dus gebruik je iets en je voelt je goed, maar meer ook niet. Medicijn. Je gaat op een soort oud vrouwtje lijken dat 's morgens haar pillen moet nemen omdat ze anders de dag niet doorkomt.

Dus ga je meer gebruiken, op jacht naar de draak, op jacht naar de kick, op jacht naar het goede gevoel. Je gebruikt steeds meer en steeds vaker. Dan word je er ziek van en laat je het een paar dagen. En dan wordt het link, want als je clean bent, werkt de dope weer zó goed. Als je dan weer gaat gebruiken... Mmmmm!!

We hebben er samen over gepraat en we zijn erachter gekomen dat we er allemaal hetzelfde over denken. Ik werd bang. Rob en Lily gebruiken heel veel. Elke dag. Teer en ik slaan tenminste af en toe nog een dag over.

Maar eigenlijk maak ik me ook druk om Teer. Hij is zo cynisch geworden. Je kent Teer, hij was altijd zo enthousiast over allerlei dingen, hij kon helemaal lyrisch worden over mij, over een bloem, over de sterren aan de hemel. Hij vond het allemaal even prachtig. Nu kan het hem allemaal niets meer schelen. Ik snap hem de laatste tijd niet meer.

Ik heb niet het gevoel dat ik veranderd ben, behalve dat ik me vaak zo rot voel. Maar hij is veranderd.

Soms denk ik dat ik hem vroeger leuker vond. Nee, dat

ook weer niet, want toen was hij altijd zo gauw van streek, maar...

En nog iets, hij liegt. Over dope. Af en toe komt het bijvoorbeeld voor dat we niets meer hebben. Hij zegt dat hij niets meer heeft en ik denk: shit, dat betekent ziek worden. Maar dan sluipt hij weg en als hij terugkomt heeft hij van die glazige ogen en dan zeg ik: 'Je hebt net iets gehad.'

En dan geeft hij het toe. Dat gebeurde pas geleden ook. Hij zat daar maar te knikken en te glimlachen en zei: 'Ja, oké, klopt.'

En hij begon uit te leggen dat hij niet genoeg had voor twee en dat we – als we het gedeeld hadden – ons allebei nog even rot hadden gevoeld, dus dacht hij dat hij ons een hoop ellende zou besparen als hij het maar helemaal nam. En hij meende het. Hij vond het een verstandig besluit. Toen ik zei dat ik het niet met hem eens was, was hij helemaal uit het veld geslagen.

'Je had het ook helemaal aan mij kunnen geven,' zei ik.

En hij zei: 'Dat had ik kunnen doen, maar ik heb het niet gedaan.' En hij glimlacht als een slang tegen me. Dan begint hij te roepen dat hij de straat op moet om te scoren, dus heeft hij het meer nodig dan ik. Ik sta oude mannen te masseren in de salon. Denkt hij dat dat leuk is? Denkt hij dat ik dat graag doe? Weet hij niet dat ik liever een beetje stoned ben als ik dat doe? Maar het maakt niets uit. Hij gelooft alles wat hij zichzelf inprent. 'Ik heb het nodig, Gems,' zegt hij. Ja ja.

Stel je voor! Een baby... Ik wilde zelf opeens óók. Als ik eens zwanger raakte? We konden de twee baby's samen opvoeden en ze zouden goede vrienden worden, net als Lily en ik. Je weet natuurlijk niet hoe de kinderen zullen zijn, maar ik denk echt dat ze goede maatjes zouden worden. We leven zo hecht met elkaar. Ik ben nu zestien. Ik kan een uitkering krijgen. Ik zou mijn baantje kunnen opzeggen...

Dat zou lekker zijn. Ik begin genoeg te krijgen van die baan. Ik zeg maar steeds tegen mezelf dat het werk is, gemakkelijk verdiend. Niet erger dan welke andere baan ook. Mensen hebben vooroordelen over seks, maar het is gewoon iets dat je met je lijf doet. Ik praat mezelf maar wat moed in. Ik ben daar om die mannen gelukkig te maken en dat doe ik ook. Als ik me goed voel, gaan die kerels weer als prinsen naar huis, terwijl ze als honden binnenkwamen. Laten we eerlijk zijn, zonder geld zouden ze nooit een meisje krijgen zoals ik. Maar... nou ja, het is werk, snap je? Ik kan in dezelfde tijd leukere dingen doen, maar het is gemakkelijk verdiend. Daarom.

Ik denk erover om niet meer álles te doen op mijn werk – ik bedoel qua seks. Ik wil het zelf kunnen beslissen. Dan verdien je minder, maar het is genoeg. Misschien stop ik helemaal als we clean zijn en ga ik ook een kind krijgen.

Heb ik al verteld dat Lily pas geleden blauw werd?

Het was doodgriezelig. We waren allemaal in de slaapkamer en spoten om beurten. In de voorkamer zaten een paar vrienden, dus zodra we onze shot hadden gehad, liepen we naar hen toe. Lily kwam het laatst aan de beurt. Ze was helemaal alleen in de kamer. Ik vond het al raar, omdat Lily nooit het laatst is als het op dope aankomt.

Ik ging terug naar de slaapkamer omdat ik mijn peuken had laten liggen. Ze lag op het bed en ik dacht dat ze sliep, maar ze had zo'n rare kleur. Blauw. Ik stond daar maar te staren. Ik begreep niet wat ik zag, tot ik de spuit ontdekte in haar arm. Toen schoot me het verhaal van Alan en Helen te binnen. Er was een druppeltje bloed in de spuit gelopen.

'Teer, Rob, Teer, Rob!' schreeuwde ik. Ik dacht dat ze al dood was. Ik hees haar overeind. Opeens herinnerde ik me het bloed in de spuit. Dat schijnt heel gevaarlijk te zijn. Zo kun je lucht in je bloedsomloop krijgen en als die bel in je hersenen komt of in je longen... Dus trok ik vlug de spuit uit haar arm, maar per ongeluk haalde ik haar huid een beetje open. Zwart bloed kwam eruit... Zwart bloed. Ik dacht aan Alan en Helen. Ik had nooit verwacht dat het een van ons kon overkomen. Rob kwam binnen, toen Teer. Lily werd steeds blauwer. Teer drukte haar terug op het bed, omdat hij wilde proberen haar hart weer op gang te krijgen, maar Rob trok haar rechtop. Hij had het gevoel dat ze rechtop moest zitten. Ik begon haar op haar wangen te slaan. Opeens vertrok haar gezicht even. In de stilte die volgde haalde ze twee keer adem. Ik hoorde het, héél licht.

Wij hielden alle drie ook even onze adem in, denk ik. Ik begon haar weer op haar wangen te slaan en toen haalde ze weer een keer adem, dieper en een beetje beverig deze keer. Haar gezicht veranderde van kleur, meer naar de roze kant.

We zetten haar overeind en begonnen met haar de kamer door te lopen. Ze begon bij te komen. En ze mompelde iets. Ik was doodsbang. Heel raar, maar ik dacht dat ze een of andere boodschap had, weet je wel, van de andere kant. Ze was gestorven, ze was gestopt met ademhalen, haar hart had stilgestaan. Ik had het vreselijke gevoel dat ze van de dood terugkeerde met een vreselijke boodschap voor ons, zoals je vaak in horrorfilms ziet. Ik wilde dat ze haar neerlegden en rustig lieten doodgaan.

Toen werden de woorden duidelijker. 'Laat me met rust,' zei ze steeds. 'Laat me met rust.'

Daarna kwam het goed. Ze kwam helemaal bij. Dat was zo gek, ze was doodnormaal. Ik bedoel, als ik niet terug was gelopen naar de achterkamer, zou ze dood zijn geweest. En hier zat ze, net als altijd, helemaal de oude Lily.

Later, toen de dope een beetje was uitgewerkt, probeerde ze er een grap van te maken. 'Leef snel, sterf jong,' zei ze steeds. Maar zo leuk vond ik het niet. *Zij* lachte maar. Dat vond ik vreemd. Ze vond het hele verhaal *grappig*. Ik geloof dat ze het helemaal niet erg had gevonden als ze dood was gegaan. Het was voor haar gewoon wéér een avontuur geweest.

Ze vertelde dat ze in de slaapkamer was gebleven om nog een shotje te nemen. Maar het spul was sterker dan anders. Daar hadden we het in de voorkamer al over gehad, terwijl zij lag dood te gaan in de slaapkamer.

Wat *echt* vreselijk was, nee, ik bedoel wat *ook* vreselijk was... Dit is bijna twee weken geleden gebeurd. Niemand heeft er iets over gezegd. Ik weet... ik weet dat het in dit stadium nog niet meer is dan een bolletje slijm. Het is nog geen mens of zo. Maar ik moet er steeds aan denken dat dat bolletje in haar buik ook blauw werd. Het zou vreselijk zijn als er iets niet goed was met de baby.

Ik weet dat ik stom doe. Ze is niet zo lang bewusteloos geweest. En het is nog in het begin. Als er iets fout zit, krijgt ze waarschijnlijk een miskraam of zo. Maar dat zou vreselijk zijn. Als zij een miskraam krijgt, zal ik steeds aan die afschuwelijke avond moeten denken.

Een baby! Stel je voor...

20

ROB

We hadden Dev willen vragen of hij ons wilde brengen, maar dat was te link. *Hij* wilde niet stoppen met de dope. En waarom ook?

Ik heb geen rijbewijs, maar ik reed al toen ik dertien was. Ik ben zeventien, ik kan mijn rijbewijs halen, maar ik heb andere dingen aan mijn hoofd.

Het huisje is van een vriendin van Wendy. Wendy is mijn moeder. Het is een soort vakantiehuisje, maar het was april, het seizoen was nog niet echt begonnen. We boften dat het die week vrij was. Een hele week. Toen ik nog klein was, gingen we er 's winters vaak heen. Toen verveelde ik me er dood, maar nu was het perfect voor ons. Het lag mijlenver overal vandaan, prachtige omgeving, geen mensen, geen gedoe, geen problemen. Ze zouden er allemaal verliefd op worden. Ik verheugde me er zelf ook op. We zaten in de auto en ik had het gevoel dat ik hen meenam naar een andere wereld.

We hadden de laatste dope opgemaakt voor we vertrokken, op een klein beetje na dat we bij ons hadden voor die avond. Vanaf de volgende morgen zouden we moeten 'leven met blote hersens' zoals Lily het noemde, of 'leven met niets aan'.

Teer zat naast me met de kaart op zijn knieën. Lily, Gemma en Sal maakten een hoop drukte op de achterbank. We lieten Bristol achter ons en dat gaf ons een fantastisch gevoel. We namen de M4 en zagen het platteland. Volgens mij waren we geen van allen in de afgelopen twee, drie jaar de stad uit geweest. Akkers, ruimte, geen mensen. Bomen.

We lieten alles achter ons. Alle shit. De baby had ons betoverd en Lily was de tovenares die het liet gebeuren. En ik?

Ik ben de tovenaar, denk ik. Zo voelt het. Ik, vader! Met mijn toverstaf.

Gemma en Sal zagen het helemaal zitten. Sal had eerst nog even getwijfeld, maar nu was ze net zo enthousiast als iedereen. Dit was de kans. Zij en Gems hadden het er al over dat ze zelf ook een kind wilden.

'Als jullie zo doorgaan krijgen we een soort broedplaats,' zei ik. Lachen!

Ik moet het nog zien. Ik ken Lily beter dan wie ook. Die baby. Tja, het hoort erbij, hè? Of het goed is of niet, baby's komen gewoon. Maar of het in dit geval zo fantastisch was? Ik hield mijn mond. Je weet het nooit. Je weet nooit iets zeker met Lils, echt niet.

Ze zaten te blowen en begonnen te zingen:

geen spuiten meer
geen spuiten voor mij
geen spuiten meer
want nu ben ik vrij!!

Ze giechelden en gaven elkaar porren en verzonnen een nieuw couplet:

geen klanten meer
geen klanten voor mij
geen klanten meer
want nu ben ik vrij!!

Wat ze niet opgaven!! Ik zei: 'Straks geven jullie nog je leven op!'

'Nee,' zei Lils. 'Dat is het enige wat ik niet doe. Mijn leven is te kostbaar, echt!'

Teer was – ik weet niet – niet zo vrolijk als wij allemaal. Het irriteerde me, want het ging tenslotte niet om zijn kind en hij zou best wat positiever kunnen zijn. Lily keek naar hem en ik dacht: als hij niet bijdraait, krijgt hij straks de wind van voren. Hij ging maar door over de medicijnen die ze baby's geven in ziekenhuizen – je weet wel, als vrouwen het ziekenhuis in gaan voor de bevalling, dan krijgen ze iets tegen de pijn, iets anders om de weeën op gang te brengen, nog iets anders om te zorgen dat de baby blijft ademhalen, kortom, de halve mensheid komt al ónder de medicijnen ter wereld.

Ik zei: 'Ik geloof niet dat dit het moment is om het daarover te hebben.' Nee! Als hij maar bleef doorgaan over de rotzooi die ze Lily en de baby zouden geven in het ziekenhuis, werd het alleen maar moeilijker voor haar om te stoppen met de dope. Hij keek me een beetje verwijtend aan, maar hield verder gelukkig zijn mond. Hij rookte een paar joints, maar hij bleef onrustig. We hadden het verder hoofdzakelijk over de route.

geen handwerk meer
geen handwerk meer voor mij
geen handwerk meer
want nu ben ik vrij!!

We hadden het erover hoe fantastisch het was om met de dope te stoppen. Ik keek rond en dacht: wie zal het echt redden? Wie gaat het lukken?

geen dope meer
geen dope meer voor mij
geen dope meer
nu ben ik vrij!!

Het was al donker toen we er aankwamen. Griffin Cottage. We stapten uit en stonden een poosje te kijken.

De duisternis en de stilte waren zo intens dat het leek of we op een heuvel stonden in het heelal. Je kon niets zien, maar je kon de ruimte om je heen voelen, die eindeloze, eindeloze ruimte...

'Zo donker moet het zijn als je van de ene ster naar de andere reist,' zei Teer. Ja. Het was zo donker, dat het leek of het donker alle ruimte vulde, alsof de ruimte volgelopen was met duisternis. En er gebeurde niets. Geen lawaai. Als je je adem inhield was er niets. Dat was zo gek na al die jaren in Bristol. Daar hoorde je altijd lawaai van auto's, van mensen. Maar hier... Binnen een straal van minstens twintig kilometer was er niemand die iets dééd.

Ik dacht: morgen kan ik gaan doen wat ik maar wil. Zo voelden we het allemaal.

Binnen was het allemaal kleiner dan ik me kon herinneren. Een kleine kamer, twee slaapkamers. Het keukentje was aan de achterkant aangebouwd. De wc was buiten. Dat gedeelte van Wales is zo tijdloos. Het was koud. Het was binnen kouder dan buiten. In de mand bij de haard lagen nog een paar houtblokken. Teer en ik liepen naar buiten. Om beurten hakten we wat dikke houtblokken in tweeën terwijl de meisjes thee zetten, de spullen uit de auto haalden en alles wegruimden.

Elke keer dat we de bijl in het hout sloegen, hoorde je de echo een paar seconden later.

'Dat doen de bergen,' zei ik. We tuurden in het donker. Ik pakte een zaklamp, knipte hem aan en liet de lichtbundel rondgaan, maar we zagen niet veel. Het was te ver weg.

Ik zei: 'Ze zijn daar ergens.'

Hij zei: 'Ze staan naar ons te kijken.'

Ik zei: 'Nee, ze letten niet op ons.'

Hij zei: 'Denk je dat ze aardig zijn?'

Ik zei: 'Ja, dat weet ik zeker.'

Hele bergen, zonder één lichtje. Er stonden sterren aan de hemel. Het was een heldere nacht, maar er was geen maan. We knipten de lamp uit en stonden in het natte gras te wachten tot onze ogen aan het donker gewend waren. Turend in het donker probeerden we de bergen te ontdekken, maar het lukte niet. Ze hadden zich goed verstopt.

'Hoe vind je het?' vroeg ik.

'Ik zou hier kunnen leven,' zei hij.

Ik lachte. 'Het zou je zo de keel uithangen. Toen ik klein was, werd ik er gek van.'

'Nee, nee, ik vind het prachtig hier.'

Ik zei: 'Zeg eens eerlijk, jij vond het niet zo'n geweldig idee, hè?'

We stonden naast elkaar. Ik zag hem vaag. Zijn stem klonk spookachtig: 'Ik geloof niet dat er *iemand* echt wilde.'

Ik wachtte.

'Maar nu denk ik, wie weet, lukt het ons.' Ik voelde dat hij naar me keek. Het was raar – ik zag niets, maar ik voelde hem. 'En jij?' vroeg hij.

Ik lachte. 'O jawel. We zullen wel moeten, hè? Voor Lil.'

Zelf was ik vast van plan mijn best te doen. Ik had een pakje in mijn zak. Niemand wist er iets van. Ik dacht er half over om het weg te gooien, maar ik hield het in mijn zak. Ik ben een slechte als het om afkicken gaat. Als het eenmaal gebeurd is, gaat het allemaal wel, maar ik moet het langzaam doen. Je moet voor jezelf de beste manier zoeken. Dat pakje was precies goed voor mij.

We stonden een tijd diep adem te halen. De lucht was koud en zuiver. Je voelde de kou op je borst. Je voelde het van binnen. Het was een goed gevoel.

We gingen het huisje weer in om het vuur aan te maken.

Die avond gebruikten we allemaal het beetje dat we hadden meegenomen. En we dronken wat, niet veel, een paar blikjes maar, want het laatste wat je wilt als je afkickt is wakker worden met een kater.

Ik stond vroeg op. Ik zei tegen Lily: 'Wil je thee?' Ze knikte glimlachend. Ze zag er prachtig uit in dat bed. Ik zoende haar en liep de keuken in.

Teer en Gemma zaten buiten al koffie te drinken. Ze riepen me en ik liep naar buiten.

Het was grandioos. Die zachte, koele, schone lucht... Je kon kilometers om je heen kijken. Heuvels, bergen, bossen. Een buizerd cirkelde boven ons hoofd. Kleine vogels zaten te kwetteren in de struiken. Niemand zei iets. We keken en dronken met kleine slokken van onze bekers. Ik haalde Lily uit bed. Ze ging op een stapel houtblokken zitten. We keken alleen maar, keken onze ogen uit. Het was of je iets opzoog. Ik had het gevoel dat ik dat kon blijven doen en nooit verzadigd raken.

Lil klopte op haar buik. 'Allemaal voor jou, hè,' zei ze. We lachten en ik dacht: kleine bofkont.

We ontbeten uitgebreid met bacon en eieren en zo, en daarna maakten we een wandeling. We voelden ons allemaal nog een beetje moe, zoals je dat in het begin hebt. Sal zei: 'Als ik nu in Bristol was geweest, had ik me behoorlijk lullig gevoeld, maar hier valt het mee.' De lucht deed ons zo goed, dat we ons niet rot *konden* voelen, dacht ik. Achteraf bleek dat een kleine misrekening.

We liepen de heuvel af. Al gauw kwamen we in de bossen. De bomen waren hoog, maar lieten genoeg licht door. We zagen eekhoorns en vogels. Het was leuk. Toen moesten we de heuvel weer op en dat nekte ons – we hadden jarenlang alleen maar in onze kleine buurt rondgelopen, meer niet. We liepen een andere heuvel weer af en kwamen bij een stuk dat was aangeplant. De kleine bomen stonden in rijen dicht op elkaar.

Dat was niet zo mooi. Het was er donker, de bomen stonden te dicht op elkaar. We liepen door.

Ik denk dat het door de bossen kwam. Alles was dood – dode bomen in keurige rijen, te dicht op elkaar. Het leek wel een bomenfabriek. Onder de bomen groeide niets en ertussen ook niet, alsof die kleine bomen de grond vergiftigden.

Met mij ging het wel. Ik had nog iets genomen uit mijn pakje. Je weet wel, alleen mijn vingertop natgemaakt, hem erin gedoopt en daarna afgelikt. Het was niet genoeg om een kick te krijgen, maar ik voelde me minder zenuwachtig en trillerig. Op de anderen lette ik niet zo. Ik dacht alleen maar dat ik niet genoeg had genomen en eigenlijk nog even weg moest om nog een keer… toen Lily opeens schreeuwde: *'Fuck, fuck, fuck!'*

We schrokken allemaal. Ze stond tot aan haar enkels in een karrenspoor vol water. Ze was laaiend. Ze had die zwarte vilten schoenen aan die ze altijd aan heeft. Geen schoenen waarmee je een wandeling door de heuvels maakt, maar goed. Ik keek naar de anderen. Iedereen zag er afgemat uit. Ik vertrouwde het niks.

Lily draaide zich om en begon de heuvel weer op te lopen, terug naar het huisje. We waren van plan geweest een lange wandeling te maken in de omgeving om het gif uit onze lijven te laten stromen. Ik had nog een poosje door kunnen lopen, maar de rest had het helemaal gehad, dat was duidelijk.

We zeiden niet veel op de terugweg. Ik praatte wat met Sally. Zij was er ook niet zo slecht aan toe. Ik had het gevoel dat zij misschien ook iets had gebruikt. Ik wilde het haar vragen, maar dat was riskant. Halverwege de terugweg draaide Gemma zich om en zei: 'Jezus, ik had niet gedacht dat ik me zo rot zou voelen, zo afschuwelijk.' Sal en ik lachten alleen maar. Het was raar – wat had ze verwacht? Niemand was erop voorbereid geweest. Behalve ik. Ik had mijn voorzorgsmaatregelen wel genomen. Maar toen Lily me aankeek verging het lachen me wel. Ze zag er verschrikkelijk uit. Klam. Ze had veel gebruikt de laatste tijd. Wij allemaal, eerlijk gezegd. Ik zou haar graag iets uit mijn pakje hebben gegeven maar ze hadden zoveel drukte gemaakt over het stoppen – 'voor eens en voor altijd' – dat ik het niet nog moeilijker voor haar wilde maken. Weet je, je werkt geleidelijk naar iets toe en dan faal je – daar heb je ook niets aan. Bovendien was ze zwanger. We waren ook voor de baby hier. En het was ook mijn kind.

'Morgen zal het makkelijker zijn,' zei ik. Lil keek me vuil aan. Zou ze het weten, dacht ik.

We kwamen terug. We maakten de haard aan omdat we dachten dat dat gezellig was en begonnen joints te roken. Die waren goed tegen de bibbers.

Teer en Lily hadden het het moeilijkst. Sal en Gemma zaten elkaar moed in te praten. Gems zei: 'Het kan me niets schelen hoe rot ik me ga voelen, maar ik hou vol.' Ze is sterk. Ze meende het. Taai stelletje, zij en Sal.

Lily wilde er niet over praten. 'Met mij gaat het wel. Letten jullie maar op jezelf,' zei ze. Maar ze keek niemand van ons aan.

Teer zag er verdacht uit. De joints waren niet goed voor hem, denk ik. Teer is een van die types die hasj niet goed verdragen. Hij kreeg weer die onrustige blik die hij altijd had en hij ging vaker naar buiten om kleine wandelingen te maken. Lily vroeg hem of hij misschien een privé-voorraadje bij zich had, maar hij schudde zijn hoofd. Ik wist zeker dat hij niets bij zich had, want het ging slecht met hem. Hij stelde voor wat drank te halen.

'Je zou alleen maar een kater krijgen en hoe moet het morgen dan?' vroeg Gemma.

'Ik heb het nodig, Gem, ik heb het echt nodig,' zei hij. 'Je snapt het niet.'

'Afkicken is niet leuk of gezellig. Je zult erdoorheen moeten,' zei Sally. Sal en ik grijnsden schaapachtig tegen elkaar, omdat een van ons tweeën dat zei. Het was zoiets als: ik weet dat jij het weet en jij weet dat ik het weet, maar we houden onze mond erover. Lils had intussen last van maagkrampen gekregen en Gemma ook. Teer had daar niet zoveel last van, maar hij begon al gauw over te geven. Terwijl Sal en ik... ik kreunde hoe rot ik me voelde en zij ook. Maar... tja...

Ten slotte – het zal een uur of vier 's middags zijn geweest – zei Teer: 'Ik heb er genoeg van. Ik ga liften naar een of ander dorp en ik haal wat drank.'

'Je kunt met mij liften,' zei ik. De dichtstbijzijnde drankhandel was in een dorp een kilometer of acht verderop. Teer was pas zestien. Misschien zouden ze het hem niet eens meegeven.

Eerst wilde hij niet met mij mee. Hij zei dat hij alleen wilde gaan. Maar zodra eenmaal besloten was dat hij ging, wilde iedereen wel iets drinken, dus reed ik hem er ten slotte heen.

Goed, we kochten in het dorp wat cider en bier. Toen zei hij: 'Ik ga terug lopen.'

Ik keek hem aan.

'Nee, ik wil het graag.'

'Acht kilometer, Teer.'

'Mijn hoofd moet helder worden.'

Ik dacht: ja, ja! Ik zei niet wat ik dacht, maar we dachten het allebei. Ik keek in de spiegel naar hem terwijl ik wegreed. Hij stond me na te kijken, maar hij verzette geen voet tot ik uit het zicht verdwenen was.

Toen ik terugkwam was de toestand veel slechter. Ze zagen er vreselijk uit. Ze hadden ruzie gehad of zo, zo'n sfeer hing er. Gemma had vreselijke maagkrampen. Ik dacht: wow, dan moet ze veel gebruikt hebben, anders heb je dit soort symptomen niet. Ik gaf hun een blikje bier en terwijl ze ze openmaakten, liep ik naar de slaapkamer om nog een keer mijn vinger in het spul te dopen. Iemand moet tenslotte zijn hoofd helder houden, dacht ik. Maar Lil liep achter me aan.

Ze keek me alleen maar aan en zei: 'Geef op.'

Ik liet haar mijn lege handen zien. 'Wat bedoel je, Lil?'

'Klets niet, ik weet wat er aan de hand is. Geef me een beetje. Ik wil mijn deel, oké?'

Ik viste in mijn zak. 'En de baby dan?' zei ik.

'Klets niet, man! Wil je dat het zo erg wordt als met Gemma? Dat is pas écht goed voor de baby. Ja ja.' Ze griste het pakje uit mijn hand en haalde een stuk zilverfolie uit haar zak.

'Ik heb alleen maar even mijn vinger erin gedoopt,' zei ik.

'Ja, hoe vaak? Je hebt helemaal geen afkickverschijnselen!'

Ze was niet eens zo boos. Ze was allang blij dat ik iets had meegebracht, want ze werd hartstikke gek.

Begrijp me niet verkeerd. We wilden er niet weer áán, maar weggaan en denken dat het ons zomaar zou lukken was niet reëel. Je moet die dingen stap voor stap doen.

We hadden geen spuiten, we moesten chinezen. Daarna gingen we op bed liggen en luisterden naar Gemma. Het ging zo slecht met haar. Sal deed mee, maar het klonk niet zo overtuigend. Lil had al vermoed dat ze iets bij zich had. Daar hadden ze ruzie over gekregen terwijl ik weg was met Teer. Gemma en Sal maakten een lawaai, verschrikkelijk, kreunen, zuchten en jammeren. Een poosje later kregen we de slappe lach. Ik bedoel, die arme Gemma stortte in en Sal maakte alleen maar een heleboel lawaai om solidair met haar te zijn, maar eigenlijk voelde ze zich net als Lily en ik. Het enige wat Gems nodig had was haar vinger dopen in het spul dat ik had meegenomen, hem aflikken en... ze zou zich weer kiplekker voelen. Nee, ik weet maar al te goed dat het niet leuk was. Het is een verschrikkelijk gevoel. Maar ja...

Het ging zo door tot een uur of tien, denk ik. Gemma werd heel ongerust omdat Teer nog steeds niet terug was. Het dorp was maar acht kilometer lopen en hij was nu al vijf uur weg.

'Er moet iets gebeurd zijn. Misschien heeft hij iets stoms gedaan,' zei Gemma. Ze was zeker bang dat hij zich in het bos verhangen had of zoiets.

Ik probeerde Lily niet aan te kijken, maar ik kon het niet helpen. We begonnen te proesten van het lachen. Hoe ik het ook probeerde, ik kon mijn gezicht niet in de plooi houden als Lily zo naar me keek. Gemma scheen niet te merken dat het met ons allemaal goed ging. En wat Teer betrof...

Het was overduidelijk. Hij hoefde geen zelfmoord te plegen. Als hij zo wanhopig was, was er een gemakkelijkere manier... Niet dat ik dacht dat hij helemaal terug naar Bristol was gaan liften. Hij had niet eens een trui bij zich gehad, laat staan een jas. Nu ik erover nadenk, ik geloof niet eens dat hij een jas had.

Arme Gems, ze zat zo over hem in. En ze had zo'n last van krampen en... het was zo maf allemaal. Sal werd boos op ons omdat we zo lachten.

Toen moesten we wel zeggen wat er aan de hand was. Lil werd boos en ze zei: 'Het is toch wel duidelijk, Gemma. Teer is natuurlijk terug gaan liften, vanwege de dope.'

Dat was het ergste. Gemma was woedend. Eerst wilde ze

er niets van weten. Ze beschuldigde Lily er min of meer van dat ze loog en dat is natuurlijk nogal wat. Ze begonnen te schreeuwen. Pas toen viel het kwartje bij Gemma en besefte ze dat Lily en ik gebruikt hadden.

En daarna begon de ruzie pas echt goed.

'En je baby dan?' riep Gemma. 'Het kan je geen moer schelen wat je je kind aandoet, hè?'

Uh-oh, dacht ik. Ik maakte dat ik wegkwam naar de andere kamer, want je kunt alles tegen Lily zeggen, maar niet dat ze haar baby iets aandoet.

Het was verschrikkelijk. Ze schreeuwden en krijsten. Sal was intussen ook boos geworden en deed haar duit in het zakje. En dat was natuurlijk niet eerlijk, want *zij* had tenslotte ook weer gebruikt. Ik zat op het bed in de kamer ernaast te luisteren. Ze gooiden elkaar van alles naar het hoofd. Eindelijk stormde Gemma onze kamer binnen, helemaal in tranen. Ze is niet goed in dit soort dingen, ze begint te huilen. Sal en Lily kunnen tot in het oneindige doorgaan met ruziemaken. We konden hen horen schreeuwen en Gemma zei: 'Geef me iets, Rob, toe, geef me iets!'

Ik trok het pakje uit mijn zak. Ik begon me zorgen te maken, er was niet veel meer over, maar ik kon toch geen nee zeggen? Ze kalmeerde een beetje. Lily kwam een poos later binnen. 'Gaat het een beetje, Gems?' vroeg ze.

'Als ook maar ééntje van jullie sukkels het met me had volgehouden,' zei Gem, 'dan was het me wel gelukt.'

En toen begon de hele ruzie weer van voren af aan.

Dit is niet leuk meer, dacht ik.

21

GEMMA

We zijn de tweede nacht al niet meer gebleven.

Op de terugweg zei niemand iets. Een paar keer probeerde ik te zeggen hoe afschuwelijk ik dit vond, maar ik kreeg alleen maar als antwoord: 'Volgende keer, de volgende keer, de volgende keer...' We waren allemaal doodsbang.

Ik had al zo'n keer of zes willen stoppen met de dope, maar ik was nog nooit bang geweest. Je neemt risico's, we waren altijd bang voor een overdosis, of voor een levenslange verslaving, of voor de kans dat je je aders verpest, dat soort dingen. Maar dat is normaal. Deze keer was het anders. Ik wist dat ik een echte junk was geworden, want waar is een junk bang voor? Niet voor aids, niet voor een overdosis. Dat zou je misschien denken, nee, we waren bang omdat we misschien niet aan dope konden komen. Het was de eerste keer dat ik me zo voelde. Het was de eerste keer dat ik wist dat ik er niet meer buiten kon.

Rob rende meteen naar Dev om te zien of hij wat kon krijgen, maar ik zat goed, want toen we aankwamen, was Teer thuis en hij had natuurlijk al gescoord.

Hij zat op de bank. 'Weer terug, Gem?' zei hij met zo'n stomme glimlach van 'Ik-heb-het-toch-steeds-gezegd'.

Ik liep naar de keuken en vond het spul op onze geheime bergplaats. Ik pakte mijn attributen en zette een keteltje water op. Ik liep terug naar de kamer, ging op de bank zitten en deed het.

Je hebt geen idee. Je hebt geen idee.

Ik voelde dat hij naar me keek. 'Heb je de hele weg terug gelift?'

Hij trok een gezicht. 'Ik had iets mee moeten nemen.'

'Rob had iets bij zich.'
'Dat dacht ik al.'
'Waarom heb je hem niets gevraagd, in plaats van de hele weg terug te liften?'
'Weet ik niet.' Toen fronste hij zijn wenkbrauwen en zei dat ik niet boos op hem moest zijn. Hoe dacht ik eigenlijk dat *hij* zich voelde? We dronken thee. We zaten tegenover elkaar aan tafel en hij begon weer. Hij zei dat het toch niets uitmaakte, omdat hij niet echt van plan was geweest te stoppen, hij was alleen maar meegegaan omdat iedereen het zo graag wilde en hij was ervandoor gegaan omdat hij ons niet in de verleiding wilde brengen.
'Ik doe dit graag, waarom zou ik het dan opgeven?' zei hij.
'En wat gebeurt er als je blauw wordt, zoals Lily?'
Teer grijnsde tegen me en zei: 'Leef snel, sterf jong, weet je nog, Gem...'
'Dat meen je niet echt,' zei ik.
'Als je dood bent, weet je toch niks meer,' zei hij.
'Nee, maar je kunt ook geen dope gebruiken,' plaagde ik.
We zeiden een poosje niets en toen stond Teer op om wat muziek op te zetten. Hij begon te praten... hij zei dat hij zich veel beter voelde nu, sterker, dat hij over een week of zo weer zou proberen te stoppen, dat het met hem heus goed was gegaan, maar dat hij wist dat Rob iets bij zich had en dat de boel toch zou mislukken, maar nu was het anders omdat hij wist wat hem te wachten stond...
Ik keek naar hem. Ik luisterde niet eens. Ik dacht aan de afgelopen jaren. Het was steeds beter met hem gegaan. Dat dacht ik echt, dat het beter met hem ging... Maar opeens wilde ik de oude Teer terug. Ik wilde mijn Teer terug.
Ik begon te huilen. Ik sloeg mijn handen voor mijn gezicht en zei: 'Je hebt nooit meer iets aan die rotpaardebloem gedaan.' En ik probeerde mijn tranen in te houden.
Teer kwam naar me toe en sloeg zijn armen om me heen. 'Ik meende het niet, Gem... Ik zei maar wat. Ik wil echt niet dood. Ik wil bij je blijven.'

Ik huilde alleen maar.
'Paardebloem,' zei hij.
Ik draaide me om en duwde mijn hoofd tegen zijn buik. 'Paardebloem,' zei hij. 'Paardebloem, paardebloem, paardebloem.'
'Ik hou van je,' zei ik. En ik meende het ook nog, verdomme.
'Ik heb de afgelopen jaren zo vaak gehoopt dat je dat zou zeggen,' fluisterde hij. 'En nu doe je het.' Hij streelde mijn gezicht. Ik keek naar hem op. 'Ik hou ook van jou,' zei hij. 'Ik hou ook van jou, paardebloem.'
'Paardebloem, paardebloem, Teer.'

22

SKOLLY

Vroeger was het hier een aardige buurt. Kijk naar de huizen, grote stenen herenhuizen, Victoriaanse tijd. Dit moet een deftig deel van de stad zijn geweest. Niet te geloven! Zelfs ik kan me herinneren dat er in onze buurt ook rijke mensen woonden toen ik klein was. En wie niet rijk was – je zult het eerder gehoord hebben, maar het is waar – hoorde er ook bij. Er was een gemeenschapsgevoel.

Je moet er samen het beste van zien te maken, maar ik heb medelijden met sommige mensen. Ik ken een oud vrouwtje. Ze is misschien wel negentig. Ze heeft haar hele leven in St. Paul's gewoond. En kom nu eens kijken – bijna de hele buurt is zwart en de reggae dreunt er dag en nacht. De hele dag door ruik je sterk gekruid eten. Berovingen, drugs, prostitutie. Leven en laten leven, dat weet ik, maar dat vrouwtje herinnert zich de tijd nog dat dit een nette buurt was. Toen zij nog een klein meisje was, zag je niet één zwarte, nergens. Af en toe loop ik wel eens bij haar binnen met een paar repen en dan laat ik haar vertellen – niet te vaak, want als ze eenmaal begint, houdt ze niet meer op. Maar het is interessant.

Natuurlijk maakt ze het zichzelf moeilijk. Ze komt nooit buiten, ze praat niet tegen de buren. Je kunt het haar niet kwalijk nemen. In haar jeugd werd haar waarschijnlijk geleerd dat zwarte mensen je opaten of zoiets. Ze denkt vast dat oude vrouwtjes zoals zij in de kerrieschotels verwerkt worden.

Aan de andere kant is ze misschien altijd al een verwaand kreng geweest, ook toen ze nog jong was.

Een tijdje terug waren er straatgevechten. Hoofdzakelijk zwarten. Zoals altijd. Mijn winkel in puin, kun je het geloven? En weet je wat ze op de ruit hadden geklad: 'Dikke Joodse Klootzak.'

Ik een jood? Nou vraag ik je. Ik heb altijd gedacht dat barmitswa een soort exotisch gebak was, zo joods ben ik. Dik... oké. Klootzak... mmm, soms. Maar ik ben geen joodse jongen. Die rasta's zijn joodser dan ik. Een verloren stam van Israël – sommigen geloven dat, heb ik gelezen. Ik ben in Bristol geboren en getogen. Mijn vader ook en zijn vader ook. We leven hier al eeuwen. Ik moet toegeven dat mijn overgrootvader joods bloed had. Vandaar ook de naam. Ik zou hem veranderd hebben als ik er last mee had gekregen. Ik krijg wel eens commentaar op de naam, maar ik had nooit verwacht dat iemand mijn winkel in puin zou slaan omdat ik een joodse naam heb. En al was ik joods, waarom moet ik het dan ontgelden? Zij kankeren altijd dat zij de gebeten hond zijn vanwege hun ras. Hoe denken ze dan dat de joden zich voelen? Die zwarten weten niet eens wat vervolging is. Mijn kant van de familie heeft het nog gemakkelijk gehad. Wij waren hier toen iedereen daarginds vergast werd, maar toch.

Ze zijn hier pas twee generaties, de West-Indiërs. Ze hebben de lokale vooroordelen redelijk snel opgepikt, vind je niet?

Ik dwaal af. Ik was behoorlijk van streek vanwege de winkel.

Het is overal ellende. Ik zeg dit omdat ik pas op straat liep, op weg naar een biertje bij de Eagle, en opeens zie ik een politieauto half op de stoep staan, zwaailichten aan, een ambulance stond dwars over de weg en – gek genoeg – niemand te zien...

Een mens is altijd nieuwsgierig naar de ellende van iemand anders. Waarom stond die ambulance er? Misschien was er iemand van de trap gevallen. Of een echtelijke ruzie of zo. Als het een gewapende overval was geweest, of als er gestolen spul te koop was aangeboden – de traditionele misdaden – dan was dat meer in mijn lijn geweest en had ik de jongens iets te vertellen gehad.

Ik liep een eindje om, want ik moest er het mijne van hebben. Ik kende het huis nog van een aantal jaren geleden. Op de hoek, leuke tuin, groot. Ik hou alles wel een beetje in de gaten, maar op City Road is het verloop onder de bewoners heel groot. Je kunt niet bijhouden wie wie is, het zijn er te veel. Ik wist al eeuwen niet meer wie er allemaal woonden.

Ik liep aan de overkant van de straat. De deur ging open en twee ziekenbroeders kwamen naar buiten. Ze hadden een jongen tussen zich in, die ze half droegen en half voortsleepten. Ik weet niet wie het was. Ik kan me niet herinneren dat ik hem ooit had gezien.

Drugs, dacht ik. Dat moest het zijn. Die jongen – zijn hoofd hing op zijn borst – strompelde voort. Hij had te veel gehad. Zijn vrienden waren bang geworden en ze hadden de ziekenauto gebeld en nu waren ze er zelf bij!

Zo gaat het.

Niet echt spannend, dacht ik. Ik gebruik geen drugs en ik deal niet, hoewel ik weet dat het goed verdient. Toch bleef ik even staan kijken terwijl ze de jongen achter in de ziekenauto duwden. Ik wilde alweer doorlopen naar de Eagle toen de voordeur van het huis opnieuw openging. Deze keer waren het drie agenten, twee mannen en een vrouw. Ze duwden een jongen en een meisje voor zich uit naar buiten. De jongen was lang en mager. Hij had warrig haar. Ik herkende hem niet. Het meisje was jong en mooi, tenminste, dat was ze vroeger. Ze was nog steeds jong, maar... ik had haar vroeger vaker gezien, weet je...

Ze werkte altijd in de massagesalon op Gloucester Road.

Nou moet je niet beginnen te zeuren. Als je mijn vrouw zou kennen... Ze is wat je noemt uitgezakt. We zijn allebei wel aan de dikke kant, maar voor een vent ligt dat anders. De juiste lichaamsdelen met elkaar in contact brengen is tegenwoordig een kwestie van logistiek en ik geloof dat zij zich daar de laatste jaren niet meer druk over maakt. Dus neem ik inderdaad af en toe mijn toevlucht tot de massagesalon. Soms ga ik ook wel met mijn broer, als die over is uit Spanje. Dan gaan we daar langs voor we aan het bier gaan. Soms ook op de terugweg van de kroeg, maar dan hebben de meisjes een zware klus aan ons.

Ik kende dit meisje... Ze was heel jong, jonger dan de anderen. Dat mocht ik wel. Bovendien was ze aardig, ze had een aantrekkelijke persoonlijkheid. Dat is belangrijk voor me. Ik moet iets met zo'n meisje hebben. De meesten praten niet graag met klanten, maar deze vond me wel aardig. Die indruk gaf ze me, tenminste.

Het gaat zo: je gaat erheen voor een gewone massage. Wil je een speciale massage, dan moet je onderhandelen. Zoveel voor dit, zoveel voor dat. Als ze je niet moeten, weet je dat meteen, want dan gaat de prijs omhoog. Dit meisje – Nicky noemde ze zich – onderhandelde keihard, maar uiteindelijk gaf ze me altijd wat ik wilde.

Ik zei bijvoorbeeld dat ik dit of dat niet kon betalen. En dan zei zij: 'O, nou, dan moet je iets anders kiezen.' En dan was ze halverwege en dan zei ze altijd: 'Oké, omdat jij het bent', en dan deed ze toch wat ik wilde.

Ze kon het niet over haar hart verkrijgen. Ik hoefde alleen maar teleurgesteld te kijken. Ze mocht me wel... En dan – en dat vond ik echt leuk aan haar – als ze klaar met me was en ik haar toch het bedrag gaf dat ze aanvankelijk genoemd had, dan moesten we ontzettend lachen. Alsof we maatjes waren. Dat is toch leuk, of niet? Ik fantaseer graag dat ze me aardig vond, maar je weet het niet. Misschien was ze alleen maar goed in haar werk. Als ik bij Nicky was geweest, kon ik de hele wereld aan.

Ja, ze was fantastisch, Nicky. We praatten altijd over van alles. De andere meisjes werkten de zaak zo snel mogelijk af en duwden je ongeveer naar buiten, zodat de volgende betaler binnen kon komen, maar zij niet. Ze gaf zich echt. En ze gaf haar mening over allerlei dingen. We hadden het over politiek, maar niet te veel, omdat we op dat punt nogal verschillend dachten. Ze had een raar idee over hoeren. Als er geen meisjes zoals zij waren, meende ze, zouden een heleboel kerels die niets meer bij hun vrouw mochten, of geen vrouw hadden, zo gefrustreerd raken en zo woedend dat ze seksmisdaden zouden gaan plegen.

Ik zei: 'Wil jij me vertellen dat ik kleine meisjes ging lastigvallen als ik hier niet een keer per maand langskwam?'

'Nee, nee, jij niet, jij niet,' zei ze.

'Dat dacht ik ook,' zei ik.

Eerlijk gezegd knapte ik daar toen een beetje op af. Ze was mij iets te open, ze liet te duidelijk merken wat ze van haar klanten dacht. Ik bedoel, ik weet dat geen van de meisjes respect heeft voor haar klanten. Dat is het probleem als je hoer van beroep bent. Als tabakshandelaar kun je roken en heb je respect voor andere mensen die roken. Als hoer verkoop je seks, maar om de een of andere reden kijken ze allemaal neer op de kerels die ervoor betalen. Logisch, denk ik, omdat de kerels die ervoor betalen neerkijken op de meisjes die het verkopen. Mmm, dat wist ik en zij wist dat, maar ze had het niet hoeven zeggen.

Op het laatst werd ze een beetje hard. Sommigen hebben dat. De meisjes die er niks om geven, die het geen moer kan schelen, voelen zich er redelijk bij, maar die meisjes die om mensen geven, meisjes die het eigenlijk niet moesten doen, die worden hard. Op het laatst raakte ze aan de drugs. Ik zag de sporen op haar arm. Daarna zei ik tegen Gordon – de eigenaar van de salon – dat ik Nicky niet meer wilde hebben. Je moet voorzichtig zijn. Aids, al dat gedoe. Vuile spuiten. Ze worden een beetje slordig als ze drugs gebruiken. Bovendien heb ik mijn trots. Ik ben oud en dik en kortademig en als ik met iemand naar bed wil, moet ik ervoor betalen, maar dan wil ik het niet doen met een junkie. Zo wanhopig ben ik niet. Dan probeer ik het nog liever weer eens bij de vrouw, eerlijk gezegd.

Ik weet niet of ze nog steeds bij de massagesalon werkte. Ik had haar een tijd niet gezien, maar dat had ik ook niet gewild. Ze zag er beroerd uit. Misschien kwam het door de blauwe zwaailichten of door wat er met haar gebeurd was, ik weet het niet, maar ze leek wel veertig. Ze zei altijd dat ze zeventien was en ze loog er in die tijd nog wel een paar jaar bij, denk ik.

Toen gebeurde er iets geks. Ze bleven even staan terwijl de agenten het portier van de auto openmaakten. Ik staarde Nicky aan en de magere jongen naast haar zag dat ik naar haar keek. Opeens knikte de jongen tegen me. Ik dacht eerst dat hij het tegen iemand had die achter me stond. Ik keek om, maar er stond niemand, dus moest ik het wel zijn. Ik wist niet wie hij was. Waarom knikte hij tegen mij? Ik had hem wel eens zien lopen. Een van de vele vage figuren die je in de loop van een paar maanden ziet langskomen. Op een dag zijn ze verdwenen en je merkt het niet eens, zoals je ook niet merkt dat ze er zijn.

Ik keek hem wat beter aan. Toen viel het kwartje.

Het was David! Die knul die ik een paar jaar daarvoor aan Richard had doorgegeven. Christus, dacht ik, jij ligt in de goot, jongen. Ik weet nog dat hij mijn sigaretten afsloeg en tegen me zei dat je er een grauwe huid van kreeg. Ik had een pakje Benson op zak. Als ik het had gedurfd, had ik ermee gezwaaid en naar hem geroepen: 'Wedden dat je nu geen nee meer zegt?' Maar overal liep politie. Je moet niet opvallen als ze hun werk doen. De agent die naast hen stond keek naar me. Dus deed ik wat ik altijd doe als ik een agent zie, ik liep door.

23

TEER

WHEN YOU WANTA BE MY FRIEND
KNOCK ON MY DOOR
I WON'T OPEN IT
I KNOW
WHAT YOU'RE FOR
I KNOW EXACTLY WHAT YOU'RE FOR

Lurky

Ik was bij Dev toen een vriend binnenkwam en zei: 'Jullie pand wordt ontruimd.'

Ik ging meteen terug. Ik begreep niet waarom ze het nu deden in plaats van om twee uur 's nachts zoals gewoonlijk, als ze weten dat iedereen thuis is. Maar de politieauto stond voor de deur met het blauwe zwaailicht aan. Ik dacht dat ik droomde. Ik was niet bang. Ik was opgelucht. En dat was raar. Ik was stomverbaasd over dat gevoel van opluchting. Maar het kwam omdat ik dacht dat dan de hele rotzooi eindelijk afgelopen zou zijn. Alleen was dat natuurlijk niet zo.

Ik liep een poosje voor de deur te ijsberen. Lily en Rob waren een paar maanden daarvoor verhuisd. Toen de baby geboren was. Ik wist niet of Gemma thuis was of niet, maar ik dacht van wel. Ik wist niet wat ik moest doen. Ik bedoel, als de ziekenauto voor haar was gekomen, kon ik niets meer doen, maar ik moest per se weten of dat zo was. Was er iets met haar gebeurd? Was ze dood of wát? Als alles goed met haar was, zou ik naar binnen gaan en voor alles opdraaien. Dat zou ik niet erg vinden. Maar als ze bewusteloos was, zou het het stomste zijn wat ik kon doen.

Het punt is, er logeerde een vriend bij ons – Col, die vroeger iets met Sally had. Hij had een half jaar in Amsterdam gezeten en sliep sinds zijn terugkomst bij ons op de bank. Hij kon het dus ook zijn. Ik wist het gewoon niet. Maar uiteindelijk kon ik niet blijven wachten. Ik moest erachter zien te komen. Ik kon niet *niets* doen. Dus ging ik naar binnen.

In de gang stonden twee agenten. Eentje was heel groot, een soort reus, en de ander was van normaal formaat. Nou ja, normaal... Hij was ook behoorlijk groot. Ze grepen me vast zodra ik binnenkwam.

'Wat zoek je hier?'

'Waar is Gemma?'

'Doet er niet toe. Wat zoek je hier?'

'Ik woon hier.' Ze keken elkaar aan.

'Is er iets mis met haar? Voor wie is die ziekenwagen?' Ik probeerde me los te rukken en de kamer binnen te lopen, maar ze knepen nog harder in mijn armen en tilden me half van de grond. Ik had evengoed kunnen proberen langs King Kong naar binnen te glippen.

Natuurlijk zeiden ze niet of ze binnen was, hoe het met haar was of wat ook. Ze sleepten me de gang door en fouilleerden me. Ik bleef maar zeggen: 'Waar is Gemma. Waar is Gemma?'

'Maak jij je maar geen zorgen over Gemma,' zeiden ze steeds, alsof ik een stout kind was.

Ik zei: 'Wat jullie ook vinden, het is van mij.'

Er viel een stilte.

'En wat zouden we kunnen vinden?' vroeg de grote.

'Ik woon hier, alles hier in huis is van mij.'

'Wil je een verklaring afleggen?'

'Ja.'

'Arresteer hem eerst,' zei de andere agent.

'Wacht even,' zei de reus. Hij ging de voorkamer binnen. Hij deed de deur vlug open en dicht, zodat ik niet naar binnen kon kijken.

'Ik wil alleen maar weten of het goed met haar is,' zei ik.

'Met wie?' vroeg de agent, alsof ik Gemma's naam al niet tien keer genoemd had.

Toen ging de deur open en de reus kwam naar buiten met een plastic zak. Onze geheime voorraad zat erin. Misschien een gram of zeven heroïne en een klein klompje hasj.

'Is dit van jou?' vroeg hij.

Ik keek in de zak. Niet alles was van ons. Misschien zat er iets van Col bij, maar...

'Ja, allemaal van mij,' zei ik.

'Ik arresteer je wegens verdenking van het in bezit hebben van harddrugs, bestemd voor eigen gebruik en/of voor doorverkoop aan derden. Ik moet je waarschuwen...'

Ik luisterde maar half. Het was vreselijk. Ik staarde maar naar de deur van de voorkamer, waar Gemma misschien lag.

Een van de agenten liep naar de deur en zei iets in zijn walkietalkie. Toen ging de deur van de kamer open. Twee ziekenbroeders kwamen de gang in met Col tussen hen in. Hij was er slecht aan toe. Ze probeerden hem te ondersteunen, maar hij kon nauwelijks op zijn benen staan. Hij verloor steeds even het bewustzijn en kwam dan weer bij. Steeds zakte zijn hoofd op zijn borst, maar als hij bijkwam tilde hij zijn hoofd weer even op.

'Hoe is het met hem?' vroeg de agent die naast mij stond.

'Hij haalt het wel,' zei een van de broeders.

'En die andere?' vroeg de agent. De broeder keek van hem naar mij en ik dacht meteen het ergste.

'Waar is Gemma, waar is Gemma? Gemma, Gemma!' schreeuwde ik en vocht me naar de deur. De reus greep me vast en duwde me tegen de muur, mijn voeten bengelden een eindje boven de grond, maar ik bleef schreeuwen en vechten. Toen hoorde ik haar...

'Met mij gaat het goed, Teer, niets aan de hand.'

Onmiddellijk klonk de stem van een andere vrouw: 'Hou je smoel!' De stem klonk schel. Het moest een echt kreng zijn. Gemma zei niets meer, maar ik wist genoeg. Ik wist dat ze in de kamer was en dat er met haar niets aan de hand was. Ik had kunnen huilen van opluchting toen ik Col zag...

De reus was laaiend. Hij duwde me opnieuw hardhandig tegen de muur. Hij had alleen maar gevraagd hoe het met 'die andere' was om mij op te jutten.

'Je had kunnen zeggen dat er met haar niets aan de hand was,' zei ik. 'Daar had je niks van gekregen!'

'Slappe dweil!' riep hij minachtend.

Toen kreeg ik een idee en ik riep zo hard ik kon: 'Het spul is allemaal van mij, Gem, oké?'

De reus was woedend. Hij greep me vast en schudde me door elkaar. De vrouw aan de andere kant van de deur schreeuwde: 'Laat-ie zijn kop houden!'

'Een beetje de slimme jongen uithangen, hè?' fluisterde de agent met een valse schittering in zijn ogen. Hij had me graag een dreun gegeven. Ik denk dat hij het alleen maar liet, omdat de mannen van de ziekenwagen buiten voor de deur alles konden horen.

Even later werd Gemma de gang in gebracht. We werden allebei in de politieauto geduwd. Ik zag de agente die haar ondervraagd had. Haar gezicht leek een wit masker, griezelig, boosaardig. Ze duwden ons voor zich uit naar de auto. En heel gek, weet je wie aan de overkant op de stoep stond te kijken? Skolly – de kerel die zich ooit over me ontfermd had en me in contact had gebracht met Richard.

Ik voelde me behoorlijk opgelaten. Ik had geen woord meer met hem gewisseld, hem niet eens bedankt, sinds ik drie jaar daarvoor was weggegaan uit het kraakpand. Ik heb ooit op het punt gestaan. We kwamen een keer laat thuis na een feest en we zagen hem lopen met een andere vent. Zo te zien hadden ze in de kroeg gezeten. Hij liep een beetje te slingeren, met zijn handen in zijn zakken. Ik herkende hem meteen. Hij wilde net gaan schreeuwen dat we uit onze ogen moesten kijken, hoewel *hij* dat eigenlijk had moeten doen, maar toen zag hij Lily in het lamplicht. Ze had haar partykleren aan – het gaatjeshemd. Wat hij ook had willen zeggen, hij stond met zijn mond vol tanden.

Ik wilde net 'Hoi!' tegen hem roepen, maar Lily keek hem even aan en begon meteen te schreeuwen: 'Biermonster! Biermonster!' We renden allemaal weg, alsof hij inderdaad een monster was en schreeuwden: 'Biermonster!' Ik weet nog dat ik hoopte dat hij me niet had herkend.

De dienstdoende brigadier op het bureau was best aardig, een oudere vent. Maar daar had ik niet veel aan, omdat ik ondervraagd werd door die twee criminelen die me gearresteerd hadden. Ze waren walgelijk. De reus kwam steeds weer binnen en begon tegen me te grommen en te schreeuwen. Ik weet nog dat ik spetters spuug in mijn gezicht kreeg, zo ging hij tekeer. Hij stond achter zijn bureau en boog zich in mijn richting en hij bleef maar schreeuwen. Ik veegde de spuug met mijn vinger weg en dacht: smeriskots.

Toen liep hij naar buiten en een andere agent kwam binnen. Die was een en al vriendelijkheid. Hij noemde me David en ging naast me zitten 'voor een praatje voordat mijn vriend terugkomt van de koffiepauze...' Ze wilden achter namen en adressen komen, waar we de dope kochten, van wie, dat soort dingen. Natuurlijk hield ik mijn mond stijf dicht.

Ik weet wat ze wilden – die twee sukkels. Ze denken dat je zo bang wordt voor de man met de grote bek dat je daarna alles vertelt tegen de aardige. De grap was dat de aardige te stom was voor dit werk. Hij kon niet echt aardig zijn. Tenslotte had hij me even daarvoor nog een slappe dweil genoemd. Ik bleef vragen om een peuk en dan zei hij: 'Straks, David, straks...' Maar die peuk kwam niet en het werd al gauw duidelijk dat hij helemaal nooit zou komen. Hij kon er niets aan doen. Het was te moeilijk voor hem. Ze hadden hem uitgelegd hoe zo'n ondervraging in zijn werk ging, maar ze waren vergeten hem te leren hoe hij eigenlijk aardig moest zijn.

Toch werkte het. Gek hè? Ik moest echt op mijn woorden passen, vooral toen de aardige zei dat het beter voor Gemma zou zijn als ik het allemaal zou zeggen, dat de rechter milder zou zijn als ik meewerkte. Allemaal leugens, ik wist het, maar toch... Hij zei tegen me dat zij was doorgeslagen en dat ik dat beter ook kon doen. Ik geloofde hem bijna. Toen ze me weer lieten gaan, kwam ik erachter dat het allemaal leugens waren. Ze lieten Gemma diezelfde avond gaan. Ik moest drie dagen blijven. Ze stelden mij in staat van beschuldiging en ik werd voor de politierechter gedaagd. Tot de rechtszitting werd ik onder toezicht gesteld van de Sociale Dienst. Ik heb nooit iets gezegd, geen woord.

***

Pas geleden ben ik voor het eerst naar buiten gegaan. Het huis zelf is een dump, glanzende verf op de muren en dag en nacht de lucht van gekookte kool. Maar buiten is het prachtig – struiken, gazons en mooie stukken ruwe tuin met hele hoge bomen die misschien wel honderd of tweehonderd jaar oud zijn. Ik kwam langs een struik vol rode bessen, vlammend rood, schitterend. En de lucht rook naar bladeren en aarde. Het rood van de bessen was zo fel dat het pijn deed aan mijn ogen. Ik bedoel niet de pijn die je voelt als je afkickt, want dan zijn felle kleuren vreselijk. Ik ben nu clean. Het was zo'n volle, rijke kleur rood. Voor het eerst in drie jaar zág ik weer iets. Drie jaar lang zat de dope als een dik kussen tussen mij en de wereld in. Je kunt er niet doorheen kijken, je hoort niets en je voelt niets. Het is net of die drie jaar nooit bestaan hebben, alsof ik mezelf in een psychiatrisch ziekenhuis heb gestopt en me heb laten platspuiten.

En in feite was het ook zo.

Nee, het is geen gevangenis. Mijn zaak komt pas over drie maanden voor. Ik zit nu in een ontwenningskliniek in Weston-Super-Mare. Mijn advocaat zegt dat ik een goede kans maak op een voorwaardelijk ontslag van vervolging, maar dan moet ik het programma in Weston helemaal afmaken en een goed rapport krijgen. Ik moet clean blijven, met Gemma gaan samenwonen en een baan zoeken.

Misschien trouwen we wel, Gemma en ik. Maar de advocaat zegt dat dat misschien iets te ver gaat op onze leeftijd.

Eerlijk gezegd ben ik hier omdat ik te bang ben om te gaan zitten. Ik ken mensen die gezeten hebben en ze zeggen allemaal hetzelfde: het gebeurt gewoon, je slaat je er zo goed mogelijk doorheen. Maar ik blijf denken aan de bewaarders en hoe hard iedereen is en daar kan ik niet tegenop, dat weet ik. Dat red ik niet.

Maar gek genoeg was het niet zo toen ik gearresteerd werd. Ik zat in de cel en dacht: godzijdank, het is voorbij. Ik had de hele toestand niet meer in de hand, snap je? Ik dacht dat ik regelrecht naar een soort jeugdgevangenis gestuurd zou worden, waar ik dan een paar jaar weggestopt zou zijn. Geen beslissingen meer, geen mislukkingen, geen beloftes en geen leugens. Geen heroïne meer. Ik zou alles verliezen – alle spullen die we hadden gekocht, Gemma, mijn vrienden, het huis, alles. En ik vond het nog fijn ook. Ik dacht: wat een opluchting, ik heb geen leven meer. Godzijdank.

Maar de schoften lieten me gáán.

En toen begon ik natuurlijk bang te worden, want ik kon weer kiezen. Dus toen de advocaat zei dat ik een kans kreeg, heb ik die gepakt. Het is beter zo. Ik ben hier omdat ik wil afkicken. Ik wil clean zijn. Ik wil mijn leven in de hand hebben en het niet overlaten aan de politie. Christus! Smerissen als therapeuten, daar zit toch niemand op te wachten?

Sinds ik hier zit heb ik me een heleboel dingen gerealiseerd, maar het belangrijkste voor mij is het feit dat ik echt van Gemma hou. Belachelijk idee! Ik was straalvergeten dat ik verliefd was.

Ik schrijf haar elke dag. Ik teken een kleine gele paardebloem op elke brief. We ondertekenen onze brieven altijd met: 'Ik hou van je, paardebloem.'

Een heleboel mensen hier vinden dat we uit elkaar moeten gaan. We sleuren elkaar te veel mee, de goot in. Ik ben zwak. Dat weet ik. Dat is het eerste wat ze je hier leren. Je bent zwak en dat zul je altijd blijven. Dat is elke verslaafde. Gemma is zwak. Een sterke verslaafde bestaat niet. Dus trekken we elkaar naar beneden, dat snap ik ook. Maar ik wil haar niet kwijt. Ze is alles wat ik heb.

Een maand geleden nog had ik het kunnen doen, maar nu niet meer. Een maand geleden hield ik niet meer van haar. Ik gaf om niemand meer, niet om mijn ouders, niet om mijn vrienden, niet om Gemma. Ik voelde niets meer. Ik dacht dat ik het helemaal in de hand had, alles onder controle. Niets voelen is beter zijn, dacht ik. Het was de dope. Ik had heus nog wel gevoelens, maar ik zat zo onder de dope dat ik ze niet meer kon voelen.

Gemma heeft gezworen dat zij ook clean blijft terwijl ik hier ben. We waren er allebei bijna twee weken af, voordat ik hier kwam – nou ja eraf... bijna dan. We willen kinderen en dat zullen cleane kinderen zijn. Lily spoot nog toen ze zwanger was. Ze zat altijd te roepen dat ze een goede moeder wilde zijn en de andere meisjes riepen hetzelfde. Maar hoe kun je een goede moeder zijn als je gebruikt? En nog spuit als je borstvoeding geeft? Ik heb het zelf gezien. De aders in haar armen en in haar knieholten waren kapot omdat ze er te vaak met naalden in had zitten rommelen. Daarom spuit ze nu tussen haar borsten. Ik heb haar zelf zien zitten, met de spuit wroetend naar een ader, terwijl ze de baby aan haar borst had.

'Mooie dikke aders als je tieten groot zijn en vol met melk,' zei ze. Niemand zei een woord.

Dat is de dope. Zolang je de waarheid niet uitspreekt, bestaat die niet, denk je. Je houdt jezelf voor de gek. Als iemand tegen Lily zei: 'Wat je doet is slecht voor je kind,' dan werd ze razend. Maar ze wist het wel.

Door de dope lijkt het allemaal ver weg. Het doet er niet toe, het is niet echt meer.

Maar dat is het wel.

Gemma zegt als we deze keer niet samen kunnen stoppen, dat het dan afgelopen is tussen ons. En ze meent het. Daarom is het zo belangrijk dat het me deze keer lukt.

Gemma is zo sterk geweest. Ze is weg bij de massagesalon.

Ze is gestopt met de heroïne. Dat is echt hard. Ik heb het hier al vreselijk moeilijk gehad, maar zij woont nog steeds bij Lily en Rob en Sal en de rest. Ze schrijft me tweemaal per week. Maar – en dat zegt ze eerlijk – af en toe gaat ze door de knieën. Dat snap ik. Maar ze is eerlijk tegen me en daar ben ik blij om. Als ik hier uitkom gaan we verhuizen, weg uit Bristol. We zoeken een eigen plekje. Zij heeft af en toe nog een beetje gebruikt. Ik weet dat ze dat kan hebben omdat ze er niet over liegt, zoals ik. Ik deed altijd alsof ik bijna niets gebruikte. Ik geloofde het zelf, ook toen ik weken achter elkaar twee, drie, vier keer per dag een shotje nam.

***

We waren nog maar net binnen hier, of we werden bij elkaar geroepen. Ik en nog tien andere nieuwkomers. We zaten te wachten toen opeens een van hen, een lange slungelige vent van wie ik had gedacht dat hij bij ons hoorde, begon te praten. Hij zei: 'Niemand houdt je hier. Als je er genoeg van krijgt, daar is de deur.' Hij knikte naar het groene bordje 'uitgang' in de hoek. 'Zolang je hier bent zijn drugs of medicijnen niet toegestaan. Zelfs geen aspirine.'

We lachten zenuwachtig. Hij glimlachte. 'Zelfs geen hasj,' voegde hij eraan toe, alsof dat helemaal niets te betekenen had. 'Ik rook graag en als ik het zonder moet doen, kunnen jullie het ook.'

We schoven wat heen en weer op onze stoelen en lachten iets gemakkelijker.

'Als je gesnapt wordt met wat voor drug dan ook, sta je buiten. Geen vragen, geen argumenten – de deur. Dat geldt voor mij ook. Dus, als je het gevoel hebt dat je het niet aankunt, kun je beter nu gaan. Echt. Ga en kom een andere keer terug. Als je wacht tot je gesnapt wordt, heb je het voor altijd verpest. Als je hier gebruikt en je wordt gesnapt, kom je er nooit meer in.'

Een paar mensen stonden inderdaad op en liepen naar buiten. Ik kwam zelf ook in de verleiding, maar als ik dit niet deed, wachtte de jeugdgevangenis.

En toen werd het vreselijk: afkicken, cold turkey. Ik heb me nog nooit zo klote gevoeld. We hadden vaker geprobeerd af te kicken, maar dan had ik altijd nog wel een beetje gebruikt om me door de moeilijkste momenten heen te helpen, of ik slikte methadon of wat ook. Het was vreselijk. Ik ging bijna door de knieën. Het zou gebeurd zijn, als ik alleen was geweest. Ik zat te kreunen in mijn stoel. Ik voelde me verschrikkelijk en iedereen riep: 'Kom op, Teer, het lukt je, nog een paar dagen en dan ben je clean.' Maar ik wilde alleen maar dope, dope, dope. Ten slotte zei ik dat ik dit niet volhield en ik vroeg hun een van de hulpverleners te halen, zodat ik tegen hem kon zeggen dat ik weg wilde.

Hij kwam. Het was die lange slungel – Steve. Hij keek me een poosje aan en zei toen: 'Wil je iets dat het makkelijker maakt?'

'Wat bedoel je?'

'Ik kan je geen heroïne geven, maar ik heb wat methadon voor de zware gevallen. Ik kan een recept regelen.' Hij hield me een sleutel voor. 'Dit is de sleutel van de medicijnkast. Je kunt de pillen binnen twee minuten hebben als je wilt.'

Methadon is een vervanger van heroïne. Ze geven het aan verslaafden. Het helpt bij het ontwennen. Maar op een bepaalde manier is methadon erger dan dope. De ontwenningsverschijnselen die je daar weer van krijgt zijn erger en het middel is nog verslavender. Maar heroïne is illegaal en methadon niet, dus... Ik zuchtte. Ik zei: 'Ja, graag, wat dan ook.'

'Oké, ik zal het voor je halen. Pak je spullen maar.'

'Wat zeg je?'

'Pak je spullen. Als je iets wilt, kun je het krijgen, maar dan moet je weg.' Hij hield de sleutel weer in de lucht. 'Twee minuten, Teer.'

Ik keek van de sleutel naar hem en hij glimlachte. 'Rot dan maar op met je methadon!' zei ik tegen hem.

Het had weinig gescheeld.

Ik was laaiend, maar ze weten wat ze doen. Ze zijn een geweldige steun, maar je moet je er stap voor stap zelf doorheen vechten. Ze weten dat het niet gemakkelijk is. Later hoorde ik dat Steve zelf vijftien jaar verslaafd is geweest. Vijftien jaar en toen gestopt.

Het kan dus.

Een van de hulpverleners hier was vroeger alcoholist, zwaar verslaafd. Hij at 's morgens zijn eigen braaksel op omdat hij het zonde vond om de drank die erin zat te verspillen.

Hij had altijd drank binnen handbereik, zelfs als hij in zijn bed lag. Zodra hij wakker werd, nam hij dan een slok, maar zijn maag verdroeg de drank niet. Hij moest overgeven. Vaak was het de laatste drank die hij nog in huis had. Dus ving hij het op in zijn handen en dronk het opnieuw op.

En nu... Hij ziet er heel gewoon uit. Tien jaar lang bleef hij droog, tien hele jaren. En toen besloot hij op een avond dat hij het overwonnen had. Drank was geen probleem meer voor hem. Hij nam een glas.

'Ik hield niet meer op. Ik werd de volgende morgen in de goot wakker. Ik wist dat er maar één ding was waardoor ik me beter zou voelen... En dat nam ik. En ik was weer vier jaar lang aan de drank...'

Ik weet nog dat Dev en zijn vriendin een keer besloten ermee te stoppen. Ze boekten een vakantie naar de Canarische Eilanden. En wat denk je? Ze kwamen *in het vliegtuig* een jongen tegen die dealde en die iets bij zich had.

Dat zeggen ze steeds weer opnieuw: Je kunt het spul nooit meer gebruiken, wat voor verslaving je ook hebt, roken, drinken, dope. Wat er ook met me gebeurt, wat ik ook doe of niet doe, ik zal nooit meer heroïne kunnen gebruiken. Niet één keer. Omdat ik niet sterk genoeg ben. Omdat het sterker is dan ik. Dat is wat ik altijd moet onthouden...

Ze leren je dat soort dingen, maar de meeste tijd gaat zitten in therapie. We praten tegen elkaar over elkaar. Je moet niets achterhouden. Iedereen luistert. Ze vellen geen oordeel. Ze vervelen je niet met die bullshit die je normaal hoort van mensen die nooit met dit probleem te maken hebben gehad. En nog iets – misschien wel het belangrijkste – in tegenstelling tot alle verslaafden die ik ken, willen ze je er écht vanaf helpen.

We hebben van alles hier – verslaafden aan speed, aan heroïne, mensen die aan barbituraten verslaafd zijn, aan valium. Er is een vrouw hier die ongeveer even oud is als mijn moeder. Ze heeft dertig jaar valium geslikt. Stel je voor dat je constant stoned bent van de valium. Ze heet Nancy. Haar huisarts heeft heel wat op zijn geweten. Blijkbaar hebben veel vrouwen zo'n soort probleem. Daardoor begin ik wat aardiger over mijn moeder te denken. Haar drug was in elk geval interessanter dan valium.

Nancy heeft een zoon die even oud is als ik. Ze ziet hem niet vaak. Hij werd bij haar weggehaald toen hij acht was. En ik heb natuurlijk een moeder die ik niet veel zie. Dus hebben we iets gemeen. We wandelen vaak samen. Ze vraagt me hoe ik het vind om de zoon van een verslaafde te zijn en ik vraag haar hoe het is om moeder te zijn. Ze lijkt niet veel op mijn moeder, maar die gesprekken geven me een goed gevoel omdat ik denk dat ze haar helpen. Als haar zoon niet bij haar was weggehaald, was hij misschien zo geworden als ik, snap je. Dus ben ik in mijn nutteloosheid nuttig voor haar, als je begrijpt wat ik bedoel.

Nancy neemt het vaak voor me op. Soms gaan de anderen tegen me tekeer vanwege Gemma. Ik heb iedereen ons verhaal verteld, dus weten ze dat ze min of meer van huis is weggelopen voor mij. Ze had het nooit gedaan als ik er niet was geweest, dus op een bepaalde manier is het mijn schuld dat ze een junk is. Bijna iedereen vindt dat we uit elkaar moeten gaan, omdat junkies elkaars verslaving onderhouden en het daardoor veel moeilijker is om te stoppen. Zelfs Steve zegt dat stellen bijna altijd uit elkaar moeten gaan.

Maar wij houden van elkaar... dat kan toch niet slecht zijn? Hoe kan liefde slecht zijn?

Nancy zegt: 'Als je van haar houdt, moet je bij haar blijven, Teer.' Zij is gaan scheiden vanwege haar verslaving en ze is er niets mee opgeschoten. Ze zit nog steeds tot over haar oren in de problemen.

Het punt van therapie is niet dat alles wat gezegd wordt wáár hoeft te zijn. Maar therapie zet je aan het denken. Therapie daagt je uit. Al dat gedoe over Gemma heeft me aan het denken gezet over ons tweeën en hoe langer ik erover nadenk, hoe meer ik erachter kom dat ik van haar hou.

Er is een jongen – Ron. Hij komt uit Schotland. Hij heeft van alles meegemaakt. Soms wordt hij agressief, maar hij is eigenlijk heel aardig. Hij is aan de drank geweest en aan de heroïne. Hij is zelfs verslaafd geweest aan hoestdrank. Hij is de eerste hoestdrankverslaafde die ik ooit ben tegengekomen. Hij is een zwak mens. Zijn we allemaal. Daarom zitten we hier. Maar hij heeft een heleboel mensen hier dingen over zichzelf laten zien. Hij ziet de dingen scherp. Het gekke is wel dat hij er niet tegen kan als anderen iets over hem te zeggen hebben.

Zoals verleden week. We waren in therapie. Het was mijn beurt. We hadden het over mijn moeder. We hebben het vaak over mijn moeder. Dat komt duidelijk doordat zij verslaafd is, net als ik, en omdat ze ook slachtoffer is, net als ik, van de dreunen van mijn vader. Opeens stond Ron op en zei: 'Oké, we hebben het over je moeder gehad en dat ze slachtoffer is en jou slachtoffer heeft gemaakt en over alle dingen die je met haar gemeen hebt. Oké. Maar hoe zit het met je vader? Wat heb je gemeen met je vader? Wat vind je van een beetje medelijden met die man?'

Opeens stond alles op zijn kop. Ruzie!! In het begin zat ik alleen maar te luisteren. Een paar vrouwen waren zwaar beledigd.

'We hebben het over een man die vrouwen slaat, we hebben het over een man die zijn eigen vrouw én zoon slaat.'

'Ja, maar wat heeft zij hem aangedaan?' zei Ron. 'Zij was een meester in het oproepen van schuldgevoelens, denk ik. Ik durf erom te wedden dat ze goed wist hoe ze hem om haar vinger moest winden. Ik heb vaker vrouwen ontmoet zoals zij en ik zal je vertellen dat die niet hulpeloos zijn. Ik durf er zelfs om te wedden dat zij degene was die de broek aan had.'

'Dat is niet hetzelfde!' schreeuwde de vrouw. Ze begon echt boos te worden. De gespreksleider probeerde steeds het onderwerp op mij terug te brengen, maar ik kon niets zeggen. Het was waar. Ik had er nooit over nagedacht, maar mijn moeder was de baas. Hij sloeg mij altijd en zij was altijd bang als hij thuiskwam. Maar toch was zij de baas. Ze wond mij om haar ene vinger en hem om de andere.

'Moet je horen, David!' riep Ron. Hij boog zich grinnikend naar mij toe. 'Waarom ga je niet terug en geef je haar een goed pak slaag, net als je vader dat deed? Wat vind je daarvan? Misschien was het niet eens zo verkeerd...'

Je had ze moeten horen krijsen toen hij dat zei.

'Dat is geen manier om zijn problemen op te lossen!'

'Dat zei ik ook niet! Ik zei niet dat hij het *moest* doen. Ik vroeg hem wat hij ervan *vond*. Goed, luister, ik heb vrouwen wel eens geslagen en misschien doe ik het ooit wel weer.'

'Is dit een dreigement? Is dit een dreigement?'

'Nee, luister, nee, ik ben niet... ik bedoel...' Het was een lawaai, verschrikkelijk. Iedereen schreeuwde en brulde door elkaar. 'Nee, luister, ik verwacht medelijden, waarom niet met Teers vader? Waarom mag hij niet een beetje zielig worden gevonden? Het is toch de moeite waard om je dat af te vragen? Ik bedoel, al sla je een vrouw, daarmee hou je toch niet op een menselijk wezen te zijn? Of mag ik geen vragen stellen? Ik dacht dat dit een vrije therapiesessie was...'

Die vrouw – ze heette Sue – ging helemaal door het lint. Ze was altijd maar weer door haar man in elkaar geslagen. Ik vond het erg voor haar, omdat ze net een beetje begon te leren voor zichzelf op te komen en nu viel Ron over haar heen.

Hij vond dat ik mijn vader moest opbellen en vragen hoe het met hem ging en wat hij voelde.

Ik dacht dat ik gek werd.

'Oké, hij is de sterkste, af en toe wordt hij laaiend en haalt uit, maar waarom? Hoe wordt *hij* misbruikt? Hé... denk daar eens over na. Misschien *wilde* ze wel dat hij haar sloeg. *Misschien kwam haar dat wel goed uit...*'

Een paar van de groep raakten helemaal de kluts kwijt. Ik ook. Ik zat naast Nancy en ik keek haar aan, wilde weten wat zij ervan vond. Maar ze schudde haar hoofd. Naderhand zei ze dat ze dacht dat Ron de boel alleen maar zat te stangen. Ik weet het niet. Ik weet niet of het waar is wat hij zei, maar ik leerde er iets van: ik had nooit eerder nagedacht over mijn vader en mij. Op een dag, als dit allemaal voorbij is, zal ik hem bellen, hem opzoeken... misschien. En mijn moeder. Maar niet nu. Het loopt niet weg. Op dit moment heb ik al mijn kracht nodig voor Gemma.

Ik geloof nergens meer in. Ik geloof niet in mezelf, niet in mijn vrienden, niet in Gemma. Maar dat bedoel ik niet op een cynische manier. Het punt is dat ik niet moet vergeten dat ik zwak ben en dat zij zwak zijn. Ik kan het niet alleen. Als je gevoelig bent voor verslavingen, moet je hulp van buitenaf hebben. Dat hoeft niet per se een mens of een organisatie te zijn, iets dat dieper zit dan dat. Een kracht buiten je die sterker is dan jij, waaraan je je kunt vasthouden als je je zwak voelt.

Ik weet niet goed wat ze bedoelen als ze dat zeggen, maar misschien begin ik het een beetje in te zien. Dat 'ding' buiten jezelf is voor iedereen anders. Ik weet dat ik mezelf nooit meer kan vertrouwen. Ik weet dat ik Gemma ook niet kan vertrouwen. Ze is sterker dan ik, maar nog steeds zwak. Maar de liefde dan?

Ik pakte een brief die ze me pas geschreven had en las de woorden aan het einde: 'Paardebloem, ik hou van je...' En ik dacht: dit is het! Dit is de toverkracht. Van iemand houden. Dat ben jij niet, dat zijn zij niet, het zit niet in jou, het zit niet in hen, het is iets tussen jullie.

Het is groter en sterker dan jij.

Dat heb ik. Dat is alles wat ik heb als je erover nadenkt. Mijn persoonlijkheid verdween bijna toen ik aan de heroïne was. Ik ben er nu vanaf, maar ik weet nog steeds niet wie ik ben. Ik weet alleen dat ik zwak ben en dat Gemma zwak is en dat ik van Gemma hou en ik weet dat ze van mij houdt.

Paardebloem, paardebloem. Daar geloof ik in. Dat is het enige dat me nu kan helpen.

Steve zei tegen me: 'Als je naar huis gaat, weet je de eerste dag al of je de week zult doorkomen.'

'Het lukt me,' zei ik.

Dat heb ik eerder gezegd. Deze keer weet ik dat ik er absoluut niet zeker van kan zijn.

24

SALLY

Als je Gemma geloofde moest het een soort bruiloftsfeest worden, met een paar wittebroodsweken erachteraan. Ze stond te springen en hem te kussen en te knuffelen. Hij kreeg een kleur. Hij was helemaal veranderd, helemaal. Hij zag er zoveel beter uit. Ik was nogal cynisch over de hele operatie, maar je moet voor alles openstaan, anders blijft alles altijd hetzelfde.

Een poos later begon hij te vertellen wat ze hem hadden geleerd – dat hij het niet in zijn eentje kon, dat hij hulp van buitenaf nodig had, van wie of wat dan ook.

'Gehersenspoeld!' spotte Lily. 'Wat een flauwekul! Ze hebben hem van de ene drug afgehaald en hem vervolgens een andere aangesmeerd. Ze zullen wel trots op je zijn, jongen!'

Ze had gelijk, maar ze had het niet hoeven zeggen. Misschien heeft hij een hersenspoeling nodig. Arme Teer. Ik gaf haar een por en zei: 'Laat hem met rust, hij doet het toch goed?'

'Mmm, ze hebben je in de gevangenis gezet. Ze hebben je opgesloten in je eigen hoofd en toen hebben ze je de sleutel gegeven. Hoe kom je er weer uit? Je bent je eigen bewaarder geworden. Op die manier is het een stuk goedkoper...'

Ik was pisnijdig op haar, omdat ze zo rot tegen hem deed. Hij zat daar met een glas bubbelwijn en zei: 'Je kunt denken wat je wilt, Lily. Jij bent aan de dope. Ik niet.' Dat kon ze niet hebben. Een poos later ging ze naar de badkamer en kwam terug met kleine stukjes zeep die ze in zijn oren en neus probeerde te stoppen.

'Hou op, Lil!' Hij werd nu echt boos.

'Zo kun je je hersens schoonhouden,' zei ze. Het was wel

om te lachen. Arme Teer! Lily lijkt een beetje op een missionaris. Ze houdt alleen maar van haar eigen godsdienst.

Gemma was die dag weer helemaal de oude Gemma. Ze danste rond. Ze wilde de wereld laten zien hoe blij ze was dat ze hem terug had. Ze had het liefst in hem willen kruipen.

De dag daarvoor was het heel anders. Ik ging haar helpen om alles klaar te maken voor het feest. Ze stond een rijstsalade te maken en ze zag er echt vreselijk uit. Ik zei niets. Nee. Je vriend komt uit de ontwenningskliniek en iemand komt binnen en zegt: 'Jezus, wat zie jij eruit vandaag.' Ik had iets bij me, omdat ik dacht dat ze misschien iets nodig had om zich wat sterker te voelen. Ik bood het haar aan, maar ze zei nee. Ze maakte er een heleboel drukte over. Ze wilde niets en hoefde niets en... Maar we wisten allemaal dat ze af en toe door de knieën ging. Iedereen zegt altijd wel dat het je vrienden zijn die ervoor zorgen dat je aan de dope blijft, maar je houdt er heus wel mee op als de tijd er rijp voor is. Als je het op het verkeerde moment wilt forceren, kost het alleen maar een berg energie en dan lukt het helemaal niet.

Maar ik zei niets. Ik pakte een mes en hielp haar de paprika's te snijden.

Ik keek naar haar. Ik hield zo lang mogelijk mijn mond, maar ten slotte liet ze haar hoofd hangen en begon te huilen. Ik sloeg mijn arm om haar heen. 'Wat is er, Gem?' vroeg ik.

En toen kwam het eruit. 'Ik heb Teer in de steek gelaten, ik heb het voor hem verpest. Ik had hem van alles beloofd en...' en haar tranen druppelden zowat in de rijstsalade.

Ik was verbaasd, omdat ze het steeds zo goed had gedaan. Ze was een nieuw leven begonnen. Ze werkte niet meer in de massagesalon, wilde er alleen maar voor Teer zijn. Ze gebruikte bijna geen heroïne meer.

'Ik heb weer een beetje gebruikt. Vandaag ook al. Hij is nog steeds clean en moet je mij zien...'

Ze was helemaal van streek.

'Hoeveel heb je gebruikt?' vroeg ik.

'Vandaag iets. Ik voelde me zo rot...'

'En wanneer daarvoor?'

Ze veegde haar tranen uit haar ogen en haalde haar schouders op. 'Eergisteren.'

Vroeger gebruikte ze elke dag, twee keer per dag, drie keer. Ze gebruikte meer dan ik. En nu was ze bijna gestopt. Ze nam alleen een beetje als ze zich rot voelde en gaf zichzelf opeens de schuld van alles. Deze briljante prestatie was opeens waardeloos. 'Je bent verdomme geen supermens!' riep ik boos.

'Maar Teer is clean,' kreunde ze.

'Natuurlijk is hij clean. Hij is omringd geweest door mensen die ervoor betaald worden om ervoor te zorgen dat hij clean blijft. Hij heeft ergens gezeten waar je oersterk moet zijn, wil je dope *gebruiken*,' zei ik. 'Jij hebt het helemaal in je eentje gedaan, en dat doe je echt heel goed.'

'Maar hij is clean en ik niet en ik ben niet sterk genoeg om er vanaf te blijven en ik hou echt van hem, ik hou zoveel van hem, Sal, en ik sleur hem natuurlijk weer mee...'

'Luister.' Ik omhelsde haar. 'Je boft. Ik wou dat ik zoveel voelde voor iemand. Je weet niet wat voor een bofkont je bent, Gem.'

Door haar tranen heen glimlachte ze tegen me.

'Het komt wel goed met je.'

'Ik zou weg moeten gaan. Ik heb zitten denken, als ik echt sterk was, ging ik weg. Ik zou bij hem weg moeten gaan, omdat hij zonder mij meer kans maakt.'

Ik raakte een beetje geïrriteerd. Ik zei: 'Je bent gek, je gaat toch niet van iemand af omdat je van hem houdt? Je bent krankzinnig.' Ik begon te lachen en zij moest ook lachen, omdat het zo stom was.

We gebruikten samen iets. Zij maakte zich er druk over, maar supermens word je nou eenmaal niet inéén s. Zij chineesde, anders zou Teer sporen zien. Ze heeft al wekenlang niet meer gespoten. Dat is geweldig. Maar nu stond ze op instorten en wat voor soort thuiskomst zou dat voor hem zijn?

Ik zei dat ze niet altijd maar sterk kon zijn voor iedereen.

Ze moest leren zich aan hem op te trekken. Ik zei dat hij heel lang op haar had geleund. Misschien was het nu haar beurt. Als die ontwenningskuur goed was geweest, moest hij genoeg kracht hebben voor hen allebei.

Ik was bang dat ze het op het feest niet zou redden, maar ze was perfect. Gemma kan zich heel goed aan de situatie aanpassen. Ze straalde, sprankelde. Teer was zo cool als een kikker, hoewel hij, nu ik eraan terugdenk, misschien ook wel een beetje vreemd was.

Later merkte ik dat Rob weg was en ik wist wat dat betekende. Daarom ging ik naar boven en vond hem, inderdaad, met dope in de slaapkamer. En weet je wie daar ook was?

Tja... dat duurde dus niet lang, hè? Ik was behoorlijk boos op Teer, dat kan ik je wél vertellen. Gemma had zo haar best gedaan en het was haar aardig gelukt. Hij zei dat het feest was en dat hij een kick wilde omdat het zo'n belangrijke avond was en dat hij zich een buitenstaander voelde bij al die mensen. Misschien heeft het niets te betekenen, dacht ik. Maar ik wist natuurlijk precies wat het betekende.

Ik ging op het bed zitten en nam een shot. We zaten daar en praatten over niks. Lily kwam binnen...

Ze bleef staan, keek naar Teer en knikte. Ze zei alleen maar: 'Ja, ja.' Hij glimlachte zuur. Opeens begint ze door de kamer te lopen, trekt een la open, doet kastdeuren open en dicht, kijkt onder het tafeltje, onder het bed, en roept dan: 'Dat is gek! Ik kan God nergens vinden.' Zij had steeds gedacht dat Teer God bedoelde toen hij het had over 'iets van buitenaf' dat hem hielp. 'Hij is niet lang gebleven, hè?' zei ze tegen Teer.

'Voor mij is het geen probleem, Lily. Ik vind het jammer dat jij je eraan stoort.' Hij glimlachte zo onschuldig, alsof hij een beker melk dronk.

Ik ging op het bed liggen en deed mijn ogen dicht. Het kon me niets meer schelen. Ik had iets willen zeggen, maar hij zag er niet uit alsof het hem iets kon schelen. Het kon hem op dat moment inderdaad niets meer schelen, denk ik. Hij had meer dan een maand niets gebruikt. Bofkont, je zag het aan de blik in zijn ogen. Hij voelde zich goed. Maar Lily bleef maar naar hem staren, tot hij begon te schuiven op zijn stoel.

'Gemma heeft ook iets gebruikt,' zei hij ten slotte.

'O, dan is 't oké,' zei Lily. Toen draaide ze zich om naar Rob en schreeuwde: 'Zak!'

'Hij vroeg het me. Wat moest ik doen?' riep Rob.

'O, laat hem met rust, Lily, alsjeblieft, dit is een feest,' zei ik.

'Moet je hem zien! Hij kan nauwelijks op zijn benen staan.'

'Ik heb alleen maar gechineesd. Ik heb geen spuit gebruikt,' zei hij.

Ik zei: 'Je overdrijft, Lily. Het is zijn feestje.'

'Het betekent niet dat ik *niet* gestopt ben,' zei Teer.

Ik zei: 'Jezus!' Want dit was erom vragen.

Lily sprong erbovenop 'O ja, je gebruikt, maar je bent gestopt, natuurlijk...'

'Dit is een feest. Gemma heeft vanavond trouwens ook gebruikt,' zei hij. 'Ze vroeg of dat oké was.'

'En jij zei ja.'

Hij glimlachte. Ik dacht: slimmerik. Natuurlijk mocht Gemma, want dan kon hij ook...

Dat is nou dope. We zijn allemaal hetzelfde. Je kunt altijd een reden verzinnen als je wilt gebruiken.

Toen zei hij: 'Wil je het alsjeblieft niet tegen haar zeggen, Lily? Zij schiet er niks mee op. Je zou haar er geen plezier mee doen.'

'Ja, ja, jij wilt dat ik je spelletje meespeel?' riep Lily spottend. 'Hoe voel je je morgen hierover, denk je?'

'Ik denk waarschijnlijk dat ik trek had in een beetje heroïne, Lily.'

Ze ijsbeerde een beetje door de kamer en begon weer te snauwen tegen Rob. Hij had er wat stilletjes bij gezeten. Hij weet dat hij zich gedeisd moet houden als Lily kwaad is. Hij had een shot voor haar klaargemaakt en gaf haar de spuit. Ze zakte neer op de rand van het bed en wroette met de naald naar een ader in haar knieholte.

'Je hebt het voor jullie allebei verpest,' zei ze tegen Teer.

Ik had er genoeg van. Ik stond op en liep met grote stappen de deur uit.

'Wat heb jij opeens?' snauwde ze.

Ik draaide me om en zei: 'Jij die hem een lesje leert over dope, terwijl je een spuit in je kont hebt zitten, dát heb ik!' Ik trok de deur met een klap achter me dicht en liep naar de trap. Lily kwam achter me aan. Hangend over de trapleuning schreeuwde ze: 'Scheld jij me uit voor junk, stomme trut? Scheld jij me uit voor hypocriet?'

Ik deed of ik haar niet hoorde en liep door. Ik keek niet eens om. Ik wist dat ze niet achter me aan zou komen. De spuit lag nog steeds gevuld in de slaapkamer achter haar en die zou ze daar nooit achterlaten, niet in een kamer met twee junks erin.

Ik liep de trap af en voelde me als een filmster die een trap afdaalt in een baljurk in een film uit de jaren vijftig. Iedereen keek natuurlijk naar me, maar niet omdat ik er mooi uitzag. Ik stapte van de laatste tree en dacht: dus zij is géén junk? Is bij haar het kwartje nog steeds niet gevallen?

25

RICHARD

HELP ME HELP ME HELP ME HELP ME
THROW ME A LINE AND I'LL SPIN IT BACK
HELP ME HELP ME HELP ME HELP ME
BUT WHAT I REEEEEEEALLY NEED'S THE CASH

Lurky

Ik zei: 'Ben je clean?'
'Zo'n beetje.'
'Ik wil geen spuiten in huis.'
'Zo stom ben ik niet,' zei hij. Hij klonk een beetje beledigd. Ik vroeg verder niets. Ik dacht dat hij alleen maar op bezoek wilde komen. We spraken af voor het weekend en ik legde de hoorn neer.

Ik woonde in die tijd samen met Sandra. Ik had een fantastische tijd gehad in Australië en Zuidoost-Azië. Fietsen was daar de enige manier om je te verplaatsen. Ik ging vaak naar de New Forest toen de mountainbikes nog maar pas op de markt waren en ik wist het meteen: dit was de toekomst van de fiets. Zuidoost-Azië was pas de eerste stap. Volgende keer ga ik naar India.

Ik had vaak aan Teer gedacht toen ik daarginds was. Hij zou hebben genoten. Ik moest altijd denken aan de laatste keer dat ik hem gezien had. Toen zei hij tegen me: 'Ik hoef niet weg te rennen naar Azië om het leven interessant te blijven vinden, Richard.'

Ik zat op een omgevallen beeld in Thailand aan de rand van een vervallen tempel in de jungle. Ik had op het strand geslapen, ik had gezwommen en een kilometer of twintig door de jungle gefietst. Er waren overal reusachtige vlinders, zo groot als vogels. Ik dacht: ik weet wel waar ik liever ben...

Nadat ik terug was, ging ik een poosje in Birmingham wonen. Ik had vrienden daar, maar ik had er nog niet eerder gewoond. Daar ontmoette ik Sandra. Ze woonde in hetzelfde huis als mijn vrienden en we begonnen een *affaire du coeur*. Jammer genoeg ben ik niet erg goed in dat soort dingen. Ze ging een opleiding doen in Reading. Reading! Ik moet gek zijn geweest! Ik ging erheen en liep bij een fietsenwinkel binnen. Ik kon er zo beginnen.

Zo gaat het soms. Toen ik terugkwam, wilde ik vlug geld verdienen om dan weer naar India te kunnen gaan. In plaats daarvan kwam ik met Sandra terecht in een flat in Woodley. Het ergste van alles was dat Sandra het leuk vond.

Ik word steeds weer verliefd, maar het maakt me altijd ongelukkig. Ik weet niet waarom. Toen ik Sandra vertelde dat Teer kwam, vond ze dat helemaal niks. Ik probeerde haar uit te leggen hoe aardig hij was en hoe moeilijk hij het als kind had gehad, dat soort dingen. Het is niet zo dat ze geen medelijden heeft of zo, maar haar medelijden is zuiver beroepsmatig. Ze volgde een opleiding om met gehandicapte kinderen te werken. Ze deed praktijkervaring op met een stel zwaar gehandicapte kinderen. 's Avonds kwam ze bekaf thuis en tegen het weekend had ze geen zin in toestanden thuis.

'Bij junkies moet je uit de buurt blijven,' kondigde ze aan. Verslaving lijkt een beetje 'eigen schuld', denk ik, als je de hele dag met gehandicapten bezig bent.

Ik zei tegen haar wat hij had gezegd.

'Wat bedoelt hij met "zo'n beetje"?' wilde ze weten.

Ik had wel ongeveer een idee.

Teer was nog even onbetrouwbaar als hij geweest was. Ik bedoel zoals hij geweest was sinds hij was gaan gebruiken. De open blik die hij in het begin had, was – toen hij een paar maanden weg was uit het kraakpand – helemaal verdwenen. Het was raar. Jarenlang was ik niet echt dol op hem geweest.

Ik vond hem aardig toen ik hem voor het eerst zag. Hij had die bepaalde manier waarop hij dingen probeerde te verbergen, maar uiteindelijk kwam het allemaal boven water. Totdat de heroïne alles afdekte. Heel af en toe kon ik nog wel eens een glimp opvangen. Als hij me verlegen aankeek of als er zich een trage glimlach over zijn gezicht verspreidde. Ik denk dat ergens in zijn binnenste de oude Teer nog steeds woonde.

De avond begon niet al te slecht. Hij vertelde over de arrestatie. Ik vond het nogal nobel van hem dat hij naar binnen was gegaan terwijl het in het huis zwart zag van de agenten. En dat hij de verantwoordelijkheid voor alles had genomen. En hij vertelde over het ontwenningscentrum. Ik vond dat hij daar een boel geleerd had, maar Sandra was niet erg onder de indruk.

'Blijkbaar heb je er niet genoeg geleerd,' zei ze. Het was een beetje ongemakkelijk allemaal. Ze ging vroeg naar bed, maar ik bleef met Teer op. We praatten. Hij vertelde veel over dope en het afkicken. Het klonk allemaal heel verstandig. Ik vond dat het goed met hem ging.

Toen ik een uur later bij Sandra in bed kroop, was ze woedend.

'Morgenochtend in alle vroegte gaat hij eruit,' zei ze. Ik kon mijn oren niet geloven.

'Waarom?'

'Hij zit tot aan zijn oogballen vol met dope, dáárom.'

'Nee. Hij zegt dat hij een maand clean is.'

'Dat zegt hij, ja. Heb je zijn ogen niet gezien?'

'Hij was toch niet... nee, hè!' Maar terwijl ik dat zei, wist ik dat het waar was. Hij was steeds slomer geworden en zijn pupillen waren steeds kleiner geworden. Ik had zitten roken, dus had ik niet zo goed opgelet, maar bij nader inzien was hij zo stoned als wat. Als het geen heroïne was, was het iets dat er erg veel op leek.

'Zijn pupillen leken wel speldenknoppen,' zei Sandra huiverend.

'Ik zal met hem praten,' zei ik ten slotte. 'Maar schop hem er niet uit, alsjeblieft. Hij is een vriend van me.' Ze snoof minachtend en draaide zich op haar zij. Maar ik hoefde hem er niet uit te gooien de volgende morgen.

De volgende dag zouden we een wandeling langs de rivier maken, maar Sandra en ik moesten eerst nog een paar huishoudelijke dingen doen. 's Zaterdagsmorgens deden we de was en zo, en er moest gestreken worden. Sandra was lastig. Als vrienden van haar in het weekend kwamen, stelden we dit soort dingen uit, maar nu... Ik moest naar de supermarkt. Teer ging mee en ik merkte dat hij in de auto op weg erheen ongedurig was, afwezig. Bij Safeway kocht hij paracetamol.

'Voel je je niet goed?' vroeg ik.

'Een beetje grieperig,' antwoordde hij. Hoe vaak ik hem en zijn vrienden al had horen zeggen dat ze 'een beetje grieperig' waren...

'O ja?'

'Ja.' Hij keek me aan. 'Ik heb inderdaad een beetje de griep,' zei hij ernstig. Hij maakte de verpakking open en nam er twee.

Ik zei niets. Het klonk erg overtuigend, maar Sandra had de luchtbel doorgeprikt. Nou ja, dacht ik, als hij het niet wil toegeven, is dat zijn zaak. Eigenlijk is dat niet waar. Wat ik echt dacht was: jeetje, nog meer problemen. Want als Sandra erachter kwam dat hij ontwenningsverschijnselen had... Jeetje!

Het ging al wekenlang niet zo goed tussen Sandra en mij. Eigenlijk al vanaf het moment dat we naar Reading waren verhuisd. Een paar maanden daarna gingen we uit elkaar. Voor Teer was het niet direct een lekker sfeertje om in af te kicken.

Ik hoopte dat hij zich beter zou gaan voelen als we in de frisse lucht langs het water liepen, maar eerst moesten we terug naar huis. Sandra had nog steeds bergen werk. Dat ergerde me behoorlijk. Voor zover ik kon zien, had ze de hele morgen met haar moeder zitten bellen. Het leek wel of ze helemaal niets gedaan had, terwijl wij weg waren. Ik stelde voor dat Teer en ik met zijn tweeën naar de rivier zouden gaan, maar daar kwam ook niets van in. Dus moesten we wachten. Ze haalde doodleuk de strijkplank voor de dag. Ik zag wel dat dit lang ging duren, dus stopte ik de wasmachine in de keuken maar vol, dan schoot het misschien op.

Ik zat net te overwegen of ik tegen haar zou gaan zeggen dat hij ontwenningsverschijnselen had en dat we hem moesten helpen, toen Teer plotseling zijn jas aantrok.

'Waar ga je heen?' vroeg ik.

'Ik ga terug.'

'Waarom?'

Hij haalde zijn schouders op en staarde naar de grond. 'Ik moet terug,' zei hij. 'Kun je me geld voor de bus lenen? Ik heb helemaal niks meer.'

'O.' Ik had het gevoel dat ik hem in de steek liet. 'Heeft het met Sandra te maken?'

'Nee, helemaal niets. Ik moet gewoon terug.'

'Waarom?'

Teer keek weg van me, naar de koelkast die tegenover het aanrecht stond. 'Ik ben gestopt, cold turkey, maar ik hou het niet vol. Ik wil terug. Ik moet wat heroïne scoren,' zei hij. Hij keek me aan en haalde zijn schouders op.

'Waarom heb je dat niet gezegd?' vroeg ik.

'Ik dacht, ik probeer het en misschien lukt het, maar ik red het niet. Ik moet terug.'

'Maar je zei dat je een maand clean was.'

'Ik wilde je niet vertellen dat ik afkickverschijnselen had.' Hij liet me zijn trillende handen zien. 'Moet je kijken! Kun je me het geld lenen? Anders ga ik liften.'

'Wat heb je gisteren gebruikt?'

'Downers. Ik heb er nog wat barbituraten bij geslikt om me door de eerste nacht heen te helpen, maar die zijn nu op. Ik kan het niet, Richard, sorry, maar ik kan het niet. Deze keer niet.'

Ik probeerde hem om te praten, zei tegen hem dat hij aan

Gemma moest denken, riep hoe goed hij bezig was, terwijl we allebei wisten dat het allemaal leugens waren. Hij had die ene dag al niet gehaald en eigenlijk was ik er behoorlijk van geschrokken hoe slecht hij eraan toe was. Ik stond nog tegen hem te praten toen Sandra binnenkwam.

Ze keek naar ons. Teer nog steeds in zijn jas.

'Wat is er aan de hand?' vroeg ze.

'Teer wil terug. Hij wilde proberen te stoppen dit weekend.'

Sandra liet een snuivend geluid horen. Ze draaide zich om en liep naar de wasmachine. Ze trok de kleren er weer uit die ik erin had gestopt.

'Dan ga ik maar,' zei Teer en hij liep naar de deur.

'Wacht even...'

Ik had haar wel kunnen vermoorden. Hij was gekomen omdat hij dacht dat ik hem misschien kon helpen. Hij was een vriend van me. Maar hij was nog een kind. Als zij besloot dat ze hem niet wilde helpen, kon ik hem net zo goed het geld nu geven, maar dan riskeerde ik daar óók nog een keer ruzie over.

Hij liep naar de deur, toen Sandra zich omdraaide. 'Hoe lang ben je er vanaf?' vroeg ze.

Teer stond bij de deur. 'Pas één dag,' zei hij.

'En gisteravond dan?' vroeg ze.

'Dat waren barbituraten,' zei ik vlug. 'Hij heeft wat ingenomen om hem door de eerste nacht heen te helpen, maar ze zijn op.'

Sandra blies hoorbaar haar adem uit.

Teer zei: 'Je hebt gelijk. Ik ben maar een junkie. Ik ben een junk en ik wil alleen maar terug en doorgaan met...'

Terwijl hij het zei vertrok zijn gezicht en hij begon te huilen. Hij rende de gang in.

Ik schrok vreselijk. Hij had er zo kalm uitgezien. Ik keek Sandra aan. Ze keek even naar mij en rende toen opeens achter hem aan. Hij was al bij de voordeur, probeerde hem open te trekken. Sandra gooide zich ongeveer op hem, greep hem bij zijn schouders en draaide hem om, hoe lang hij ook was. Toen sloeg ze haar armen om hem heen en drukte zich zo hard tegen hem aan dat hij zich nauwelijks meer kon bewegen. Ze begon hem over zijn rug te strelen. Ik zag zijn gezicht over haar schouder. Het was verschrikkelijk. Hij huilde en huilde maar. Hij kon niet meer ophouden. Alle kracht leek uit hem weg te stromen. Toen ze hem losliet, zakte hij op zijn knieën en ging op zijn zij liggen, zijn handen voor zijn gezicht en hij huilde en huilde en huilde. 'Ik ben maar een junk, ik ben maar een junk, ik ben een ordinaire junk,' zei hij steeds maar opnieuw. Sandra ging naast hem liggen en sloeg haar armen om hem heen. Ik zakte ook op mijn knieën en lag even later aan de andere kant naast hem.

'Ik ben maar een junkie, ik ben alleen maar een junk,' zei hij weer. Hij probeerde op te staan, maar we hielden hem tegen. Ik sloeg ook mijn armen om hem heen. Ik huilde ook. Teer lag tussen ons in en snikte, snikte.

Sandra was fantastisch. Toen ze eenmaal begreep wat er aan de hand was, wás ze er helemaal voor Teer. Toen hij wat kalmeerde zei ze: 'Ik heb een paar sterke pijnstillers boven. Heb je daar iets aan?' Teer knikte. Ik vertelde van de paracetamol en hij zei dat hij er twee had genomen. Sandra liep naar boven voor de pijnstillers. Ze nam ze als ze ongesteld was. Ze had veel last van buikpijn sinds ze een spiraaltje had.

We bespraken wat we moesten doen, Sandra en ik. Teer zat daar maar en keek naar ons. Moesten we naar een dokter gaan en proberen een recept voor methadon te krijgen, of moesten we hem geld geven en hem ergens heen sturen op vakantie? Ik moet het Sandra nageven – ze had haar hele spaargeld ervoor overgehad om hem te redden, toen ze eenmaal aan zijn kant stond.

Het probleem was dat Teer niks wilde. De tranen waren gedroogd, maar hij was zo koppig als een ezel. Hij wilde terug om heroïne te halen. Dat was alles. Voor iets anders was hij niet te porren. Ik vroeg hem of hij op onze kosten op vakantie zou willen, naar Spanje of zo. Hij zei dat hij – als we hem geld gaven – alleen maar regelrecht terug zou gaan naar Bristol om het daar uit te geven aan heroïne, dus moesten we het maar niet doen.

Het enige wat hij wilde was dat we hem geld gaven voor de bus. Uiteindelijk besloten we elke grote beslissing uit te stellen en een eind te gaan lopen. Misschien zou hij zich langs de rivier beter gaan voelen. We zouden naar een kroeg kunnen gaan en hem een paar glazen bier kunnen geven. Maar we besloten dat het beter was om eerst te lunchen. Teer liep de kamer binnen.

Wij gingen naar de keuken om iets klaar te maken. Ik voelde me ellendig. Ik vond het vreselijk wat er gebeurd was. Maar één ding – hij was weer zichzelf. Hij was teruggekomen, open en hulpeloos, en ik denk dat hij daarmee Sandra uiteindelijk voor zich won. Het tragische was dat hij juist dat 'zichzelf zijn' zo moeilijk aankon.

We hakten groenten en bespraken wat we zouden doen. Sandra, de lieverd, wilde dat hij bleef zolang hij daar zin in had. Ik weet nog dat ik daar stond te stralen van blijdschap en ik dacht: dat heb ik wekenlang niet meer gedaan.

Maar toen we de kamer binnenliepen om de tafel te dekken was hij verdwenen.

We renden het hele huis door, maar zijn tas was weg uit de logeerkamer. Ik stormde de straat op, maar zag hem niet. Ik ging de ene kant uit, Sandra de andere, maar we zagen hem nergens. Terug naar huis. We pakten onze sleutels en renden naar de auto.

'Bij het busstation kan hij niet staan, want hij heeft geen geld,' zei ik.

'We kunnen beter mijn tas en jouw portemonnee controleren,' zei Sandra. Ik keek haar alleen maar aan, maar ze had gelijk. Hij was er wanhopig genoeg voor. We renden terug naar binnen. Uit mijn portemonnee was geen geld gestolen. Sandra zag haar tas nergens, maar toen ze hem even later in de gang vond, bleek al het geld er nog in te zitten.

'Hij is gaan liften.'

We sprongen in haar oude Renault en reden naar het verkeersplein waar de autowegen op uitkomen. Niemand. We stopten en stapten uit. Misschien had hij ons gezien en zich ergens verstopt. Hoe we ook keken en zochten, we zagen hem niet.

Toen begreep ik het opeens: 'De grote rotonde...'

Er zijn er twee in Reading.

'Maar dat is helemaal aan de andere kant.'

'Ja, maar daar is hij ook uitgestapt. Daar heb ik hem opgepikt. Hij kent deze misschien niet eens.'

Weg waren we weer. We reden over de autoweg en namen de volgende afslag. Bij de andere rotonde was hij evenmin. We reden terug, de stad in.

Hij liep langs de weg in de richting van het verkeersplein. Hij deed geen poging zich te verbergen. We stopten, sprongen uit de auto en renden naar hem toe. Hij zette zijn tas neer en wachtte op ons.

'Hebbes!' grinnikte ik. Hij glimlachte flauw. Ik geloof dat hij het prettig vond dat hij ons zag.

We begonnen weer te praten. Teer had geen belangstelling. Het enige dat hij wilde weten was of we hem geld voor de bus wilden lenen, anders moest hij gaan liften. We stonden daar wel tien minuten of nog langer, maar langzamerhand begon het tot me door te dringen – we konden niets meer zeggen of doen. In zijn hoofd had hij het al lang opgegeven.

'Maar je kunt het, andere mensen kunnen het ook,' zei Sandra steeds.

'Het is niet erger dan een flinke griep,' zei ik.

'En daar kan ik niet eens tegen,' zei Teer.

Ik begreep het een beetje. Zo waardeloos voelde hij zich. Het was vergif en je wist dat het vergif was. Misschien leek het op de griep, misschien was het zelfs makkelijk om te stoppen, maar zelfs dat kon hij niet opbrengen.

'Ik ga terug naar Bristol om wat heroïne te kopen. Jullie kunnen me niet tegenhouden. Het enige dat jullie kunnen doen om me te helpen is geld lenen voor de bus.'

'We lenen je helemaal niks,' zei Sandra.

Teer moet aan mijn gezicht gezien hebben wat ik dacht. 'Zeg het tegen haar,' zei hij.

Ik haalde alleen maar mijn schouders op. Als hij terug zou moeten liften was het helemaal ellendig. Dat was het punt. Het was een rotdag, koud, nat, hij was er niet op gekleed. Hij zou het koud hebben en doorweekt raken in de regen, allemaal voor die dope. Hem geen geld geven had ook geen zin, want liftend zou hij zich alleen maar nog waardelozer en nuttelozer gaan voelen. In de bus zat hij in elk geval warm en droog.

Ik probeerde dat aan Sandra uit te leggen, maar dat hoefde eigenlijk niet eens, want ze was toch al min of meer ervan overtuigd geraakt dat we weinig anders konden doen. Hij was zo onverzettelijk.

'Ik kan niet voor jou afkicken,' zei Sandra, 'anders deed ik het.' Ik rommelde in mijn zakken op zoek naar geld. Hij zag er opeens honderd keer beter uit en ik had hem erom kunnen slaan.

We brachten hem naar het busstation.

'Hartstikke goed!' zei Teer. Hij zag er opeens zo tevreden uit, dat we het gevoel kregen dat hij ons zand in de ogen wilde strooien met zijn gelukkige gezicht. Of misschien was hij alleen maar blij dat hij achteraf toch niet hoefde te liften.

We liepen met hem mee om hem uit te zwaaien. Sandra zei: 'Kom maar gauw, als je het weer wilt proberen. Kom gerust.'

'Wanneer je maar wilt,' zei ik vastbesloten.

'Wanneer je maar wilt,' zei ze.

Teer knikte en liep naar de bus. We hielden hem staande en omhelsden hem. Hij liet het geduldig gebeuren. Toen stapte hij in en de bus nam hem mee.

26

GEMMA

OH HOW COULD YOU EV-ER LET ME DOWN
NOW HOW COULD YOU EV-ER LET ME DOWN
THESE PROMISES (AH AHHHHHHHHHHHH)
WERE MADE FOR US
(O-O-OH- O-OH OOOOOHHHHHHHHHHHHHH)

The Buzzcocks

Ik had een probleem. Misschien had ik een probleem. Ik zat het eigenlijk een beetje af te wachten, toen iemand op de voordeur begon te bonken. Ik hoorde schreeuwen. Ik sprong op, morste thee over mijn T-shirt en schold mezelf uit.

De politie! dacht ik. Maar het was een vrouwenstem.

Toevallig was ik thuis. Ik had in de massagesalon moeten zijn, maar ik kon er die dag gewoon niet tegen. Deze keer was het niet de dope. Ik was over tijd. Ik was over tijd en mijn tieten deden zeer en... Een zwangerschap was absoluut het allerlaatste wat ik zou willen op deze planeet en nu stond er ook nog een of ander monster op mijn deur te bonzen.

Ik liep stilletjes door de gang, alsof ik er niet was.

Beng beng bengbengbebebebebeng...

Omdat het zo wanhopig klonk wist ik dat het de politie niet kon zijn. Toen hoorde ik hijgen. Onregelmatig. Ik bedoel, het leek of iemand stikte. Toen weer – beng beng beng – en die stem – alsjeblieft, alsjeblieft, alsjeblieft. Ik rukte de deur open en Lily viel bijna tegen me aan. Ze had Sunny op haar arm. Kreunend en huilend gooide ze de deur achter zich dicht.

'Lily! Wat is er gebeurd?'

Ze kon niet praten. Ze kon nauwelijks lopen. Ze hield een

hand op haar keel. Ze gebaarde met die hand en ik zag dat haar keel rood was. Ze had alleen maar een soort badjas aan.

'Mijn god...'

Ik nam haar mee naar binnen en drukte haar zachtjes op de bank. Toen pakte ik Sunny van haar over. Het jongetje had het op een krijsen gezet, verschrikkelijk. Lily boog zich over de zijleuning van de bank en gaf over.

Langzaam vertelde ze me het verhaal. Het was een klant. Hij was naar boven gekomen en had haar zover gekregen dat ze zich uitkleedde. Toen had hij haar gevraagd iets te doen eh... iets dat ze niet wilde. Ze zei nee, en hij greep haar vast en schudde haar door elkaar. Lily probeerde te gillen om Rob te waarschuwen, die altijd beneden klaar zat met een honkbalknuppel voor het geval er problemen waren, maar de man sloeg zijn hand voor haar mond. Hij gooide haar op het bed, griste een panty van de vloer – de vloer van de slaapkamer lag altijd bezaaid met kleren – draaide die om haar hals en begon hem strak te trekken. Heel strak, maar net niet strak genoeg. Dat hield hij een tijd vol. Ze wist dat hij haar zo kon vermoorden, echt vermoorden, als ze niet deed wat hij wilde. Ze kon niet schreeuwen. Af en toe liet hij haar even goed ademhalen en dan trok hij de panty weer strak. En hij deed met haar wat hij wilde, terwijl zij intussen bijna stikte. Op een of ander moment wist ze haar hand tussen de panty te wringen. Ze draaide zich om en probeerde hem van zich af te schoppen. Dat lukte niet. Hij draaide haar op haar buik, legde haar arm op haar rug en duwde die zo hard omhoog dat ze dacht dat hij zou breken. Toen draaide hij de panty opnieuw om haar hals en ging door met wat hij aan het doen was, terwijl hij de panty steeds strakker aantrok.

Toen hij was klaargekomen, liet hij haar los. Ze trok de panty van haar hals en probeerde te schreeuwen. Maar haar keel zat dicht. Toch maakte ze een of ander geluid. Die vent trok zijn broek op en rende de trap af naar beneden. Lily hoorde Rob schreeuwen, maar een minuut later sloeg de deur dicht. Toen kwam Rob naar boven gestormd. Ze probeerde hem duidelijk te maken dat hij geen ziekenwagen moest bellen omdat die dan de politie mee zouden brengen, maar ze kon geen woord uitbrengen. Rob staarde haar alleen maar aan. Zijn hoofd bloedde. Toen rende hij weer naar beneden.

Lily kroop van het bed af en probeerde de trap af te lopen. Ze was halverwege, toen Rob weer onder aan de trap verscheen.

'Terug naar boven,' zei hij. 'De politie komt eraan.'

Lily probeerde te zeggen: 'Stomme idioot!', omdat hij hen had gebeld en er spuiten, weegschaaltjes, heroïne, en weet ik wat in huis waren. Maar ze kon nog steeds niet praten. Ze liep door naar beneden. Sunny zat op de grond te krijsen. Met veel moeite tilde ze hem op. Ze liep naar de voordeur, maar Rob stond er met één sprong voor. Ze had nog steeds geen kleren aan. Ze griste een badjas van een stoel in de gang en trok die aan. Ze propte een paar schone luiers en een fles voor Sunny in een tas, duwde Rob gewoon opzij, en rende naar buiten, regelrecht naar ons.

Terwijl ze me dit allemaal zat te vertellen gebeurden er twee dingen. Het ene was dat we politieauto's hoorden. De sirenes. Ik dacht nog steeds dat Rob wel zou komen opdagen, maar dat gebeurde niet. Hij was naar Dev gegaan en had zich daar verstopt. Het andere was dat ik een zwangerschapstest had gedaan. Als je zwanger bent moet onder in het glazen buisje een kleine ring zichtbaar worden.

Ik had die spullen op tafel staan en zat te wachten. Je moet een hele tijd wachten. Ik zat naast Lily om haar te troosten, maar Sunny ging zo tekeer dat ik een fles voor hem ging maken. Ik keek even in het buisje en het leek goed, snap je. Geen ring, alles oké. Ik was niet zwanger.

Dat is in elk geval iets, dacht ik. Ik maakte Sunny's fles klaar. Toen ik terugkwam bij de tafel wilde ik het glazen buisje een eindje verschuiven. Terwijl ik mijn hand ernaar uitstrekte, keek ik nog een keer... Nu zag ik *wel* een ring op de bodem van de buis.

Een perfecte kleine ring, die vertelde dat het zo was. Ik was zwanger. Ik weet niet waarom ik die ring de eerste keer niet had gezien. Misschien had ik het buisje onder een andere hoek bekeken, misschien lag het aan het licht. Ik weet het niet. Maar voor ik besefte wat ik deed, had ik het buisje vastgegrepen en... en toen was alles opeens verdwenen. Ik wist niet of ik het de eerste keer goed had gezien, of de tweede...

Ik hoorde mijn moeder zeggen: 'Een ongeluk komt nooit alleen.'

Een hele poos later verscheen Rob. Lily en hij kregen een verschrikkelijke ruzie. Al was ze dan bijna gewurgd, ze was laaiend omdat hij toch de politie gebeld had. Terug naar hun huis konden ze niet, omdat de agenten nog steeds naar hen op zoek waren. Ze durfden geen van beiden ons huis uit. We stonden ons bed af. De hele avond hoorden we ze ruziemaken. Lily leek wel een schorre kraai. Haar keel was nog steeds niet in orde. Steeds opnieuw barstte ze in huilen uit. Een van hen begon te kotsen. Teer en ik zaten in de keuken en luisterden alleen maar. We durfden niet naar boven. De baby was lief, zo stil als een muis, hoewel ik hem die nacht nog wel een paar keer hoorde huilen.

Eindelijk werd het stil. Teer en ik maakten met kussens een bed in een zijkamertje. 'Hoe moet dit verder?' vroeg ik.

Hij lag naast me en keek me aan in het donker. Hij zei: 'Ze kunnen hier niet blijven.'

'Waarom niet?'

'Ze worden gezocht. Dan zijn wij er ook bij. Bovendien wil Rob natuurlijk doorgaan met dealen en twee dealers in één huis is te veel.'

Klootzak, dacht ik. Zij hebben zoveel voor ons gedaan en nu denk jij alleen maar aan je eigen handel. Ik schoof onrustig heen en weer en zei: 'Misschien moeten wij weggaan en hen hier laten blijven.'

'Waarom dat?' Zijn stem klonk verbaasd.

'Je weet dat het heel slecht gaat met Lily.' Dat was waar. Met Lily ging het veel slechter dan met ons. Ze was al aan de dope in Manchester en hier was ze opnieuw verslaafd geraakt. 'Ze kan er niet tegen als ze weer aan een nieuw huis moet wennen,' zei ik. 'Ze moet hier blijven. Wij kunnen gaan. Wij kunnen direct verhuizen. Dan zijn we hier ook weg.'

Teer schudde zijn hoofd. 'Ik geef mijn huis niet voor hen op,' zei hij. 'Waarom zou ik?'

'Ik bedoel, dan zijn we eruit, weg van hier, snap je?'

Er viel een stilte. Toen zei hij: 'Nog niet, Gem. Ik ben er nog niet klaar voor.'

Ik zei niets. Ik dacht aan die kleine ring op de bodem van het glazen buisje. En ik dacht: wanneer is Teer zo'n lul geworden en wanneer werd ik verliefd op hem?

Hij gaf me een kus. 'Paardebloem, ik hou van je,' zei hij.

'Ik ook van jou,' zei ik. Hij toverde een glimlach te voorschijn. Ik ook. Ze waren niet echt. Toen draaide hij zich om en ging slapen.

Ik vertelde hem niet dat ik zwanger was. Ik wist wat hij zou zeggen. Hij zou willen dat ik de baby hield. Hij zegt steeds dat we een kind moeten krijgen, net als Rob en Lily. Stom. We zijn allebei verslaafd. Maar het ergste van alles is dat ik het ook graag wil. Ik wist het toen ik die ring zag in het buisje. Ik was niet bang of van streek, ik was blij.

Ik wil graag een kind van Teer. Dat is pas echt stom, of niet?

Ik weet niet waarom ik zoveel van hem ben gaan houden. Het was altijd andersom. Hij hield meer van mij dan ik van hem. Ik snap mezelf niet, want hij is nu een klootzak, echt waar. Hij liegt en bedriegt, jat mijn geld. Pakt het gewoon uit mijn tas. Hij jat van ons geheime voorraadje. Hij gebruikt en smeert 'm. Hij komt pas terug als het uitgewerkt is. Dan zegt hij dat hij van me houdt. Zijn ogen draaien een beetje door hun kassen. Ik weet niet of het waar is. Ik geloof niet dat hij nog weet wat waar is. Vroeger dacht ik altijd: als ik verliefd word is het op een of andere lul met een oorring. Nou, dat klopt.

Ik lag naast hem en dacht na, heel lang. Over Teer. Over Lily en Rob en Sunny. Je hoeft dat kind maar aan te kijken en je ziet dat hij *vol* zit... met dope, bedoel ik. Hij krijgt het met de melk binnen. Ze wrijft zelfs een paar korrels in zijn tandvlees als hij lastig is. Hij is verslaafd. Hij is zijn hele korte leven al verslaafd geweest, hij was al verslaafd voor hij geboren was.

Dat kleine bolletje slijm in mijn buik leek het enige dat werkelijk waarde had in mijn leven. En dat maakte me bang.

Veel later hoorde ik Lily rondscharrelen in de huiskamer. Ik stond ook maar op. Ze liep met de baby op haar arm naar iets te zoeken in de laden.

'Hoi.'

Ze keek me aan. Ze zag er vreselijk uit. Sunny zat te snotteren op haar arm, hij huilde een beetje. 'Hij kan niet slapen, ik zoek een of ander knuffeltje voor hem,' zei ze. Ze gaapte en glimlachte slaperig tegen me.

'Geef mij hem maar even.' Ik tilde de baby van haar arm. Ik mag Sunny niet zo vaak vasthouden van haar, ze hangt echt aan hem. Ik raakte even zijn wangetje aan. Hij was zo lief. Als ik een baby in mijn armen heb... 'Ik wil er ook een,' zei ik.

'Mmm. Die krijg je ook ooit, Gems. Je verdient het.'

Lily ging zitten. Ik legde de baby naast haar op de bank en liep naar de keuken. Ik zette een pot thee en kwam weer terug in de kamer. Het licht was aan, maar we hadden een dimmer, het scheen niet zo fel. Gezellig. De as gloeide nog na in de haard. Ik schonk thee in. We dronken langzaam.

'Hoe gaat het met je hals?'

''t Schrijnt.' Lily glimlachte. Ik lachte terug. Ze zag er zo moederlijk en warm uit in haar badjas. Sunny maakte gorgelende geluidjes. Ik profiteerde van dit vredige moment en pakte hem weer op. Hij stonk.

'Ik denk dat hij een schone luier moet,' zei ik.

Lily gaapte. 'Ik drink eerst even mijn thee op,' zei ze. 'Misschien...' – ze gooide haar hoofd achterover en gaapte nog

een keer hartgrondig – '...misschien komt er nog meer.'
'Ik doe het wel,' bood ik aan.
'Nee, laat mij maar.'
Lily dronk haar thee op en doezelde weg. Ze was zo moe. Ik zal Sunny wel even een schone luier geven, dacht ik.
Ik legde hem neer op het kleed voor de haard en deed zijn luier uit. Het was vreselijk, hij had echt een paar monsterdrollen gedraaid, dat kind. Hij trok zijn beentjes op zoals baby's dat doen en kraaide, graaide naar zijn voetjes en probeerde ze in zijn mond te steken. Ik maakte zijn billen schoon en gaf hem een schone luier. Toen liet ik hem op mijn neus sabbelen.
Achter me klonk een stem: 'Dat had je niet hoeven doen, Gems.'
Pfff, was dat schrikken! Lily was stiekem opgestaan en heel zachtjes naar ons toe gelopen. Ze wilde weten wat ik aan het doen was. Ik schrok me dood. Ik hoorde iets vreemds in haar stem. Ik draaide me om. Ze keek naar mijn handen op haar baby.
'Je doezelde weg,' zei ik.
Ze duwde me opzij en pakte Sunny op. Ze keek me aan alsof ze niet wist wie ik was of wat ik deed. 'Niemand zal ooit mijn kind afpakken,' zei ze.
Ik schrok vreselijk. Ik zei: 'Dat heb ik nooit gezegd, nóóit.' Het was niet bij me opgekomen. Ze keek me aan alsof ik een soort monster was dat haar baby wilde stelen. En ik voelde me zo schuldig als wat, omdat uit haar reactie bleek dat ze eigenlijk vond dat het kind haar afgepakt moest worden.
'Niemand, helemaal niemand,' zei ze en ze draaide zich om. Haar stem klonk alsof ze zo kon huilen.
De stilte suisde in mijn oren. Ik weet niet waarom het zo hard klonk. Misschien omdat ze even haar masker had laten vallen? Ik dacht: mijn God, ze is helemaal de weg kwijt en we wisten het allebei. We wisten allebei dat ze iets had laten zien wat ze nog nooit eerder aan iemand had laten zien. Ze keek me over haar schouder aan. Zo bang. Ze leek zelf wel

een klein kind. Toen legde ze haar gezicht tegen dat van Sunny. Ze wreef haar wang tegen de zijne, kuste hem, koesterde hem.

'Het is een lieve baby, Gems,' zei ze. Ze probeerde tegen me te lachen. Ze probeerde normaal te doen, maar het was niet normaal. Ze stond me daar maar aan te staren, probeerde zo gewoon mogelijk te kijken en terwijl ik haar aankeek sprongen de tranen in haar ogen. Ze deed haar mond open en ik wist wat ze zou gaan zeggen. Ze zou zeggen: 'Help me!' Vraag me niet waarom, maar ik wist het. Ik zag dat ze het wilde zeggen, maar ze kreeg de woorden niet uit haar mond. Ik liep met uitgespreide armen naar haar toe, maar ze schudde alleen maar haar hoofd, kort, stijf.

Een seconde later dacht ik dat ze zou instorten en in tranen zou uitbarsten. Maar ze draaide zich om en liep naar de keuken. Daar ijsbeerde ze onrustig heen en weer, tot ze zich op de bank liet zakken. Ik was achter haar aangelopen, maar ik wist niet wat ik moest doen. Ik was bang dat ze misschien opeens op zou springen en me naar mijn keel zou vliegen of zo. Ik was er zeker van dat ze laaiend zou worden. Of al was.

Toen liet Lily haar hoofd naar achteren zakken en gaapte, lang en nadrukkelijk. Ik kon mijn ogen niet geloven. Dat gapen was niet echt. Ze keek me aan en glimlachte haar brede Lily-glimlach, alsof ze weer de oude was.

'Ik heb het helemaal gehad, ik ga naar bed.'

'Oké, Lil.'

Ze stond op en liep langs me naar de deur. Ik moest me inhouden, want ik wilde een stap achteruit doen. Ze keek me aan en zei: 'Het komt wel goed, Gems.'

'Ja, Lily.'

'Welterusten.'

'Welterusten.'

Ik keek haar na. In de deuropening draaide ze zich nog een keer om. Ze zond me een brede, warme glimlach, maar de angst scheen erdoorheen. Toen was ze weg. Ik liep terug naar de kamer, ging op het kleed voor de haard zitten en dronk mijn thee op. Ik hoorde haar in bed stappen. Ik wachtte een hele tijd.

Die baby was alles wat ze had. Hij was altijd zo lief geweest, zo stil.

Ik dacht bij mezelf: ik ben je overal gevolgd, Lily, waar je ook heen ging, maar deze keer doe ik het niet.

Een poosje later liep ik de gang in en ik trok mijn jas aan. Zo zachtjes mogelijk sloop ik naar de voordeur en deed hem open. Het was laat, twee, drie uur 's nachts. Het was koud, maar ik durfde me niet aan te kleden. Misschien zou Lily weer naar beneden komen. Of Teer kon wakker worden. Ik liep vlug de hoek om, want ik geloofde niet dat Lily al sliep. Ik rende naar de telefooncel, en draaide het alarmnummer van de politie.

Toen ik klaar was met mijn verhaal zei ik tegen de vrouw: 'Gaat u er nu meteen heen?'

'We zullen eerst de vereiste papieren voor een arrestatie moeten hebben. Over een paar uur...'

'Goedenacht.'

'Wacht eens even...'

Ik legde de hoorn neer.

Het was vreselijk dat het zo lang moest duren. Ik was van plan geweest terug te gaan en bij de anderen te blijven tot ze kwamen, maar ik kon daar geen uren blijven wachten.

Ik kon nergens heen.

Ik liep een eind de straat uit. Een auto stopte naast me – iemand die iets met me wilde. Ik schudde mijn hoofd en liep door. Ik had mijn schoenen aan, mijn nachthemd en daarover de jas. Ik liep een poosje door en toen begon ik te huilen. Wat moest ik in godsnaam doen...

27

VONNY

Op woensdagavond speel ik badminton.

Ik ben naar Clifton verhuisd, waar ik studeer. Nu betaal ik huur en alles. Saai, eerlijk gezegd, maar je hebt een goede thuisbasis nodig als je studeert. En bij zo'n kraakpand wist je nooit hoe lang je er kon blijven wonen. Ik neem mijn opleiding serieus en ik had geen zin om te verhuizen om de paar maanden. Veel te onrustig.

John studeert letteren. Na badminton gaan we meestal even ergens iets drinken. Hij draait zijn toelage er razendsnel doorheen, dus als ik met hem uit wil, moet ik betalen en dat ergert me wel eens. Hij krijgt evenveel als ik. Waarom moet ik dan voor hem betalen? Hij zegt dat hij meer nodig heeft. En dat is waar – hij drinkt meer dan ik. Misschien moet hij proberen een extra dranktoelage te regelen!

Meestal zijn we bij mij, want daar is het veel gezelliger, maar op woensdag gaan we naar hem, omdat mijn huis verder weg is. Hij woont om de hoek bij de sporthal. We slapen bij hem en de volgende morgen ga ik van daaruit naar college. Dus kom ik niet thuis voor donderdagmiddag.

Ik woon op de begane grond, een grote achterkamer met een tuintje. Ik deel het appartement met een meisje dat Sandy heet. Sandy was er die week niet. Willy woont een paar verdiepingen hoger dan ik. Ik was die donderdagmiddag al een uurtje thuis, toen ze aanbelde.

'Gistermorgen zat er een meisje voor je deur,' zei ze. 'Punkerig type, zo'n viezerik, je weet wel. Ze heeft er uren gezeten.'

Ik ben ook een beetje punk, zoals Willy het noemt, maar geen 'viezerik'. Ik wist niet wie het zou kunnen zijn, omdat ik niemand meer ken die zo is, sinds ik weg ben uit St. Paul's.

'Ze heeft er tijden gezeten. Ik geloof dat ze alleen maar een nachthemd aan had onder haar jas. Ze moet het ijskoud hebben gehad. Ze was er al heel vroeg in de ochtend. Joost mag weten hoe lang ze er al zat. Om een uur of tien ben ik naar haar toe gelopen en ik heb tegen haar gezegd dat je pas vanavond thuis zou zijn. Ze zag er vreselijk uit.'

'Heeft ze gezegd hoe ze heette?'

'Nee. Maar ze kende je.' Willy keek me achterdochtig aan. 'Wie was het dan?' vroeg ze.

Ik krabbelde op mijn hoofd. 'Ik weet het niet. Hoe zag ze eruit?'

Willy begon haar te beschrijven, maar daar had ik niet veel aan. En toen opeens wist ik het toch!

'Gemma?!'

Ik had haar een eeuwigheid niet meer gezien. Het werd daar steeds erger. Een stelletje hersendode zombies, dat was het. Ik was er vaak heengegaan om maar weer eens wat tegen ze te zeuren. Gemma deed altijd stoer, schepte er graag over op dat ze 'het' voor geld deed, dat ze spoot. Ze vond mijn bezorgdheid belachelijk. Nadat Richard vertrokken was uit Bristol ben ik er nog wel een paar keer geweest, maar dat hield op een gegeven moment ook op.

Ik was bang dat ze in de problemen zat. Ik bedoel, ze zat al jaren in de problemen, maar misschien was ze daar nu zelf pas achtergekomen.

Ik reed naar haar huis, maar daar werd ik niet veel wijzer. Ik keek door de ramen. Ik zag niemand. Ik ging weer terug naar mijn flat, liep wat te rommelen, had geen rust. Ik maakte me zorgen om haar, was zelfs bang. Ze zat al zo lang zo diep in de ellende en ze wist het niet eens. Ik mag Gemma wel. Ze had heel weinig mensenkennis, maar verder had ze veel mee.

Het liep tegen zes uur in de avond voordat ik het briefje zag. Ze had het onder de deur doorgeschoven, maar het was onder de mat geraakt.

'Ik kan niet langer wachten. Ik ga naar het ziekenhuis. Ik wil proberen of ze me willen opnemen. Gemma.'

Ik heb zo vaak tegen haar gezegd dat ik er altijd voor haar zou zijn als ze me nodig had. Dan lachte ze me altijd uit. Maar ze had het zich blijkbaar herinnerd. Ik rende naar buiten, sprong in de auto en reed naar het ziekenhuis.

Ze leek wel dood. Ik ging op het bed zitten en luisterde naar haar verhaal. En steeds dacht ik: ze is achttien en ik ben vierentwintig, maar ze is jaren ouder dan ik. Ze is verslaafd, ze is verliefd geweest, ze is met tientallen mannen naar bed geweest, ze is zwanger. Ze was pas achttien, maar ik had het gevoel dat ik zat te luisteren naar een stokoude vrouw die me vertelde wat haar overkomen was toen ze nog jong was.

De politie was bij hen thuis geweest en die goeie Teer had weer de schuld op zich genomen, hoewel hij geweten moet hebben dat zij de politie gebeld had, en hoewel hij wist dat het deze keer de jeugdgevangenis voor hem zou betekenen.

Het ziekenhuis wilde haar graag kwijt. Voor hun gevoel bezette ze alleen maar een bed. Ze had last van hevige maagkrampen. Ze zei dat ze daar altijd last van had als ze afkickte, maar ik kreeg het idee dat ze het tegenover de dokter flink overdreven had om maar opgenomen te kunnen worden. En daar lag ze nu, wachtend op het moment dat ze naar huis gestuurd zou worden en ze kon nergens heen.

Arme Gemma! Natuurlijk kon ik haar meenemen naar mijn huis. Dat zou ik ook hebben gedaan, als...

'Geef me het telefoonnummer van je ouders, Gemma. Laten we het daar eerst proberen.'

'Dat kan niet.'

Hoe vaak had ik haar dit gevraagd en hoe vaak had ze hetzelfde antwoord gegeven. Ik wist niet of ik er goed aan deed.

'Je hebt het niet meer in de hand, Gemma. Zeg het nummer, alsjeblieft.'

Ze sloeg haar handen voor haar gezicht. '0232...' begon ze. Ze wist het nog steeds, na al die jaren.

De telefoon ging drie keer over. Een vrouw nam op en zei: 'Hallo.'

Ik zei: 'Mevrouw Brogan?'

'Ja.'

Ik haalde diep adem en gooide het eruit. 'Het gaat over uw dochter, Gemma.'

28

EMILY BROGAN

Drieëneenhalf jaar.

Ik wilde de trein nemen. Dat was sneller, maar Grel drong erop aan dat we met de auto zouden gaan. Ik denk dat hij dat liever deed, omdat het rijden hem afleidde. Ik vond het niet zo veilig als de trein, maar gezien de omstandigheden hield hij zich geweldig. Ik zat naast hem en dacht aan de dingen die ik gemist had – de dingen die Gemma gemist had – puberteit, middelbare school, examens, vriendjes op de bank, feestjes...

Ik had er zo naar uitgezien. Als je een dochter krijgt, doe je je eigen jeugd over, had ik altijd gedacht. En ik had zoveel misgelopen. Wij allemaal. Daarom was ik woedend op haar. En omdat... Weet je, al die jaren probeer je jezelf voor te houden dat je haar waarschijnlijk nooit meer zult zien voordat je zelf oud bent. En dan gebeurt er dit en de wonden zijn allemaal net zo vers en doen nog even zeer als toen ze nog maar net weg was. Ze was achttien en zat diep in de problemen, maar voor mij was ze nog steeds een kind.

Hoe kon ze ons zoiets aandoen?

Ik zat te denken aan wat het meisje gezegd had. 'Ze ligt in het ziekenhuis. Nee, ze is niet gewond.'

'Maar waarom dan?' vroeg ik steeds. 'Waarom ligt ze in het ziekenhuis?' Ik dacht dat ze een baby moest krijgen.

En toen kwam het eruit: 'Ze is verslaafd aan heroïne. Ze probeert af te kicken en ze blijkt ernstige ontwenningsverschijnselen te hebben.'

***

In het ziekenhuis vroegen we naar Gemma Brogan. We moesten wachten. Er kwam een dokter die ons eerst wilde spreken, voor we haar te zien kregen. Hij vertelde dat ze zwanger was. Ook dat nog. Hij gaf me te verstaan dat er niet al te veel begrip was voor iemand met haar probleem.

'Ziekenhuisbedden zijn voor mensen die ziek zijn,' zei hij. Met andere woorden, ze werd eruit gegooid. Hij verwachtte duidelijk dat wij de zorg voor haar op ons zouden nemen.

We liepen naar haar kamer. Grel zei: 'Een baby. Ze heeft die troep gebruikt, terwijl ze een baby...' Hij klonk woedend. We liepen door een lange gang. Hij zei: 'Ik neem aan dat ze verwacht dat wij straks borg voor haar staan?'

Ik kon mijn oren niet geloven. Ik bleef staan en staarde hem aan. Ze was ons kind. Ik was zo laaiend dat het me niets had kunnen schelen als we daar – in die drukke gang – een knallende ruzie hadden gekregen. Maar toen ik hem beter aankeek, zag ik dat hij helemaal niet woedend was. Hij keek me met grote natte ogen aan – zo huilt hij. Zijn ogen worden alleen maar nat, zijn handen hangen slap langs zijn lijf en zijn gezicht is zo grauw als winterregen. Hij zag eruit alsof zijn hele wereld ingestort was.

Ik denk dat we Gemma op een heleboel manieren in de steek hebben gelaten. Maar dat is andersom ook zo geweest. Ze heeft ons leven verwoest. Hoe het tussen Grel en mij ging nadat ze was weggelopen... We gaven elkaar de schuld. De bittere, bittere ruzies die we hadden over wat we gezegd en gedaan hadden en wat zij gezegd had en gedaan. Het kostte bijna ons huwelijk. Misschien heeft het ons dat wel gekost. Misschien zijn we alleen nog maar bij elkaar omdat we niets beters te doen hebben.

Maar we zijn tenminste nog bij elkaar...

Ik gaf een kneepje in zijn arm. Niemand is volmaakt. En hij, ach god, liet zijn hoofd hangen en deed zijn ogen dicht. Een traan druppelde langs zijn wang. Toen liepen we vlug door. Ik kan alles hebben, maar als Grel huilt, begin ik ook en ik moest alle tranen die ik had voor Gemma bewaren.

We stonden voor de kamer en toen deed ik iets heel egoïstisch. Ik zei tegen Grel: 'Ik wil haar graag eerst alleen zien.' Ik verdedig het niet. Hij heeft evenveel recht als ik. Ik wilde dat kostbare moment gewoon voor mezelf hebben.

Hij schudde zijn hoofd. Ik wilde zeggen: 'Ik ben haar moeder.' Het lag op mijn lippen, maar ik slikte de woorden nog net op tijd in. Toen liepen we naar binnen.

Grote God, ze ziet eruit als mijn moeder, was het eerste wat ik dacht. Ondanks alles had ik haar nog steeds in mijn hoofd als een veertienjarig meisje. Maar ze zag eruit als mijn moeder, mijn eigen moeder. Een oude vrouw.

Ik ging naast haar bed zitten en legde mijn hand op de hare. Voor haar wilde ik zo gewoon mogelijk doen. Ik wilde over thuis praten en vragen wat ze allemaal had gedaan in de afgelopen jaren, hoewel dat een onmogelijke opgave was. Hoe kon ze me vertellen wat ze al die jaren had gedaan? Ik wilde niet huilen, ik wist dat ik dat niet moest doen, maar ik dacht aan alles wat ik gemist had en ik kon het niet helpen. Ik had van alles in mijn hoofd wat ik wilde zeggen, maar ik kreeg er geen woord uit. Ik begon alleen maar te huilen. Hoe ik mijn best deed, ik kon geen woord uitbrengen en daarom legde ik mijn hoofd op haar borst en ik huilde en huilde en huilde...

Zij huilde ook. Toen ze eenmaal huilde wist ik dat het goed was. Onze tranen zeiden genoeg.

Een tijd later zei ze: 'Ik wil weer thuiskomen, mam, mag ik alsjeblieft weer thuiskomen?' Ik knikte en probeerde ja ja te zeggen en we omhelsden elkaar en huilden.

29

TEER

Je houdt je gedeisd en je doet wat je moet doen, als je zit. Als je probeert aan te pappen met de bewaarders, krijg je problemen met de anderen. Als je aanpapt met de anderen, denken de bewaarders dat je een stoere jongen aan het worden bent en proberen ze je af te knijpen. De hele dag opgesloten zitten is al zwaar genoeg. Dan moet je niet ook nog afgebekt worden door een stel bewaarders.

Ik denk dat ik het wel red. Ik ben stabiel. Dat gevoel heb ik sinds afgelopen week. Misschien is dit een goede kans. De weken daarvoor zat ik diep in de put en dáárvoor was ik natuurlijk ziek.

Ik moest van de methadon af, dat was het belangrijkste. Ik had het ruim een jaar op doktersvoorschrift gehad. Ik kreeg 25 mg en dat werd elke week een paar mg minder, maar ik bleef er natuurlijk wel bij gebruiken. Nou ja, niet altijd. Vaak verkocht ik de methadon en kocht er heroïne voor. Er zijn ook een heleboel methadongebruikers. Als we er weer eens hard tegenaan waren gegaan, vroeg ik de dokter of hij me weer terug wilde zetten op 25 of 30 mg. Maar in de laatste paar weken voordat mijn zaak voorkwam ging het best goed met me. Ik had iets om naar uit te kijken. Gebruik geen spuiten, dacht ik. Hou het bij chinezen als je dan per se moet. Doe je best om er helemaal vanaf te blijven. En dat lukte aardig, als je bedenkt dat ik de maanden daarvoor echt in puin lag. Ik speelde het klaar de laatste week voor de rechtszitting zonder dope door te komen en dat is niet slecht als je weet hoe verleidelijk het is – de laatste uitspatting, me niet zo ziek voelen, je weet wel...

Afkicken was het belangrijkste en dat was afgrijselijk. Afkicken van methadon is erger dan afkicken van dope. Je voelt je echt verschrikkelijk. Ze zijn krankzinnig. Ze geven het je om af te kicken van heroïne, maar het is verslavender dan heroïne en het ontwennen is nog moeilijker. Ze geven het je alleen maar omdat je er niet dezelfde kick van krijgt. Het is niet spannend. Het is een medicijn, dus kan het niet leuk zijn. Belachelijk, echt waar.

Ik lag een paar uur te krimpen en te kreunen in mijn cel en toen mocht ik naar de apotheek. Ik was er vreselijk aan toe – ik zweette een walgelijke, gele, stinkende vloeistof uit en ik had overal pijn. Bovendien had ik een soort kiespijn die steeds van de ene tand of kies naar de andere sprong.

Ik legde de vrouw in de apotheek uit wat ik nodig had. Ze lachte me uit.

'We hebben hier geen methadon, David,' zei ze. Ik blij! Stomme zak, die ik was. Dan geven ze je natuurlijk een recept voor diamorfine, dacht ik. Dat is het echte werk. Puurder dan in de apotheek krijg je het nergens.

'Maar ik heb iets nodig.'

'Je redt het wel,' zei ze.

Pas een paar seconden later begon het tot me door te dringen dat de harteloze trut niet van plan was me iets te geven. Mijn tanden begonnen geschrokken te schreeuwen.

'U begrijpt het niet.'

'Dat denk ik ook niet. Maar ik weet wel dat we in een jeugdgevangenis geen methadon verstrekken aan heroïnegebruikers.

Ik zei: 'En valium dan?'

'Nee, sorry.'

'Iets anders, wat dan ook,' zei ik schor. Ze trok een gezicht, liep naar de medicijnkast en kwam terug met een stripje dat ze aan me gaf.

'Twee paracetamols?' vroeg ik. Ik kon het niet geloven. Ik dacht: weet ze dan helemaal niks?

Ik probeerde geduldig te zijn en het haar uit te leggen. 'Aan twee paracetamols heb ik niets. Ik gebruik veel, ik heb iets nodig dat een beetje sterker is.' Ik glimlachte bemoedigend tegen haar, maar dat valt niet mee als je botten in je lijf zichzelf proberen te breken. Ze kreeg er genoeg van.

'Ik heb vandaag nog meer te doen.'

Ik stond daar en staarde naar de twee hoofdpijnpillen in mijn hand totdat de bewaarder me naar buiten duwde.

Ik was als de dood. Twee paracetamols! Monsterlijk. Dit moest tegen het Verdrag van Genève zijn of zoiets. Ik bedoel, ik kon begrijpen dat ze je opsloten, ik kon zelfs nog begrijpen dat ze elektrodes in iemands kont stopten, maar mij maar *twee* paracetamols geven om van methadon af te kicken was onmenselijk.

'U begrijpt het niet,' zei ik tegen de bewaarder toen hij de deur in mijn gezicht dichtgooide. De klap liep regelrecht langs mijn ruggenwervel naar beneden. Ik had het gevoel dat hij op twintig verschillende plaatsen knapte.

'Prettige dag,' riep hij nog. En daar stond ik.

Ik had kunnen ontsnappen, ik had een moord kunnen plegen. Ik brak de twee paracetamols allebei doormidden, nam een halve en bewaarde de rest. Als dat alles is wat je hebt om je erdoorheen te helpen, dan ga je maar voor het placebo-effect. Ik heb zelfs een van de helften vermalen en opgesnoven, maar dat hielp ook niet echt.

Zo werkt het. Je eet stront of gaat in de ring voor tien rondes met Mike Tyson – slaaf, held, schandknaap, pooier, heer en meester van het heelal – je doet wat je moet doen om je volgende shot te krijgen.

Nu ik erop terugkijk... Wat wij niet allemaal deden. Rob deed het voor geld met homo's in openbare wc's. Lily werd gek toen ze erachterkwam, ze was er helemaal kapot van. Dat zij het thuis met klanten deed was geen punt, maar dat hij met mannen... Ze werd echt helemaal woest, liep te schreeuwen en te krijsen.

Ik jatte. Niet uit winkels. Daar had ik allang geen moed meer voor. Nee, van Gemma, van Rob, van Lily. Van wie dan ook. 's Avonds ging ik vaak nog laat bij vrienden langs, bleef er een tijd en vroeg dan of ik kon blijven slapen. Midden in de nacht stond ik op, sloop rond, keek in laden, scharrelde in kasten en in de zakken van hun jassen.

Gemma was de enige met wie het wat beter leek te gaan. Ze was in de massagesalon gestopt. Ze gebruikte behoorlijk. Ze gebruikte evenveel als ik, denk ik, en ik gebruikte heel veel. En toen doorbrak ze de cirkel en gaf ze ons allemaal aan. Natuurlijk. Typisch Gemma.

Die avond dat de politie kwam. Wat een toestand! Iedereen wist het op de een of andere manier. Lily schreeuwde tegen mij: 'Trut! Trut! Trut!' alsof Gemma een soort deel van mij was. Ik had allang het gevoel dat het een keer zou gebeuren. Over haar zwangerschap wist ik toen nog niets, maar Gemma had het vaak over Lily. Ze vond het helemaal niks dat ze bleef gebruiken terwijl ze een baby had. Ik hoorde haar die avond door de voordeur naar buiten gaan en ik wist dat haar kleren in de slaapkamer lagen, dus moest er iets vreemds aan de hand zijn. Ze kwam niet terug.

Ik lag daar en dacht: gebeurt het nu? Ik lag daar maar. Dan komen we er straks wel achter, dacht ik.

We waren er allemaal bij. Rob en ik draaiden ervoor op. Lily deed een poging Gemma erbij te betrekken, maar dat lukte niet. 'Die trut heeft jullie natuurlijk gebeld, hè? Dit is allemaal van haar, wij logeren hier alleen maar.' Ze stond midden in de kamer in een kort nachthemd. Haar mooie benen zaten vol littekens en blauwe plekken van de spuit...

Ze zijn opgenomen. Ik ben de enige die gevangenisstraf heeft gekregen. Lily en Rob werden niet eens gearresteerd. Men vond hun toestand te riskant. Ze werden diezelfde nacht nog in een inrichting gestopt. Lily met haar baby in de ene ontwenningskliniek, Rob in een andere. Van daaruit regelrecht naar de nazorg. Werkprojecten, scholingsprojecten, halfweg-huizen... Ik denk niet dat Gemma of ik hen nog ooit zullen zien.

Eigenlijk viel het afkicken nog wel mee. Zoals de verpleegster al zei, ik kon nergens heen om te scoren. Nou is dat niet helemaal waar. Je kunt in de gevangenis elke soort drug krijgen die je maar wilt, het is er een gebruikersparadijs, maar dat wist ik toen natuurlijk niet. Het punt was dat ik niet dat vreselijke gevoel had van: het enige wat ik maar hoef te doen is...

Toen raakte ik in een vreselijke depressie. Ik kan er weinig over zeggen, behalve dat ik erdoorheen kwam. En ik zat mijn straf uit. Je moet. Je hebt geen keuze. Ook daar kwam ik doorheen. Gemma kwam me regelmatig opzoeken. Ik zei niet hoe ik me voelde. Ik zei alleen maar: 'Ik hou me gedeisd en ik doe wat ik moet doen.'

En langzamerhand kreeg ik het gevoel dat het allemaal zo slecht nog niet was. Op de een of andere manier kwam mijn hoofd weer boven water. Ik begon erdoorheen te komen. Ja! Voor het eerst sinds jaren ben ik clean, iets langer dan drie maanden. Ik heb het misschien niet uit eigen vrije wil gedaan, maar ik ben clean en daar gaat het om. Daar kun je op bouwen. Ik heb een redelijke straf. Het was mijn tweede veroordeling. Ze hadden me veel meer kunnen geven dan achttien maanden. Met een beetje geluk kan ik er binnen negen maanden uit zijn. Dan heb ik er nu een derde op zitten. Een paar dagen geleden liep ik langs een van de bewaarders. Hij zei: 'Je gaat goed, David, ga zo door.' Hij knikte glimlachend tegen me.

En ik dacht: dat klopt. Ik ga ook goed. Ik was opeens blij. Ik was ziek geweest, daarna in een depressie beland en nu begon ik erbovenop te krabbelen.

Sommige bewaarders vallen wel mee. Er zitten natuurlijk ook vreselijke klootzakken tussen, maar sommigen vallen mee. Het ging goed met me.

Ik zei het tegen Gemma. Ze zag waarschijnlijk hoe trots ik was, want ze lachte en zei: 'Gijzelaarssyndroom.'

'Wat is dat?'

'Je gaat houden van degene die je gevangen houdt,' zei ze. Ik lachte. Ze had gelijk. Ik was er trots op dat een bewaarder me een compliment had gegeven. Belachelijk eigenlijk dat je hun dankbaar bent voor een beetje menselijkheid. Maar het helpt, en dat is belangrijk.

Gem heeft een enorme buik gekregen. Elke keer dat ze op bezoek kwam was ze al dikker, maar nu staat ze op springen. Volgende keer brengt ze de baby mee. Ze is over een week uitgeteld. Vorige keer zat ze stralend in haar stoel en klopte op die reusachtige buik. We zitten aan smalle tafels, dus boog ik me over tafel, legde mijn hand op haar buik en voelde de baby schoppen.

''t Wordt vast een voetballertje,' lachte ik.

Ze leunde naar achteren in haar stoel, streek over haar buik, duwde haar dikke tieten omhoog en zei: 'Allemaal voor jou jongen, allemaal voor jou. Als je er clean uitkomt, ligt dit allemaal op je te wachten.'

Zoals ik al zei, ik doe mijn best, ik gedraag me behoorlijk. En ik denk... ze wachten op me. Het enige wat ik moet doen is mijn straf uitzitten.

30

GEMMA

SO WHAT'S SO INTERESTING 'BOUT YOU-O
WHERE'S THE DAMAGE, WHERE'S THE FUN?
THINK OF ALL THE THINGS WE DONE
BUT WE'LL NEVER DO'EM NO MORE-O
O NEVER DO NO MORE-O

Lurky

Ik zit dit in mijn woonkamer te schrijven.

Het is een winderige dag, het huis is een beetje tochtig. De gashaard brandt. Bij elke windvlaag zie ik de vlammen bewegen. Als ik naar buiten kijk zie ik niets bewegen, hoewel er een harde wind staat. In Bristol zag ik altijd de bomen zwaaien in de wind. Ik kan de zee van hieruit zien. Ik bedoel, ik zou de zee kunnen zien als het nog niet zo schemerig was. De golven slaan schuimend stuk op het strand. Ik zie het niet, maar ik ruik het, zelfs in huis.

Ik zit weer in dit klote-Minely, maar ik hou van de zee.

De baby ligt op de bank. Ze slaapt niet. Ik heb haar net gevoed. Ze heeft een speeltje gekregen van mijn moeder. Als je het opwindt hoor je een liedje en een paar lichtjes knipperen aan en uit. Ze kijkt er met grote ogen naar. Ik bederf waarschijnlijk mijn ogen terwijl ik dit schrijf, maar ik heb nog geen zin om het licht aan te doen. Ik hoor haar zachtjes kraaien van plezier. Ze vindt het speeltje prachtig. Ze heet Oona en ik ben stapelgek op haar. Ze heeft mijn leven gered, echt waar.

Teer ligt in bed. Hij slaapt.

Gisteren is hij gekomen. Gistermorgen om zeven uur hebben ze hem vrijgelaten. Ik zou hem met de auto halen, maar

Meadowfield ligt hier mijlenver vandaan. Hij wilde het niet, want hij kreeg de treinreis vergoed. Dus heb ik hem in Gravenham van de trein gehaald.

Het was fantastisch. Hij had zo lang opgesloten gezeten en daardoor zag hij er bleek en grauw uit, maar hij was helemaal de Teer van vroeger – mijn Teer. Verlegen. Hij stapte uit de trein en stond daar met zijn tas in zijn hand tegen me te glimlachen terwijl ik over het perron naar hem toe kwam. Toen zag hij Oona en zijn lach werd zo breed dat je de huid om zijn mond bijna kon horen kraken.

Ik was van plan geweest weer dezelfde truc uit te halen als toen ik ooit in Bristol aankwam. Zo van: 'Wow! Je bent grandioos, absoluut helemaal te gek, te gek, te gek, wow!' en zo, maar dat plan liet ik varen. Een paar dagen geleden had ik Sally aan de telefoon. Ze is van de heroïne af, ze krijgt nu methadon, maar ik weet niet of ze het zal redden. Sal zei: 'Hou je een beetje rustig. Vergeet niet dat hij een tijd gezeten heeft.' Mijn moeder zei hetzelfde. Dus ging ik niet als een gek tekeer. Ik rende naar hem toe en gaf hem een grote, lange, trage, innige knuffel. Ik drukte me tegen hem aan en begroef mijn gezicht in zijn hals en ik zei: 'Whóóóhh!!! Ik kon het niet helpen. Ik was zo blij. Toen gaf ik hem de baby. En hij straalde als... als Teer op een mooie dag met zijn baby in zijn armen.

Teertje. En hij was clean. Hij was al een maand van de heroïne af toen hij in voorlopige hechtenis moest. Daar kreeg hij methadon. Maar toen hij in Meadowfield terechtkwam, heeft hij ook daarmee gekapt. Nu was hij zo clean als maar zijn kon. En ik was dolblij om hem te zien.

Ik had thuis een klein feestje voor hem georganiseerd. Niemand van het ouwe stel. Dat wilde ik niet. Ik had Richard en Vonny uitgenodigd, een paar oude vrienden van school en een paar mensen die ik pas had leren kennen. Lekker eten, genoeg te drinken en een beetje hasj. Muziek. We hadden thuis een uur of twee samen, zodat hij een beetje kon wennen, en toen begonnen de mensen binnen te druppelen. Iedereen besteedde overdreven veel aandacht aan hem. Hij was eh... Sally zei het al, je hebt heel lang niet één deur open kunnen doen, je hebt al die maanden opgesloten gezeten. Bewaarders letten voortdurend op je, je moet door allerlei vreselijke rechtszittingen heen en plotseling kun je gaan en staan waar je wilt. Dat is een schok.

Richard had een foto van een van Teers tekeningen – een paardebloem! – op een T-shirt laten drukken en dat had hij aan. En voor de gelegenheid had hij ook die groene Doc Martens weer voor de dag gehaald die Teer ooit met margrieten had beschilderd. De margrieten waren wat verbleekt en de laarzen zaten vol kreukels, maar het was prachtig. 'Hoe was het vakantiekamp?' vroeg hij. Stralend keek hij over Teers schouder naar de deur.

Het was goed. Ik had nog een paar oude vrienden van hem opgescharreld. Die waren er nu ook. Barry bijvoorbeeld. Hij had ons ooit een nacht laten slapen in zijn vaders garage. En nog een paar anderen – een paar van het strand, van school. Vroeg in de middag ging iedereen weer naar huis. We maakten een wandeling over de boulevard met Oona. Ik was een beetje zenuwachtig, maar dat kwam van de opwinding en het weerzien na zo'n lange tijd, dacht ik. En misschien kwam het ook omdat ik een beetje achterdochtig was over de dope. Ik had gezegd dat hij clean moest zijn als hij bij ons wilde komen wonen. En dat was hij ook. Maar kwam dat alleen maar doordat hij maandenlang opgesloten had gezeten? Ik vond dat hij een kans moest krijgen. Maar hij wist het maar al te goed: een milligram dope en hij stond buiten.

's Avonds namen Richard en Vonny ons mee uit eten en daarna dronken we nog iets. Een vriendin van me paste op Oona. Het was woensdagavond, dus vrij stil in de kroeg. Teer was op, helemaal kapot.

Vonny zei: 'Wil je naar huis?'

'Nee, hoor.'

Richard zei: 'Ik ben zelf ook een beetje moe.' Hij stond op. Het was zijn manier om het voor Teer wat gemakkelijker te maken.

Richard en Vonny sliepen in Oona's kamer. Oona's bedje staat sinds haar geboorte nog steeds naast het mijne.

Toen gingen we naar bed.

Ik had een heel raar gevoel. Ik had het zo lang niet gedaan. We kropen allebei poedelnaakt in bed – heel spannend. Toen begon hij me te kussen en te strelen en aan te raken en ik kreunde: 'Aaaaaaaahhhhhhhhhhh...'

Het was vreselijk. Ik... Ik wilde helemaal niet bij hem in bed liggen. Ik wilde niet dat hij me aanraakte, of op me kwam liggen of naast me, ik wilde helemaal niet bij hem in de buurt zijn zelfs. Het was afschuwelijk. Ik begreep er niets van. Ik had er zo lang naar uitgezien dat hij thuiskwam. Ik had hem zo gemist. Ik hield van hem. En zodra hij me aanraakte, kreeg ik het gevoel dat ik dat helemaal niet kon verdragen.

Ik verstijfde waarschijnlijk, want hij fluisterde: 'Is er iets?'

'Nee hoor, helemaal niet, helemáál niet,' zei ik. Ik probeerde me te ontspannen en me te concentreren en dat was ook vreselijk, omdat ik moest doen alsof. Ik bedoel, dat had ik heus wel vaker gedaan... Maar dit was Teer.

Ik wist me geen raad. Ik had op hem gewacht. Het huis, Oona en ik, veilig en wel hadden we op hem zitten wachten. Geen dope meer, leuk klein gezinnetje, alles wordt fantastisch. En hij is mijn Teer en voor mij is hij twee keer voor alle ellende opgedraaid, en hij heeft al die shit doorstaan van afkicken en jeugdgevangenis, allemaal voor mij en hij was waarschijnlijk nooit aan de dope geraakt als ik er niet geweest was – en opeens... páts!! Kapot.

We deden het ten slotte toch. Het was niet gemakkelijk. Ik was zo van streek dat ik zo droog was als mijn vaders zakdoek, maar ik deed mijn best en toen lukte het ten slotte toch. Ik zei maar dat ik te gespannen was. Ik weet niet of hij me geloofde.

Een poosje later leek het of hij in slaap was gevallen. Ik haalde Oona uit haar bedje en sloop de kamer uit. Ik had ruimte nodig en probeerde na te denken. Wat betekent dit? Wat betekent dit in hemelsnaam?

Uren heb ik in de kamer gezeten en liters thee gedronken. Wat het allemaal nog erger maakte, was dat hij naar beneden kwam om te zien wat er aan de hand was. Hij kon ook niet slapen. Ik probeerde hem duidelijk te maken dat ik alleen maar een beetje van streek was, een beetje nerveus, gespannen. Klonk niet onredelijk. Hij kwam naast me zitten en we knuffelden elkaar. Ik probeerde maar aan hem te denken als mijn Teer, mijn kleine jongen die het moeilijk had gehad en getroost moest worden en dat gaf me een goed gevoel.

***

Ik vertelde het mijn moeder. Ze was goed. Ik vond het nogal een schok toen ik erachter kwam dat ik kon praten met mijn moeder. Pap... nou ja, ik denk niet dat iemand over dat soort dingen met hem kan praten, zelfs mam niet. Maar mam is niet verkeerd. Ze zegt: 'Geef het een half jaar.' Ze weet dat we alles samen hebben meegemaakt. Ik denk dat ze het niet erg vindt als we uit elkaar gaan. Maar ze laat me mijn eigen beslissingen nemen. Teer is de vader – dat maakt in haar boek een groot verschil, denk ik.

Een half jaar. Ik hoop heel erg dat het beter wordt. Dit is toch niet eerlijk? Ik heb weer een leven, hij heeft niets. Het zou toch moeten lukken tussen ons? Het moet lukken.

Met hem gaat het heel goed. Hij wil naar de kunstacademie, maar daarvoor moet hij eerst zijn diploma van de middelbare school halen. Als hij hard werkt – hij zit inmiddels op een avondschool – is hij in augustus zover bijgewerkt dat hij aan het examenjaar mag beginnen. En hij heeft een baantje in de kroeg – zwart, anders gaat het van zijn uitkering af. Hij werkt twee avonden en ik werk twee avonden. Ja! We willen clean zijn, maar daarom zijn we nog geen *Neighbours*-figuren! En hij is een geweldig maatje, maar...

Het gevoel is weg. Waar is het naartoe? Het gekke was dat ik van hem af wilde net voordat ik Lily en Rob leerde kennen. Vreemd. En ik voel me er zo schuldig onder.

Ik had pasgeleden Sal aan de telefoon. Ze wil ons komen opzoeken. Ze vraagt het steeds, maar ik stel het nog een poosje uit. Het is te vroeg. Ze is niet clean. Ze slikt methadon en af en toe glijdt ze nog wel eens uit. Ze heeft een nieuwe vriend, Mick. Ze gaan samen naar Amsterdam en willen daar een poosje wonen. Nou, hoe dat moet in 'Europa's Hoofdstad van de Drugs' zoals mijn vader die stad noemt? Ik moet Sally nageven dat ze ook niet doet alsof ze er vanaf wil. Maar als er eentje het redt, is zij het wel. Sal is een van die figuren die eeuwig door kunnen gaan.

Ik benijd haar. Ik zou ook graag eens naar Amsterdam willen, maar ik weet wat er dan gebeurt. Ik durf niet eens meer naar Bristol. Dus zal ik de rest van mijn levensdagen slijten in dit gat. Nou ja, de komende paar jaar in elk geval.

Overigens zei Sal een heleboel interessante dingen. Ze zei dat het misschien een soort reactie was op de tijd dat ik in de massagesalon werkte. Misschien dat ik daardoor even helemaal geen seks wil. Dat is een goeie. Ik probeer maar te denken dat dat het is. 'En jij dan?' vroeg ik.

'Geen probleem, nee, nee,' zei ze. 'Je kent me...'

Ik kan niet zeggen waar het aan ligt. Ik ben nooit vreemdgegaan, toen Teer weg was. Maar ik... het is niet de gedachte aan seks die me tegenstaat. Ik wil alleen niet meer met Teer...

En Sal zei: 'Je moet het een kans geven, Gem.' Dat zegt iedereen. En ze zei ook nog: 'Je moet je gevoel volgen.' Dat zegt mijn moeder ook. En dat zegt iedereen. Maar ik wil mijn gevoel niet volgen. Ik wil dat het met Teer weer goed komt.

Ik voel me er gewoon rot onder, het is niet eerlijk. Hij mag wel eens even een rustpunt in zijn leven krijgen, Teer. En ik dacht – en dat heb ik altijd gedacht – dat ik dat rustpunt was. Maar wat heb ik voor goeds gedaan naar hem toe? Als ik er niet geweest was, was hij nooit in aanraking gekomen met Lily en Rob en met de dope. Dan was hij bij Vonny en Jerry en zo in het kraakpand blijven wonen.

Mijn moeder is het daar trouwens niet mee eens. Zij zegt

dat hij uiteindelijk toch wel bij de dope zou zijn uitgekomen. Hij was erger verslaafd dan ik. Ik bedoel niet dat hij meer gebruikte. Ik gebruikte in die tijd ook veel. Maar toen ik hier ging wonen, ben ik cold turkey afgekickt en klaar. Ik wilde er niets meer over horen en ik wilde zelfs niet meer in de buurt van het spul komen. Maar Teer... hij zou het halve land door liften om te scoren. Heeft hij ook een aantal keren gedaan. Dus misschien heeft mijn moeder gelijk. Maar het blijft een oneerlijke zaak.

Hij is *echt* stapelgek op Oona.

Ik geef het een half jaar, maar ik wou...

Ik wou dat hij niet met me naar bed wilde.

31

TEERS VADER

Het was geen liefdesgeschiedenis.

Het klinkt hard om dat te zeggen, maar je leert de dingen te zien zoals ze zijn. Al moet je dan af en toe wel met je ogen knipperen.

Daar gaan we: ik ben een treurige oude man. Stel je voor dat je vijfenvijftig bent. Je enige kind haat je, je vrouw haat je, je collega's – ex-collega's – verachten je. Allemaal om goede redenen. Alles waarvoor je je hele leven gewerkt hebt is verdwenen, weg. Daar sta je dan. En niet met het gevoel dat je op de drempel staat van een nieuw leven, dat kan ik je vertellen. Ik heb geen medelijden met mezelf. Nou, dat is niet waar. Natuurlijk vind ik mezelf zielig, maar... ik weet dat het mijn eigen schuld is.

Jane en ik, dát was een liefdesgeschiedenis. We waren piepjong toen we verliefd werden. Smoorverliefd. Later liep het mis. Waarom? Je kunt allerlei redenen opnoemen – ze was niet de vrouw die ik dacht dat ze was en waarschijnlijk was ik ook niet de vent die zij zich had voorgesteld. En ten slotte is er maar één antwoord – drank, drank en drank. Ik hou van drank, zei ik altijd. Nu niet meer. Een beetje laat misschien. Het gekke is dat we allebei naar de fles grepen. Vreemd, hè? We dronken vroeger geen van tweeën. Het gebeurde gewoon. Je vraagt je af waarom.

Toen David terugkwam naar Minely, was ik doodsbang. Maar ik had hoop. Tenslotte was hij mijn zoon. Hij had me al door, nog voordat ik mezelf ook maar een béétje doorhad. Je zoon, je kleine jongen had ooit een huizenhoge dunk van je en jij staat voor hem en je zegt: 'Hier ben ik. Ik heb het voor je verknald. Wil je nog een relatie met me? Als het niet zo is, zal ik het je niet kwalijk nemen.'

'Je had bij haar moeten blijven,' zei hij tegen me.

'David, ik kon al niet voor mezelf zorgen, laat staan voor die moeder van je.'

Nadat hij was weggegaan stortte de boel al gauw in. Ik dacht dat ik het gezin bij elkaar hield. Blijkbaar dacht hij dat hij het was. Mensen klampen zich vast aan situaties. Je denkt dat je de situatie *bent*. En dan valt alles uit elkaar... en jij bent er nog steeds. Maar er was ook geen enkele reden om de boel bij elkaar te houden nadat hij was weggegaan. Hoe moeilijk het ook werd, ik dacht altijd: ik moet hier blijven voor de jongen, voor hem moet ik op de been blijven. Ik kan David niet alleen bij zijn moeder achterlaten. Maar hij maakte het niet gemakkelijker. Bemoeide zich steeds met alles, probeerde voor haar te zorgen. Deed het huishouden voor haar. Ontnam haar haar zelfrespect – nam haar de enige dingen uit handen die haar nog overeind hielden. Dat is het ergste wat je een alcoholist kunt aandoen. Je hebt al zo weinig zelfrespect. Wat moet zij van zichzelf gedacht hebben toen haar zoon haar werk voor haar ging doen? Ik probeerde het tegen hem te zeggen: 'Je moeder heeft een probleem, David. We moeten haar ermee helpen.' Maar hij ging door en probeerde haar leven voor haar te leven.

Ik had moeten zeggen: 'Je vader heeft een probleem. Ik heb hulp nodig.' Maar je behoefte aan zelfbedrog in een situatie van afhankelijkheid is indrukwekkend. Ik wist niet eens dat ik alcoholist was tot alles al in puin lag.

Bijvoorbeeld. Ik kwam thuis en het hele huis rook naar gin en parfum. 'Je stinkt naar alcohol,' schreeuwde ik dan.

'Nee, jij stinkt naar alcohol!' krijste zij dan terug. Maar ik wist dat ze loog. Stom hè? Ze kon mij niet ruiken, omdat ik haar te slim af was. Hahaha! Ik dronk wodka en gebruikte after-shave. Zij riep het alleen maar om de aandacht af te leiden, want ze had de hele dag aan de gin gezeten.

Ik moet gestonken hebben als een otter.

Ik sloeg hen vaak. Dat weet je vermoedelijk wel. Ik kan me

niet verstoppen, hè? Ik wou dat hij me dat kon vergeven, maar dat is heel veel gevraagd. Ik heb mijn zoon niet om vergiffenis gevraagd en zal dat ook nooit doen. Maar als hij me vergiffenis zou schenken was het anders. Ik zou het nederig aanvaarden.

Jane woont nog in het huis. Ik zie haar niet vaak, maar als ik er kom, ruik ik de lucht die om zware alcoholisten heen hangt. Een soort warme urinestank, vermengd met de lucht van sterke drank. En ze weten het niet. Je doet wat after-shave op, of wat parfum, en je denkt: wat ben ik toch slim. Haha!

Een jaar nadat David was weggegaan, werd ik ontslagen. Ik begrijp nog niet hoe ik het zo lang gered heb. Die stank, nog afgezien van de rest. Dat vernedert me nu nog – de gedachte dat ik stonk. De grote klap kwam tijdens een vergadering van Hoofden van Afdelingen. Ik viel in mijn stoel in slaap, doezelde in. Dat gebeurde wel vaker. Ik werd wakker omdat iemand aan mijn arm schudde – het was Tamla Williams. 'Wakker worden, meneer Lawson, ik denk dat u een ongelukje hebt gehad.'

Het duurde maar even. Toen wist ik het. De lucht, toen de lauwe warmte in mijn schoot.

Ik zei: 'Neem mij niet kwalijk.' Ik stond op en liep de kamer uit. Ik pakte een nummer van de schoolkrant van de tafel en hield dat ervoor. Zo hard ik kon liep ik de school uit, naar mijn auto en mompelde intussen: 'Ik droom dit. Ik droom dit. Ik droom dit.'

De schoften. Ze hadden op hun tenen de kamer uit kunnen gaan. Zodra ik wakker was geworden, had ik dan de boel schoongemaakt en ik was naar buiten geslopen. Dan had ik in elk geval mezelf voor de gek kunnen houden met de gedachte dat het niet in het openbaar was gebeurd. Nu ik erover nadenk, vraag ik me af hoe vaak ze dat *wel* hebben gedaan. Bijvoorbeeld die keer... Nee. Nee. De gedachte eraan verdraag ik al niet.

Ik probeer er niet te veel aan te denken, maar het blijft door je hoofd spelen, je kunt het niet helpen. Je ziet ze zitten denken: de ouwe zak is weer ingedut, triest hè. Dan die lucht. Ze kijken elkaar aan, iemand ziet de druppels langs de rand van de stoel op het tapijt siepelen. Iedereen om de tafel voelt zich opgelaten. Ze kijken toe terwijl ik opsta en ze zien de grote natte plek die zich aan de voorkant van mijn broek uitspreidt. Ik kan me niet herinneren welke broek ik aanhad, maar ik heb meer dan eens gebeden: Lieve Heer, alsjeblieft, het was toch niet die lichte...

Ik zal er op mijn sterfbed nog aan denken. Ik weet het zeker. Misschien zal het mijn laatste gedachte op aarde zijn.

Als een lopend vuurtje ging het nieuws door de docentenkamer: Lawson heeft tijdens een vergadering in zijn broek geplast.

De rector, David Hollins, was heel aardig. Ik was al twintig jaar aan die school. 'Zo kan het niet langer, Charles.' Dat soort teksten. 'Ik stuur je voor onbepaalde tijd naar huis.' En: 'Niet eerlijk tegenover de leerlingen...'

Vrouw, zoon, baan... páts! En wat blijft er over, vraag je? Ah. Er is een flauw antwoord op die vraag, maar wel de waarheid. God blijft over.

Sorry. Ik ben niet zo'n evangelisch figuur. Ik ben er niet op uit om iemand te bekeren. Ik ben altijd gelovig geweest. Ik wil niet dat iemand denkt dat God de fles vervangt. Ik heb altijd gebeden. Ik bid tegenwoordig vaker. Ik ga naar de kerk. Ik denk bij mezelf: ik heb in elk geval mijn geloof nog. En David? Die heeft echt niets. Niet dat hij ooit een baan te verliezen had. Maar hij is zijn vrouw verloren – als je haar zo noemen wilt – en zijn dochter. Op je negentiende is dat wel even iets anders. Hij kan zijn dochter terugwinnen. Misschien kan ik mijn zoon terugwinnen.

Hem heb ik wel proberen te bekeren. Ik zei: 'Het moet God zijn. Wat is er anders buiten jezelf dat groot en sterk genoeg is om je van je verslaving af te helpen?'

'Geloof, hoop en liefde,' zei hij met een grijns. Ik *denk* dat hij het sarcastisch bedoelde.

David en ik hebben zoveel gemeen. Er is zoveel waarover we zouden kunnen praten. Maar hij is niet echt geïnteresseerd. Welke inzichten ik ook aan zou dragen, hij zou ze verachten. Het enige waar hij over wil praten is over mij, die schoft, die haar altijd sloeg, die hem altijd sloeg...

Ik geloof dat hij al diep verontwaardigd zou zijn als ik zelfs maar zou proberen tot een gesprek te komen. Het punt is, ik heb een mening. Moordenaars, psychopaten, engelen – ze hebben allemaal een mening. Je hoeft het er niet mee eens te zijn, maar als je een soort relatie met ze aangaat, moet je die mening op zijn minst begrijpen. Misschien wil hij geen relatie met mij.

Toen hij pas terug was, zagen we elkaar vrij vaak. Ik had een kamer in de buurt. Ik was tot inkeer gekomen dus vond hij dat hij me een kans moest geven, denk ik. Hij kwam vaker langs en dan mocht ik mijn kleindochter vasthouden. Ik was heel dankbaar. Ik zie haar nu nog steeds. Gemma komt af en toe. Ik neem de kleine meid mee naar het park. We voeren de eendjes en ik duw haar op de schommel.

'Hallo, wolken!' roep ik.

'Hajo, wojken,' jodelt ze dan.

'Hallo, hemel!'

'Heme...'

'Hallo, vogels!'

'Hajo...'

'Hallo, God!'

Ik vraag me af of haar vader dit goed zou vinden als hij het hoorde.

Hij vertelde mij nooit zoveel over zijn eigen leven. Hij had het alleen maar over het mijne, dus moest ik de puzzelstukjes zelf aan elkaar zien te passen. Om een lang verhaal kort te maken: met Gemma werkte het niet. Hij kwam uit de gevangenis en ze wilde niets van hem weten. Daarom zei ik dat het geen liefdesgeschiedenis was. Jane en ik ontmoetten elkaar en werden verliefd, zonder de hulp van welke kunstmatige stimulans dan ook. En we bleven verliefd. Ik denk dat we dat nog steeds zijn, ondanks de woede en de missers, de gewelddadigheid en de drank. We kunnen natuurlijk niet meer samenleven, dat is het tragische ervan. Maar we hielden... houden van elkaar. Ik van haar in elk geval. Maar David en Gemma waren al aan de drugs op de dag dat ze elkaar voor het eerst ontmoetten. Dat stelletje van het strand. Geen heroïne, dat niet, maar drugs zijn drugs, of niet soms?

Toen ik hem daarvan beschuldigde, draaide hij met zijn ogen en zei: 'Een beetje blowen – stelt niks voor.'

'O nee?'

'Peuken zijn slechter,' zei hij en vervolgens riepen we in koor: 'Ik kan niet stoppen met roken.' Dat heb ik zo vaak gezegd. We moesten erom lachen.

Maar het werkte dus niet. Hij wilde wel, zij niet. Ik ben niet zo dol op Gemma. Ik neem haar kwalijk hoe de hele zaak gelopen is. Ik neem het mezelf kwalijk, maar haar ook. Blijkbaar heeft het maanden geduurd. Ze vroeg hem om op te stappen. Hij ging niet. Het was ook zijn kind, waarom zou hij gaan? Dat soort gedoe. Ten slotte trok ze weer bij haar ouders in en zei tegen hem dat ze niet terugkwam. Hij bleef nog een week, toen gaf hij toe en vertrok, zodat ze naar het huis kon terugkeren. Blijkbaar kon hij het niet maken daar te blijven zitten, terwijl zij en het kind bij die vreselijke ouders moesten wonen.

Ik bood hem onderdak aan. Hij had ook bij zijn moeder kunnen wonen. Genoeg ruimte in dat huis. Maar nee, hij ging bij vrienden wonen. Al gauw bleek – en dat hoorde ik pas veel later – dat hij woedend was, verbitterd over de hele gang van zaken. 's Avonds laat stond hij er vaak voor de deur te schreeuwen, tot ze hem binnenliet. Hij schreeuwde, hij was dronken. Hij maakte het kind wakker, kortom, hij was stomvervelend.

Dat klinkt heel bekend, hè?

En op een dag is hij er dronken heengegaan en heeft het gedaan. Ja ja. Hij heeft haar alle hoeken van de kamer laten zien. Ze was niet zo erg gewond, geen blauwe ogen of dikke lippen. Maar daar gaat het niet om. Waar het om gaat is dat hij haar sloeg.

Hij heeft het mij natuurlijk niet verteld. Gemma kwam langs nadat hij vertrokken was uit Minely en toen heeft ze me het in grote lijnen verteld. Ik had hem al heel lang niet meer gezien. Ik wist niet eens dat hij weer weg was.

Ik heb heel lang gewacht, hoopte dat hij iets van zich zou laten horen. Ik wilde er met hem over praten. Ik bedoel, ik wilde dat hij tegen mij praatte. Ik dacht: zo! En hoe wil je je hieruit kletsen, jongen? Ik hoopte dat hij uiteindelijk toch naar me toe zou komen. Niet zozeer om raad. Maar ik vond dat de overeenkomst tussen ons zo sterk was geworden dat hij die niet meer kon ontkennen. Het zou leuk zijn geweest als we een gemeenschappelijke zwakheid hadden kunnen delen. Eerlijk gezegd moest ik een beetje lachen. Hij had me zo vaak voor schoft uitgemaakt en nu: ho ho ho!

Ik weet dat ik niet eerlijk ben. Het is anders. Bij hem is het één keer gebeurd. Hij is de volgende dag zijn excuses gaan aanbieden. Misschien til ik er te zwaar aan – iedereen kan een keer uit zijn slof schieten, zeker na alles wat hij heeft meegemaakt. Hij is zich doodgeschrokken, denk ik. Bang dat hij net als zijn vader zou worden – zo'n mepper.

We zijn allebei onze relatie kwijtgeraakt, we hebben allebei ons kind verloren. We zijn allebei aan het een of ander verslaafd geweest. Ik weet dat onze levens er anders uitzagen. Ik was een respectabele leraar met een hypotheek en een gezinsleven binnen de wet. Hij was een junk die in een kraakpand woonde, buiten de wet. Toch had ik gedacht – gehoopt eigenlijk – dat hij nog iets in me zou vinden dat hem aansprak, waar hij iets mee kon. Maar hij is weggegaan en heeft nooit meer iets laten horen, op een kaart na die ik een keer kreeg uit Hereford. Blijkbaar heeft hij daar vrienden wonen. Hij was bezig met zijn eindexamenjaar van de middelbare school. Had een vriendin. Het klonk goed. Gemma bevestigde het nog eens. Ze zijn tegenwoordig weer maatjes. Dat kan ik van Jane en mij niet zeggen.

'Het gaat goed met hem. Hij heeft een leuke vriendin. Nee, hij gaat echt goed, hij is clean. Het gaat goed tussen ons,' zegt ze. Af en toe komt hij haar en Oona opzoeken. In de vakanties haalt hij Oona vaak op, zodat Gemma haar handen vrij heeft. Het klinkt allemaal heel goed. Maar mij komt hij nooit opzoeken als hij in Minely komt. Ik ben geduldig. Op een dag zal ik een telefoontje krijgen of hij staat voor de deur. David is een goeie jongen, een goed mens. Hij is behulpzaam van karakter. Hij kan heel veel liefde geven, denk ik. Ik weet dat ik die van hem nooit zal krijgen, maar ik denk graag dat ik die liefde – toen hij klein was en vóórdat alles fout ging – zelf in hem heb gestopt.

Op een dag, jongen, is dit hier allemaal voor jou, al mijn aardse goederen. Er is niemand anders. Wat je verder je kinderen nalaat is je leven – het voorbeeld ervan. Op een dag, jongen...

En daarom, David, hef ik mijn glas op je – al is het dan een kop thee – en ik zeg: 'Gezondheid en geluk! Maak er het beste van.'

En eindig niet zoals ik.

32

TEER

EVER FALLEN IN LOVE WITH SOMEONE
EVER FALLEN IN LOVE
IN LOVE WITH SOMEONE
EVER FALLEN IN LOVE
WITH SOMEONE YOU SHOULDN'T FALL IN LOVE
WIIIIIITH

The Buzzcocks

Het was een liefdesgeschiedenis. Gemma, ik en de dope. Ik dacht dat het nooit voorbij zou gaan. Het was het grootste avontuur van mijn leven. Gemma is heel bijzonder, vind je niet? En dat is heroïne ook.

Ik ben graag verliefd. Het is of je een deel van jezelf weggeeft. Liefde duurt eeuwig. Ja, ja, nou dat geloof ik dus niet meer. Het is iets dat je overkomt. Het begint en opeens houdt het weer op. Verslaafd zijn… *dat* is voor altijd. Zoals ze in het afkickcentrum zeiden: 'Eenmaal verslaafd, altijd verslaafd.' Je durft het spul niet meer te gebruiken, hoe veilig je je ook voelt. En dat is eigenlijk jammer, omdat heroïne liefde op het eerste gezicht is. Om van een ander mens te houden moet je je veilig voelen, je moet er klaar voor zijn. Dat is niet gemakkelijk. Maar met heroïne hoef je alleen maar de zuiger naar beneden te drukken en – wam!!! – je bent er! En het lijkt zo echt.

Geen ouwe koeien meer. Je moet positief blijven. De toekomst ziet er aardig uit. Ik maak vorderingen. Ik heb een nieuwe vriendin. Ze heet Carol en ze is veel beter voor me dan Gemma. Ze heeft beide voeten op de grond. Dat kon je van

Gemma nauwelijks zeggen. Ze zweefde er meestal boven! Ik dacht dat zij het allemaal wel wist. Als je er zo slecht aan toe bent als ik toen was, lijkt het of zelfs iemand als Gemma het allemaal goed op een rijtje heeft.

Ik heb Carol bij een vriend ontmoet en het klikte meteen. Een paar maanden later ben ik bij haar ingetrokken. Het is een groot huis. We delen het met nog een paar anderen. Het is goed. Ik ben clean, ik heb een fantastische vriendin. Ik werk. Zie je mij met een baan? Ja, in een supermarkt. Je weet wel, vakken vullen, dat soort gedoe. Ik heb mijn middelbare school gehaald. De kunstacademie wacht op me. Ik weet dat ik er op een dag heen zal gaan – als ik er klaar voor ben. Carol en ik hebben een lekker rustig leven, meer heb ik nu niet nodig.

Eens in de paar maanden zie ik Gemma, vanwege Oona. Gems en ik waren toch wel met elkaar in contact gebleven. Maar als ik haar zie komt het verleden weer boven... je weet wel... slechte herinneringen. Uit elkaar gaan. Daar wil ik het niet echt over hebben. Dat ligt achter ons. Oona is de toekomst. Zij is een reden om clean te blijven – en Carol natuurlijk. En ikzelf. Maar Oona is helemaal te gek. In de vakanties haal ik haar op. Dat is ook lekker voor Gemma. En Carol en ik vinden het prachtig als ze hier is, we krijgen er nestdrang van.

Ik zei tegen Carol: 'Wil je er ook niet eentje, als je Oona ziet?'

Ze zei nee.

Dat is Carol. Ze kent me. Ze weet wat ze doet. Ze weet wel beter dan kinderen met mij te krijgen. Ik moet vaak zo om haar lachen.

Als ik Oona ga halen, blijf ik nooit lang bij Gemma. Ik vind het niet erg met haar aan de telefoon te zitten of haar in de kroeg te ontmoeten, maar als ik haar met Oona zie, doet dat pijn, echt waar. Daar is mijn plek. Ik wil erbij horen, maar dat staat Gemma niet toe. Daar word ik boos van en ik wil niet boos zijn op Gemma. Waarom zou ik?

Het is afgelopen tussen haar en mij. Dat is het punt. Wat er nog van over is zijn kleine pilletjes – vijf milligram methadon, dat is het staartje van de hele zaak. Carol weet wat er in het verleden gebeurd is. Ik heb haar alles verteld. Ze weet dat ik nog pillen moet slikken. Vijf mil is niets. Ik voel het niet. Ik heb het niet nodig, niet zoals een verslaafde het nodig heeft. Maar het geeft een veilig gevoel. Dat is alles en elke week neem ik minder.

Ik ken mezelf nu een heel stuk beter. Ik weet dat ik het niet in mijn eentje red, ik heb hulp nodig. Er is veel dope in Hereford. Overal natuurlijk, maar ik heb hier een paar bekende gezichten gezien. Vrij veel mensen uit Bristol komen om de een of andere reden hier terecht. Ik zou nu de straat op kunnen gaan en scoren als ik dat wilde. Je kunt het niet vermijden.

Gek hoe het spul je opspoort. Ik was hier een maand of drie en woonde pas een paar weken samen met Carol. Toen sprak ik een jongen op een feestje. Hij vroeg: 'Wil je iets?' Het rare was dat ik hem niet kende en hij mij niet, maar hij scheen het te weten. Ik schudde mijn hoofd en zei nee en toen ging hij met iemand anders naar boven.

Toen had ik het niet meer! De gedachte dat ze daarboven met dope zaten en ik zat beneden zonder...

Ik liep naar Carol en zei: 'We moeten weg.'

'Waarom?'

'Ik moet gewoon weg.'

Ze zag dat ik me rot voelde. Ze pakte haar jas en we gingen, hoewel het een leuk feest was. We liepen een blokje om en ze zei: 'Oké, wat is er gebeurd?' Ik vertelde het. Ze zei: 'Je bent niet zo clean als je zei, hè? Je was bijna in de val gelopen?'

Carol is echt goed. Ik weet niet hoe ik het gered had als zij er niet geweest was. Ik was weer aan de heroïne gegaan, zeker weten. Nadat ik op dat feest iets aangeboden had gekregen, begon ik er opeens weer op een verschrikkelijke manier naar te verlangen, te snakken... Dat gevoel had ik al meer dan een jaar niet gehad. Ik wist nu dat het er was, snap je? Voor het eerst sinds lange tijd besefte ik dat ik zomaar de straat op kon lopen en kon scoren. Ik kon aan niets anders meer denken. Ik ging naar de dokter, maar hij gaf me geen methadon omdat ik niets had gebruikt. Ik ging weer weg en dacht erover na. Ik wist dat ik het zonder hulp niet zou redden. De volgende dag ging ik terug en zei tegen hem dat ik had gelogen, dat ik wel iets had gebruikt. Wat waar was, alleen was dat een andere keer geweest. Een keer dat ik naar Bristol ging. Het was niet belangrijk, het leek op een vakantieliefde, je weet wel. Je vergeet het weer zodra je thuis bent. Ik maakte me er niet druk om, want ik had het onder controle. Dus gebruikte ik dat verhaal, vertelde een paar leugentjes om bestwil, zei dat het pas gebeurd was terwijl het eigenlijk al twee maanden geleden was, maar het werkte. Ik kreeg mijn recept. Alles voor de goede zaak: ik moest weer clean worden.

Ik kick heel langzaam af van de methadon. Elke keer een beetje. Ik wilde vlug afkicken, het achter de rug hebben. Ik was ongeduldig, maar de dokter zei dat dat niet de goede manier was. Je moet het langzaam doen, zodat je het niet merkt.

Het komt wel goed. Ik doe wat ik moet doen. Voor iemand met mijn achtergrond zou het raar zijn geweest, als ik niet een paar inzinkingen had gehad. Die hinderlagen moet je zien te vermijden. Soms neem ik een handvol methadon – als een drug. Maar dat zeg ik niet tegen Carol. Wow, ik zou het niet durven. Je moet voorzichtig zijn met Carol. Ze is fantastisch, ze gebruikt helemaal niet. Ze heeft ook nooit gebruikt, dus snapt ze het niet echt. Je kunt er met haar niet over praten.

Ik doe mijn best en dat is belangrijk. Ik wil er positief over zijn. Ik doe de juiste dingen. Ik strooi mezelf geen zand in de ogen. Het gaat niet altijd even gemakkelijk, dat moet ik toegeven. Ik ben een paar keer uitgegleden. Dat durf ik Carol ook niet te vertellen. En ik zeg het zeker niet tegen Gemma. Als ze het zou weten, mag ik misschien Oona wel niet meer zien. Maar ze heeft het recht niet me dat te verbieden, want ik ben haar vader. Ik heb het recht Oona te zien en zij heeft het recht mij te zien.

Met mijn geschiedenis moet je geduld hebben. Je zegt zo gemakkelijk: 'Jezus, daar ga ik weer, terug op de methadon, weer uitgegleden. Ik ben maar een junk.' Als je een lage dunk van jezelf hebt, kun je het schudden. Je moet denken: ik heb steeds minder methadon nodig, ik ga een keer per week naar de dokter, ik gebruik geen drugs. Ik doe de juiste dingen. En ik denk – het is een beetje alsof je jezelf een worst voorhoudt – dat ik weer iets met Gemma krijg, zodra ik er helemaal af ben.

Ik weet het wel. We zijn niet uit elkaar gegaan omdat ik gebruikte. Ik was in die tijd zo clean als wat, nou ja, min of meer. Maar je moet blijven hopen. Zoals de dokter zegt, je moet positief zijn, anders kom je nergens.

UIT!
Maar... Octopus laat je niet meer los! Kijk voor meer informatie over de boeken en de auteurs van de Octopusreeks op **www.gottmer.nl**.

Tot nu toe zijn de volgende titels in de Octopusreeks verschenen:

Remco Campert (vertaling) – *Het onkruid en de bloem. Dagboek van een verslaafd meisje*
⋆ Margaret Willey – *Melinda*
⋆ Cynthia Rylant – *Zonder Mary*
⋆ Tom Lennon – *Wel kleur bekennen!*
⋆ Erika Tamar – *Zomer aan zee*
⋆ Erika Tamar – *Wat is er met Kim?*
⋆ Barbara Hall – *Zwijgen tot het overwaait*
⋆ Christine Purkis – *Gesloten luiken*
⋆ Els Launspach – *Het zwarte schip. Een liefdesgeschiedenis*
⋆ Margaret Willey – *De sterren van de hemel*
⋆ Mecka Lind – *Soms is de wereld van mij. Het verhaal van een zwerfjongere*
⋆ Chris Crutcher – *Een dikke vriend*
⋆ Joyce Sweeney – *Schaduw*
⋆ Joyce Sweeney – *De tijgerboomgaard*
⋆ Michèle Marineau – *De weg naar Chlifa*
⋆ Shelley Stoehr – *Morgen Wendy. Een liefdesgeschiedenis*
Joyce Sweeney – *Vrije val*
⋆ Diana Wieler – *Op drift*
⋆ Katarina Mazetti – *Het is uit tussen God en mij*
⋆ Shelley Stoehr – *Krassen*
Louise Rennison – *Tijger, tanga's en tongzoenen*
Josée Algra – *Zoenziekte*
⋆ Susan Whitcher – *De dwaas op z'n kop*
Louise Rennison – *Kiwi's, kanjers en giga-onderbroeken. Verdere bekentenissen van Georgia Nicolson*
Josée Algra – *Blindganger*

Ardine Korevaar – *Vrijwillig?*
Cat Bauer – *Harley, niet de motor*
Cornelia Franz – *Verraad*
Louise Rennison – *Neefjes, nymfo's en noenga-noenga's. Nog verdere bekentenissen van Georgia Nicolson*
Marjan van Abeelen – *Dun*
Sara Ryan – *Fortuna, keizerin*
Melvin Burgess – *Foxy, mijn leven als teef*
Andrew Matthews – *Met een zoen van boven*
Louise Rennison – *Dansen in je niksie*
Marjan van Abeelen – *Baby*
Holly-Jane Rahlens – *Prins William, Max Minsky en ik*
Kate Brian – *Prinses Platzak*
Melvin Burgess – *Junkies*

De titels gemarkeerd met een * zijn nog slechts beperkt leverbaar in de boekhandel, maar zijn nog wel in de bibliotheek te vinden.

Melvin Burgess
Foxy, mijn leven als teef
ISBN 90 257 3511 8

Mam was in de keuken.

'God, Jezus!' riep ze toen ik binnenkwam.

'Mam, mam, mam, ik ben zo bang geweest, mam!' schreeuwde ik, en ik vloog naar haar toe.

Mam gilde en ik bleef stokstijf staan. Ze keek doodsbang naar me. Ze had nog nooit zo'n angstige blik in haar ogen gehad.

'Ga weg!' schreeuwde ze. 'Af! Af! Weg!' Ze pakte de koekenpan van het fornuis en smeet hem in mijn richting. Ik stond daar maar, als bevroren. Ik zag de olie als een zilveren bliksemflits door de lucht vliegen en toen raakte de pan me tegen de zijkant van mijn gezicht.

De zeventienjarige Sandra leidt een losbandig leven. Haar ouders en vrienden hebben veel kritiek op haar, maar daar trekt ze zich niets van aan. Dan, op een dag, verandert ze op wonderbaarlijke wijze in een hond! Nadat de eerste schok wat is weggeëbd, besluit ze er met volle teugen van te genieten. Als het teefje Foxy kan ze immers nog schaamtelozer leven dan als meisje. Ze kan nu met jongens – reuen – doen wat ze wil.

Burgess schrijft vanuit het – zowel menselijke als hondse – perspectief van Foxy. Dit levert een buitengewoon boeiend verhaal op over lust, (on)verantwoordelijkheid en verlangen – kortom, over het leven.

Marjan van Abeelen
Dun
ISBN 90 257 3460 X

Zoals voor de meeste meisjes van vijftien geldt, wil Lies slank zijn. Ze is behoorlijk aan de dikke kant en dat lokt commentaar uit op school en bij haar ranke tweelingzusjes. Lijnpogingen dreigen te mislukken, tot Lies ontdekt dat er een oplossing bestaat voor haar vreetbuien. Ze kan zo veel eten als ze wil, als ze daarna gewoon haar vinger in haar keel steekt. Dat dit niet lang goed kan gaan, is duidelijk.

Sara Ryan
Fortuna, keizerin
ISBN 90 257 3529 0

Nicola volgt een zomercursus, omdat ze niet precies weet welke kant ze uit wil met haar leven. Meteen op de eerste dag raakt ze bevriend met de mooie Battle. Tot haar schrik voelt ze meer voor Battle dan gewone vriendschap – en ze wist niet beter dan dat ze op jongens viel... Het gevoel is wederzijds, maar Nicola wil te veel en te snel. Battle neemt afstand, en zoekt gezelschap bij jongens. Maar Nicola geeft het niet zomaar op.

Andrew Matthews
Met een zoen van boven
ISBN 90 257 3544 4

Laurens wereld is ingestort: haar grote liefde Adam heeft haar gedumpt. Ze kan maar beter in de rivier springen, vindt ze. Maar dan wordt ze op haar schouder getikt door een man die beweert dat hij haar engelbewaarder is. Hij zorgt ervoor dat ze niet springt, maar verder heeft Lauren weinig aan hem. Het is eerder andersom: zij moet zich om hém bekommeren. Wie heeft er nou ooit gehoord van een engelbewaarder die gaat joyriden, foute vriendinnen heeft, die gokt en drinkt alsof zijn leven ervan afhangt en ook nog om de dag een kater heeft? Lauren heeft haar handen aan hem vol en vergeet zo haar eigen problemen.

Kate Brian
Prinses Platzak
ISBN 90 257 3837 0

Een prinses en een gewoon schoolmeisje lijken als twee druppels water op elkaar, maar er is één groot verschil. Prinses Carina barst van het geld, maar heeft een groot gebrek aan privacy, en Julia heeft dringend geld nodig. De volgende stap is snel gezet: Julia krijgt tienduizend dollar om voor één dag de taken van prinses Carina over te nemen. Maar algauw zit zowel Julia als Carina diep in de nesten! Carina strandt na een popconcert ergens langs de snelweg en Julia wordt verliefd op Carina's verloofde Markus... De twee veroorzaken een enorm schandaal als ze zoenend worden betrapt door de roddelpers. Als Julia dan ook nog in Carina's plaats op het vliegtuig naar huis wordt gezet, is de ramp compleet.

Holly-Jane Rahlens
Prins William, Max Minsky en ik
ISBN 90 257 3738 2

Nelly Sue Edelmeister, toekomstig astronome en de slimste van haar klas, is verschrikkelijk verliefd. En niet op de eerste de beste – haar pijlen zijn gericht op Prins William van Engeland, die ze heeft 'ontdekt' tijdens de begrafenis van ladi Di op televisie. Lucy, Nelly's joods-Amerikaanse moeder, vindt het allemaal niet zo geweldig. Haar dochters *bat mitswa* staat voor de deur en ze heeft liever dat Nelly de tora bestudeert dan al die koninklijke websites.

Voor sport heeft Nelly zich nog nooit geïnteresseerd, maar als het schoolteam voor een basketbalwedstrijd op Eton, de universiteit waar William studeert, wordt uitgenodigd, moet en zal ze geselecteerd worden. Ze heeft er zelfs een deal met de *gothic* basketbalgek Max Minsky voor over...